rororo

Boris Meyn, Jahrgang 1961, ist promovierter Kunst- und Bauhistoriker. Er hat zahlreiche wissenschaftliche Publikationen zur Hamburger Architektur- und Stadtgeschichte veröffentlicht und parallel dazu begonnen, historische Kriminalromane zu schreiben. «Der Tote im Fleet» (rororo 22707) avancierte in kürzester Zeit zum Bestseller («spannende Krimi- und Hamburglektüre», so die taz). Auch «Der eiserne Wal» (rororo 23195) und «Die rote Stadt» (rororo 23407) entführen den Leser ins Hamburg des 19. Jahrhunderts, «Die Bilderjäger» (rororo 23196) ist der erste Gegenwartskrimi des Autors. Mit dem vorliegenden Roman eröffnet Boris Meyn eine Serie um ein charismatisches Ermittlerteam aus dem ländlichen Schleswig-Holstein – einer Region, in der er selbst beheimatet ist.

Boris Meyn

Der falsche Tod

Ein Fall für Sonntag, Herbst und Jensen

Rowohlt Taschenbuch Verlag

Originalausgabe
Veröffentlicht im Rowohlt Taschenbuch Verlag, Reinbek
bei Hamburg, Oktober 2005

Umschlaggestaltung any.way, Cathrin Günther
(Foto: photonica/Silvia Otte)
Lektorat Werner Irro
Satz Palatino PostScript, InDesign,
bei Pinkuin Satz und Datentechnik, Berlin
Druck und Bindung Clausen & Bosse, Leck
Printed in Germany
ISBN 3 499 23893 4

Gewidmet *allen (alten) Hockeyspielern,*
egal, ob in einem Verein zu Hause oder in einem Club

Herbst Er hatte die Geschwindigkeit der Kugel unterschätzt, aber sein Körper schien sich trotz vieler Jahre Abstinenz zu erinnern, was in einer solchen Situation zu tun war. In allerletzter Sekunde schaffte er es, die richtige Position einzunehmen. ‹Nicht ausweichen›, schien eine innere Stimme zu rufen. Der Rest war ins Erinnerungsvermögen eingebrannt. Ein Bewegungsablauf, dem er sich nicht widersetzen konnte: Füße zusammen, Waffe senkrecht. Leicht nach vorne gebeugt, erwartete er den Aufprall. Für einen kurzen Augenblick setzte sich die Vibration des Holzstocks in seinen Handgelenken fort, dann ruhte die weiße Plastikkugel direkt vor seinem Schläger auf dem Kunstrasen. Es ging also noch. Einen Schritt zurück, den Ball kurz vorgelegt – es war gar nicht so schwierig. Die rechte Hand rutschte mühsam durch das Frottee, mit dem der Griff umwickelt war. Auch die Motorik des Ausholens und Schlagens schien die Jahre unbeschadet überstanden zu haben. Nur das Längenverhältnis zwischen Stock und Körper stimmte nicht mehr, wahrscheinlich lag es an der gebückten Haltung, die man eben mit Mitte vierzig nicht mehr so schnell einnehmen konnte. Das Holz setzte jedenfalls vor der Kugel auf, gab der Masse des Spielers nach und brach mit einem kurzen, splitternden Geräusch auf halber Länge. Verblüfft betrachtete Gero Herbst das kurze Holzstück in seiner Hand, von dem Reste des blauen Griffbandes herabhingen.

«Ich hab mich schon gefragt, wie lange das antiquierte Stück das wohl mitmacht.» Sein Gegenüber kam lachend auf ihn zu. «Die Langkeule war wohl ein Erbstück von deinem Großvater, oder warum guckst du so bekümmert?»

«Eigentlich schade.» Gero sammelte die Reste seines Schlägers zusammen. «Der hat mir früher immer gute Dienste erwiesen.»

Nein, wegschmeißen würde er ihn nicht. Immerhin hatte er mit ihm damals das entscheidende Tor zur Norddeutschen Meisterschaft gegen Braunschweig geschossen. Gero hatte die Bilder noch genau vor Augen. Strafecke zwei Minuten vor Abpfiff wegen Sperrens im Kreis. Es war keine Frage, wer die Ecke ausführte. Niels' Herausgabe war präzise wie immer. Er sah den Ball noch heute in kurzen Sprüngen über das Gras auf sich zu hoppeln. Stoppen, vorlegen, peilen, eine kurze Drehung, und die Keule peitschte den Ball am Kopf des Keepers vorbei genau unter die Latte. Maßarbeit. Aber das war etwa dreißig Jahre her: Jugend-A anno 1977. Ein wenig Glück war natürlich auch mit im Spiel gewesen. Heute war so etwas nicht mehr erlaubt, wie man ihm erklärt hatte. Strafecken durften aus Sicherheitsgründen nur noch kniehoch geschossen werden. Auch sonst hatte sich eine Menge verändert. Selbst die Abseitsregel hatte man aufgehoben, was aber den älteren Spielern – und dazu zählte sich Gero ohne Frage – entgegenkam. «Ich bin wohl den harten Untergrund nicht so gewohnt.» Als er mit Hockey aufgehört hatte, waren die ersten Kunstrasenplätze gerade im Bau gewesen. Bis dahin wurde ausschließlich auf Naturrasen gespielt.

«So kannst du es natürlich auch sehen, aber Material und Technik haben sich in den letzten zwanzig Jahren schon ein wenig verändert. Mit so einer Krücke kannst du da nichts mehr ausrichten.»

Ein weiterer Mitspieler gesellte sich zu ihnen: «Mit so was spielt doch keiner mehr. Hier!», er drückte ihm seinen Schläger in die Hand. «Versuch es mal damit. Du wirst sehen – ein ganz anderes Gefühl.»

Gero nahm den Schläger entgegen und betrachtete den grünen Schriftzug. Malik J-Turn stand in großen Lettern auf dem Schaft. Die Firma war ihm nicht ganz unbekannt, und was J-Turn bedeutete, lag bei der Form eines Hockeyschlägers ja förmlich auf der Hand. «Ziemlich hart», meinte er nach einigen Probeschlägen und reichte den Schläger zurück.

«Daran gewöhnt man sich.» Der Mitspieler schüttelte den Kopf und deutete auf den Schläger. «Kannst du für heute behalten. Ich habe noch einen Ersatzschläger mit. Neuerdings gibt's die Dinger auch aus Kunststoff. Die sind dann richtig hart.»

Nach und nach waren immer mehr Spieler zu ihnen gestoßen, und inzwischen bildete man schon eine Gruppe, die sich in zwei Mannschaften aufteilen ließ. Jeder beäugte natürlich den Neuen, der heute zum ersten Mal am Training teilnahm und von dem man sich erhoffte, dass er die Mannschaft in Zukunft auch bei Punktspielen tatkräftig unterstützen würde. Die meisten stellten sich mit einem knappen Handschlag vor, andere nickten nur und nannten ihren Namen.

«Horst – Moin.»

«Rüdiger.»

«Ich bin Pete; Tach auch.»

«Jürgen. Tach!»

Die Hälfte der Anwesenden war wohl noch ein paar Jahre älter als Gero, irgendwo um die fünfzig, einige mochten sogar schon auf die sechzig zusteuern.

«Na, da hat Jo ja gleich einen neuen Kunden», meinte Pete und blickte auf die Überreste von Geros Schläger. «Karatschi King Super, oder?»

«Mit blauem Frottee getunt», feixte Rüdiger.

«Bei Jo im Laden», Pete deutete auf einen gedrungenen Kerl, der etwas abseits stand, «bekommst du als Mannschaftsmitglied ordentlich Prozente auf alles, was dein Hockeyherz begehrt.» Er musterte Gero kurz. «Trikot und eine neue Waffe sollten vorerst reichen. Aber pass auf! Jo schwatzt einem auch gerne etwas auf, neuerdings sogar ganze Golfausrüstungen.»

Den Ball, der Pete in sanftem Bogen entgegenflog, wehrte er geschickt mit dem Schläger ab. «In Ordnung!», rief er in die Runde und zeigte auf den Platz. «Wollen wir dann? Hell gegen Dunkel!» Pete deutete auf die Trikotfarbe und zählte kurz durch. «Und du …?»

«Gero.»

«Gero. In Ordnung. Wie wir alle heißen, wirst du mit der Zeit schon noch mitbekommen. Welche Position spielst du am liebsten?»

«Schiedsrichter.» Einige lachten kurz auf. «Nein. Früher linker Verteidiger.»

«Gut», meinte Pete und machte sich auf in Richtung Mittellinie. «Dann gehst du am besten mit Alfons nach hinten.» Nach ein paar Metern wandte sich Pete nochmals an Gero. «Ach ja, hat man dir sicher schon gesagt: Torschuss im Training natürlich nur flach. Wir spielen ja ohne Torwart.» Ein kurzes Gemurmel setzte ein, dann verteilten sich alle auf dem Platz.

Hauptkommissar Gero Herbst tat sich schwer damit, sich auf seine eigentliche Aufgabe zu konzentrieren. Hockey hatte ihm schon immer Spaß gemacht. Er grübelte kurz darüber nach, wie er die letzten zwanzig Jahre ohne diesen Sport ausgehalten hatte, kam aber zu keiner plausiblen Erklärung. Dann versuchte er, die Spitz- und Kosenamen seiner Mitspieler den Namen aus dem vereinseigenen Mitgliederverzeichnis zuzuordnen. Das Sekretariat hatte ihm mit dem Aufnahmeantrag zugleich eine Mannschaftsliste der *Leeren Krüge*, wie sich die Altherrenmannschaft des Krugstädter Tennis-, Hockey- und Golf-Clubs nannte, ausgehändigt, was die Sache natürlich vereinfachte. Die Zuordnung bereitete Gero kaum Schwierigkeiten, wenn der Spitzname sich direkt vom Vor- oder Nachnamen ableiten ließ, zumal es im vorliegenden Fall keine Namensvettern gab. Das war auch in dieser Generation durchaus nicht die Regel, wenn die Modenamen dort auch eher apostolischer Natur waren – Gero erinnerte sich zumindest an zwei Markus und zwei Michaels in seiner Klasse –, was gegenüber den sechs Kevins und drei Mandys in der Klasse seines Sohnes noch vertretbar gewesen war. Aber auch Max hatte eigentlich Finn heißen sollen, und erst als Miriam und Leif ihrem nur wenige Wochen älteren Sohn diesen Namen gegeben hatten, hatten Lena und er einen Rückzieher gemacht. Bis heute war es ihnen immer noch ein Rätsel, wer eigentlich vor zwölf Jahren den Finn-Boom ausgelöst hatte. Wahrscheinlich waren Lena und er damals einfach zu selten ins Kino gegangen.

Bei *Pete* konnte es sich eigentlich nur um Peter Heumann handeln, Besitzer eines gleichnamigen Autohauses, wie Gero aus einer ganzseitigen Anzeige im Club-Magazin geschlossen hatte, und *Jo* war mit Sicherheit Joachim Kugler, der ein Sportgeschäft in Ahrensburg betrieb, das ebenfalls eine Werbeanzeige im Magazin geschaltet hatte, jedoch nur einspaltig. Bei Alfons, der neben ihm spielte, musste es sich um Professor Dr. Alfons Blanck, einen bundesweit anerkannten Augenarzt, handeln. Eine Anzeige in der Club-Zeitung hatte er natürlich nicht nötig – aber Lena hatte den Namen richtig einzuordnen gewusst. Traditionell waren überdurchschnittlich viele Ärzte und Akademiker unter Hockeyspielern zu finden. In der Altherrenmannschaft gab es außer Blanck noch drei weitere: Dr. Horst Seipel, Gynäkologe, und Dr. Rüdiger Henne, Zahnarzt, beide in Krugstadt niedergelassen, wie Gero über das Branchenverzeichnis herausgefunden hatte, sowie Dr. Jürgen Gödeke – Beruf bislang unbekannt, aber zumindest promoviert. *Ritze* war womöglich Erich von Ritzek, ein renommierter Prominenten-Anwalt und zudem Erster Vorsitzender des Krugstädter THGC. Schwieriger war die Zuordnung der sportspezifischen Kosenamen *Stecher*, *Keule* und *Latte* …

Auftritt und Verhalten auf dem Platz ließen jedenfalls keine Rückschlüsse auf Herkunft, gesellschaftliche Stellung und Beruf zu. Auch der Umgangston konnte hier durchaus von der verbalen Zurückhaltung und Diskretion, die bei einigen Berufen unumgänglich war, abweichen. Gerade die Akademiker, die im Alltag eine strenge Etikette wahren mussten, ließen beim Sport und vor allem während der dritten Halbzeit gerne so richtig die Sau raus. Auch Ärzte machten von dieser Form der Kompensation ausgiebig Gebrauch.

Ein Arzt war auch der Grund für Geros Anwesenheit beim Krugstädter THGC. Genau genommen ein toter Arzt. Nach einem rauschenden Fest hier im Clubhaus hatte man Dr. Edgar Möller in den frühen Morgenstunden kopfunter im clubeigenen Badesee treibend gefunden. Ein tragischer Unfall, wie man anfänglich vermutet hatte, schließlich wurden bei der Obduktion über zweieinhalb Promille Alkoholgehalt im Blut festgestellt. Aber Lena, die Möller selbst unter dem Messer gehabt hatte, hatte in der Kopfwunde, von der man anfänglich angenommen hatte, der Tote hätte sie sich beim Sturz zugezogen, einen Splitter gefunden. Die Verletzung war keinesfalls tödlich. Zwar hatte der Schädel eine ziemliche Kerbe, der Mann war aber zweifelsfrei ertrunken, deswegen hatte man dem Splitter zuerst keine besondere Bedeutung geschenkt. Nach dem Laborbericht vom LKA in Kiel sah das jedoch anders aus. Der rote Splitter stammte von der Kunststoffummantelung eines Hockeyschlägers – Marke Malik, wie die genauen Recherchen ergeben hatten. Die moderne Kriminaltechnik war schon erstaunlich.

Die nachträglichen Befragungen hatten nichts gebracht. Niemand hatte konkrete Angaben darüber machen können, ob sich Möller die Verletzung eventuell beim Spiel zuvor zugezogen haben könnte. Auch die Gastmannschaft aus Berlin, zu der der Tote gehörte, hatte nichts Auffälliges bemerkt, weder am Tag noch am Abend. An der Party, die sich bis in den Morgen hingezogen hatte, hatten etwa 60 Gäste teilgenommen, gut ein Drittel davon Frauen. Eine genaue Anwesenheitsliste wurde immer noch zusammengestellt. Die Frage, die es zu klären galt, war, ob Möller freiwillig ein nächtliches Bad im Teich genommen oder ihm zuvor jemand mit einem Hockeyschläger auf den Schädel geschlagen und ihn gestoßen hatte. Für Ersteres sprach der Umstand, dass Möller nur mit einer Sporthose bekleidet gefunden wurde, dagegen sprach die Wassertemperatur, die mit knapp 15 Grad im April nicht gerade einladend wirkte. Allerdings gab es auch ausgesprochene Kaltschwimmer. Da Möller Arzt war, konnte man voraussetzen, dass er sich der Gefahr bewusst war, in angetrunkenem Zustand nachts baden zu gehen. Bis auf die Wunde am Hinterkopf wies sein Körper keine größeren Blessuren auf, wenn man von einigen blauen Flecken und älteren Prellungen an den unteren Extremitäten und an den Fingern absah, denn das war bei Hockeyspielern nichts Außergewöhnliches.

Eigentlich war es verrückt, was er hier unternahm. Es war die Suche nach einem winzigen Anhaltspunkt, der einen möglichen Verdacht bestätigte. Die offizielle Todesursache Ertrinken rechtfertigte kaum den Sachverhalt einer verdeckten Ermittlung, und anders war sein momentaner Auftrag nicht zu bezeichnen. Zu Zeiten kollektiver Speicheltests und DNA-Analysen war das Ganze so oder so absurd. Eigentlich hätte man sofort sämtliche Hockeyschläger aller Anwesenden beschlagnahmen und eine Laboranalyse durchführen lassen müssen, aber da kein Anfangsverdacht vorgelegen hatte, war das natürlich unterblieben. Und als der Laborbericht fertig gewesen war, hatte die Berliner Mannschaft längst die Heimreise angetreten. Falls also wirklich ein Schläger als echte Waffe missbraucht worden war, hatte der Täter genug Zeit gehabt, das Stück für immer verschwinden zu lassen.

Einzig der Umstand, dass der Lebensgefährte von Dr. Möller dem entfernten Bekanntenkreis von Ines Wissmann zuzurechnen war, hatte dazu geführt, dass Gero nun in seiner Freizeit Überstunden ohne Ausgleich ansammeln durfte. Dr. Ines Wissmann war leitende Staatsanwältin am Amtsgericht Lübeck, und nachdem sie durch eine voreilige Bemerkung von Gero zum Thema Hockey mitbekommen hatte, dass ihr Lieblingskommissar zu Jugendzeiten ebenfalls den Schläger geschwungen hatte, war klar gewesen, wer sich im Verein umsehen sollte. Um die Sache unauffällig und glaubhaft zu untermauern, hatte Kollege Leif seinen Schwiegervater gebeten, als Bürge für das Aufnahmeritual des Vereins herzuhalten. Dieser trieb zwar aktiv längst keinen Sport mehr, aber Freiherr Ernst von Gossewitz war seit mehr als zwanzig Jahren Ehrenmitglied des Krugstädter THGC und hatte wie immer sofort zugestimmt, wenn Leif ihn um etwas bat. Wenn Gero ehrlich war, dann hatte auch er, nachdem ihm Lena von dem ominösen Splitter erzählt hatte, sofort die Möglichkeit eines Gewaltverbrechens in Erwägung gezogen. Anderenfalls hätte er sich auch strikt geweigert, hier den Under-Cover-Agenten zu mimen. Gero konnte nur hoffen, dass ihn niemand aus dem Verein von früher her kannte oder sogar wusste, dass er Kriminalbeamter war. So lange war er noch nicht weg aus Hamburg, und spätestens seit der Angelegenheit in Bad Dürsum war sein Name der Öffentlichkeit nicht ganz unbekannt. Aber Krugstadt lag nicht im Zuständigkeitsbereich der Kriminalpolizeistelle Ratzeburg, der er seit nunmehr fünf Jahren vorstand, und die Statistik der Gewaltverbrechen im Lauenburgischen erlaubte es durchaus, dass Hauptkommissar Gero Herbst sich einen dienstlichen Muskelkater zuzog.

So abwegig war der Verdacht eines Gewaltverbrechens nicht. Der Lebensgefährte von Möller, ein Kunstmaler namens Malte Herzog, hatte ausgesagt, sie hätten vor der Reise gehörig Streit gehabt, weil Möller bei dem Spiel jemanden «von früher» wieder sehen wollte. Nun, die Mechanismen der Eifersucht unterschieden nicht zwischen den Geschlechtern. Herzog hatte sicherheitshalber gleich ein bombensicheres Alibi für die Tatzeit mitgeliefert. Wonach Gero also Ausschau zu halten hatte, war bestenfalls ein schwuler Hockeyspieler mit rotem Malik-Schläger. Zumindest von Letzterem hatte er heute Abend schon drei Stück ausgemacht.

Sonntag Conni folgte dem schmalen Weg am Ufer des Sees und setzte sich auf eine der Bänke, die zwischen den großen Weiden zum Verweilen einluden. Sie war eine gute Stunde zu früh. Genüsslich steckte sie sich eine Zigarette an und nahm einen tiefen Zug. Die Fahrzeit war überraschend kurz gewesen.

Gott sei Dank war sie über Land gefahren, denn auf der A24 staute es sich bereits ab fünf Uhr, wie sie wusste, und zwischen den Kleinlastern und tiefer gelegten Rennsportwagen aus Ludwigslust und Parchim, meist voll besetzt mit Handwerkern auf dem Weg nach Hamburg, kam sie sich mit dem kleinen Corsa doch etwas hilflos vor. Annähernd jedes Nummernschild in Richtung Hamburg begann mit LWL oder PCH. Um diese Uhrzeit entvölkerten sich ganze Landstriche, wie man aufgrund dieser Autokennzeichen annehmen musste.

Vor nicht allzu langer Zeit hatte auch Conni sich noch über den Irrsinn aufgeregt, Arbeitsplätze mit mehr als 100 Kilometer Entfernung anzusteuern, zumal mit dem Auto. Nun war sie selbst zu einer Pendlerin geworden. Für die Altstadt von Schwerin war der kleine Flitzer genau das Richtige gewesen, nie hatte sie Schwierigkeiten gehabt, einen Parkplatz zu finden. Jetzt aber würde sie jeden Tag zweimal 50 Kilometer fahren müssen. Nun, wenigstens heute hatte sie Glück gehabt. Wäre ja auch noch schöner gewesen, sich gleich am ersten Tag zu verspäten. Aber es war doch an der Zeit, auf ein etwas komfortableres Gefährt umzusteigen, auch weil der Corsa nicht mehr der Jüngste war und langsam von der braunen Pest aufgefressen wurde.

Ein neuer Wagen war immer noch billiger als eine Zweitwohnung vor Ort, denn ihre bisherige Wohnung wollte Conni nicht aufgeben. Zumindest so lange nicht, bis klar war, wie lange sie hier im Lauenburgischen bleiben würde. Die Wohnung war geräumig und im Verhältnis zu den momentanen Mietpreisen fast geschenkt. Auch der Umstand, dass die Wohnung sie ständig an

Norbert erinnerte, war zu verschmerzen. Norbert, der Arsch! Nach drei Jahren zurück zu Frauchen. Sie konnte es immer noch nicht fassen. Was hatte seine Eva denn anzubieten, außer den Kindern? Natürlich, sie hatte die Kinder. Dabei hatte sie sich selbst schon fast dazu durchgerungen ... Gott sei Dank war es nicht so weit gekommen. Conni versuchte vergeblich, den Kloß im Hals herunterzuschlucken. Verdammt, warum regte sie sich eigentlich immer noch dermaßen darüber auf! Das Thema Norbert war doch nun wirklich abgehakt. Ihr Blick schweifte über den See.

Natürlich wäre ihr eine anonyme Großstadt lieber gewesen. Hätte sie die Stelle in Hamburg bekommen, wäre der Umzug klar gewesen. Aber jetzt? So etwas wie eine Heimat brauchte sie doch. Die Absage aus Hamburg war kurz und schmerzlos gewesen, und sie hatte sich sofort damit abgefunden. Wenn das Ganze nicht auf dem verkürzten Dienstweg abgelaufen wäre, hätte sie bestimmt ein Foto beilegen können, und dann hätte sie jede Wette angenommen, dass die Sache augenblicklich unter Dach und Fach gewesen wäre. Mit ihren Körpermaßen, den blonden Haaren und einem Kampfgewicht von 70 Kilo bei einer Größe von ein Meter achtzig war sie zumindest kein Weggucker. Bei der Polizei entsprach man als Frau in der Regel einem anderen Typus. Aber eine Einstellung aufgrund ihrer körperlichen Vorzüge? Das hatte sie einmal hinter sich – einmal und nicht wieder. Es war noch zu Beginn ihrer Polizeilaufbahn gewesen. Den Kollegen waren fast die Augen aus dem Kopf gefallen und es war eine Frage der Zeit gewesen, wie lange die kollegiale Distanz aufrechterhalten werden konnte. Der Vorfall war

Gott sei Dank glimpflich ausgegangen. Ein blaues Auge und mehrere Stunden Unterleibsschmerzen hatten den entsprechenden Kollegen einigermaßen ernüchtert.

Die Wälder am gegenüberliegenden Ufer kündigten mit ihrem zarten Grün bereits den Frühsommer an, und auch die morgendlichen Temperaturen waren schon milder. Hin und wieder zogen noch Nebelschwaden über das Land, aber spätestens mit der Rapsblüte begann für Conni die sommerliche Jahreszeit. Weit vor ihrem kalendarischen Anfang. Sommer war für sie gleichzusetzen mit leuchtenden Farben. Und dieses Jahr hatte Conni bereits die ersten blühenden Rapsfelder ausgemacht.

Ihr Blick folgte einem Ruderer, der auf dem spiegelglatten See einsam seine Bahn zog. So beschaulich hatte sie sich den Ratzeburger See nicht vorgestellt. Anders als in ihrer Heimatstadt wirkte das Wasser hier nicht als städtische Kulisse, sondern war der natürliche Landschaftsraum, in den die Stadt wie eine Insel eingebettet lag. Ähnlich wie in Schwerin gab es natürlich auch hier einen Blickfang. Anstelle eines Schlosses erhob sich ein mittelalterlicher Dom als grün behelmte Trutzburg am nördlichen Ufer über der Stadt. Der Rest war kleinstädtisches Idyll mit einer einigermaßen intakten Infrastruktur. Selbst der Umstand, dass der Verkehr mitten durch die Altstadt geleitet wurde – eine Umgehung war wegen der Insellage von Ratzeburg kaum zu bewerkstelligen –, führte hier aufgrund mangelnder Verkehrsdichte anscheinend nicht zu einem Verkehrskollaps.

In weiser Voraussicht hatte sich Conni rechtzeitig über Stadt und Region informiert und alle möglichen im Internet verfügbaren Informationen über Geschichte, Kultur, den Ferienort und den Wirtschaftsstandort ausgedruckt. Neben den touristischen Attraktionen, die hauptsächlich im Zusammenhang mit Wassersport standen – schließlich war die ganze Region von Wasserflächen, Seen und Kanälen durchzogen –, bildete der mittelalterliche Dom Heinrichs des Löwen das Highlight schlechthin. Connis geschichtliche Kenntnisse waren, vor allem, was das Mittelalter betraf, sehr begrenzt. Für den schulischen Unterricht war nur von Interesse gewesen, was irgendwie mit Klassenkampf und Sozialismus zu tun hatte. In erster Linie natürlich der Aufbau des neuen, demokratischen Deutschland, die vereinten Sowjetrepubliken sowie ein bisschen Bürgerkrieg in Angola. Selbstredend das Manifest der Kommunistischen Partei von 1848, Arbeiterbewegung und Russische Revolution. Sämtliche Daten zu Marx und Engels sowie die Hauptaspekte des «Kapitals» konnte Conni noch heute auswendig aufsagen, allerdings interessierte sich niemand mehr dafür. Kurzum, Geschichte hatte für sie erst mit dem 19. Jahrhundert begonnen, und die regionale Bedeutung Ottos von Sachsen, der Slawenaufstände, einer Schlacht auf der Schmilauer Heide sowie die Herrschaft der Askanier waren für sie schwer nachzuvollziehen. Jedenfalls war der Dom so richtig alt, das stand mal fest.

Als Conni das erste Mal einen Blick auf den Stadtplan von Ratzeburg geworfen hatte, hatte sie allerdings ein Schmunzeln nicht unterdrücken können. Auch jetzt ging es ihr nicht anders, als sie Lage und Standort verglich. Selbst wenn Ratzeburg tatsächlich über zehntausend Einwohner haben sollte, war das Ganze doch recht übersichtlich angelegt. Die Altstadt von Ratzeburg durchquerte man zu Fuß in jeder Richtung in weniger als zehn Minuten. Ringsum war nur Wasser, das von den zwei als Damm angelegten Zufahrtswegen in den nördlich angrenzenden Ratzeburger See und den kleinen Domsee sowie die südlich gelegenen Küchenseen geteilt wurde. Eine für Bankräuber nicht gerade günstige Situation, was die Fluchtwege betraf, wie Conni fand. Im Stillen vermutete sie, dass die städtische Sparkasse bestimmt bislang unbehelligt geblieben war.

Ganz allgemein war die Kriminalitätsrate im Lauenburgischen sehr moderat. Die internen Statistiken der Polizei, die sie sich in den letzten Wochen zu Gemüte geführt hatte, stellten einen entspannten Berufsalltag in Aussicht. Es waren überwiegend Einbruchdiebstähle, mit denen sich die Kripo Ratzeburg beschäftigen musste. Hinzu kamen einige Fälle von Wilderei sowie Drogenhandel, der jedoch vorwiegend auf eine Großdiskothek im Westen der Region zwischen Hamburg und Lübeck beschränkt blieb und keinesfalls großstädtische Dimensionen besaß. Des Weiteren kam pro Woche etwa ein Dutzend Abziehdelikte unter Jugendlichen zur Anzeige. Auch das war kein beunruhigender Wert, wie Conni fand, ohne diese verbal entkräftete Version einer Straftat bagatellisieren zu wollen. Aber aus Schwerin war sie einfach anderes gewohnt. Die Abteilung Jugendkriminalität bestand dort aus sechs Kollegen und acht Streetworkern, die sich über Arbeitsmangel wirklich nicht beklagen konnten.

Eine regionale Spezialität, die sich gleichermaßen auf Mecklenburg-Vorpommern wie Schleswig-Holstein verteilte, waren Delikte im Zusammenhang mit randständigen Bevölkerungsgruppen. Das Pendant zu den Türken und Kurden in den Großstädten wie Hamburg oder Berlin war in den ärmeren Provinzen jenseits des städtischen Speckgürtels die große Anzahl der dort lebenden Russlanddeutschen. Conni hatte sich mit dieser Bezeichnung nie anfreunden können, aber ihr fiel auch kein besserer Ausdruck für die fast ausschließlich Deutsch sprechenden Russen ein, deren Vorfahren vor zig Jahrzehnten nach Nordrussland ausgewandert waren und die nach Zusammenbruch der Sowjetunion in ihre vermeintliche Heimat zurückkehrten. Ein Land, das sie nur von Erzählungen her kannten. Genau wie zu Beginn der organisierten Kriminalität unter Gastarbeitern aus Südeuropa stand die Staatsgewalt der kriminellen Energie einzelner Mitglieder aus dieser Bevölkerungsgruppe noch ohnmächtig gegenüber. Vor allem, weil nur jeder zehnte Fall überhaupt zur Anzeige kam, da man solche Dinge traditionell unter sich regelte, wie Conni aus Schwerin bestens wusste.

Demgegenüber gab es im Lauenburgischen nur eine Hand voll wirklich schwerer Kapitaldelikte. Im letzten Halbjahr hatte es hier zwei Verbrechen mit Todesfolge gegeben, die binnen kürzester Zeit aufgeklärt werden konnten. In einem Fall hatten sich zwei stark alkoholisierte Männer aus der untersten sozialen Schicht, beide ohne Arbeit und Unterkunft, im Streit um ein Winterlager in einem leer stehenden Ferienhaus gegenseitig Schnapsflaschen auf den Schädel geschlagen, was einer der beiden nicht überlebt hatte; im anderen Fall hatte ein geistig verwirrter Mann seine weit über siebzigjährige Nachbarin vergewaltigt und dabei erdrosselt. Conni grübelte kurz darüber nach, wie verwirrt man sein musste, um eine fast achtzigjährige Frau zu vergewaltigen, und schüttelte verständnislos den Kopf.

Nach Osten und Westen dehnte sich die Stadt zu beiden Seiten des Wassers mit Vorstädten aus. Conni schaute entlang des Inseldamms in Richtung St. Georgsberg. Ein Kormoran, der in elegantem Tiefflug dicht über der Wasseroberfläche Ausschau nach Beute hielt, nahm von seinem ursprünglichen Vorhaben Abstand, sich auf dem breit ausladenden Steg neben Conni niederzulassen, als ein Ruderer sein Sportgerät kopfüber zum Wasser balancierte. Conni waren die schlanken Boote vorhin schon auf dem Parkplatz aufgefallen, wo sie zu engen Päckchen verschnürt auf langen Trailern lagerten. Jetzt nahm sie das große Gebäude hinter dem Schotterplatz näher in Augenschein und stellte fest, dass sie genau neben der Ratzeburger Ruderakademie saß. Auch darüber hatte sie natürlich gelesen, es war die bundesweite Kaderschmiede des Deutschen Rudersports. Interessiert beobachtete sie, wie der Mann auf dem Steg sein Boot ins Wasser hob. Mit Wassersport hatte Conni bislang nichts am Hut gehabt, aber die breiten Schultern und der athletische Oberkörper des Mannes sagten ihr schon zu. Es sah spielerisch aus, wie er auf seinem Boot Position einnahm. Conni war sich sicher, dass man mehrere Wochen Übung benötigte, um dabei nicht die Balance zu verlieren, so filigran und kippelig wirkte das Boot. Vielleicht sollte sie die Sportart wechseln? Joggen und Mountainbike fahren konnte man sicher auch hier, und eine anständige Mucki-Bude fand sich inzwischen in jeder Kleinstadt, aber ob sie weiterhin die Zeit haben würde, in Schwerin viermal die Woche zum Karate-Training zu gehen, war fraglich. Ihr Trainer würde sie schlichtweg in Stücke reißen, wenn sie nicht mehr regelmäßig erscheinen würde, schließlich hielt er viel auf sie. Und ihre bisherige Leistungsbilanz gab ihm Recht: Es gab nur wenige Frauen, die sich mit dem dritten Dan schmücken durften.

Die Wasserlinie, die der Ruderer hinter sich ließ, wirkte wie mit dem Lineal gezogen. Conni suchte ihre Jacke nach der Zigarettenschachtel ab und fingerte eine Marlboro heraus. Sie würde es einfach ausprobieren.

«Rauchen ist total ungesund.» Der Steppke mit dem bunten Schulranzen auf den Schultern grinste sie frech an. Sein Blick beinhaltete eine Mischung aus Vorwurf und Verständnislosigkeit. Er mochte so um die zehn sein, schätzte Conni. Ein Alter, in dem man in der Regel noch nicht einstiegsgefährdet war.

«Recht hast du.» Conni nickte und winkte ihn zu sich heran. «Du hast doch bestimmt etwas zu schreiben in deiner Schultasche, oder?» Sie überlegte, warum der Junge eine Wildfremde einfach so ansprach. Einerseits hatten Kinder heutzutage kaum mehr Berührungsängste gegenüber Erwachsenen – als Conni in diesem Alter gewesen war, hätte es sich kein Kind herausgenommen, einen Erwachsenen zu bevormunden –, andererseits waren viele von ihnen bereits mit Schicksalsschlägen konfrontiert worden, und Krebs, egal, ob im familiären Umfeld oder Bekanntenkreis, begründete man Kindern gegenüber gerne mit Zigarettenkonsum.

Umständlich nahm der Junge seinen völlig überfüllten Ranzen ab und suchte Block und Federtasche. «Da.»

Conni trat ihre Zigarette aus, stützte die Ellenbogen auf die Knie und lächelte den Jungen an. «Nein, schreib du es dir einfach auf.»

«Was?»

«Was du gesagt hast: *Rauchen ist total ungesund.*»

Der Junge blickte sie ungläubig an. «Vom Rauchen stirbt man.»

«Meinetwegen kannst du auch das aufschreiben. Und den Zettel steckst du in dein Sparschwein oder gibst ihn deinen Eltern oder versteckst ihn irgendwo. Und in zwei, drei Jahren liest du dir das nochmal durch.»

«Und was soll das bringen?»

«Vielleicht denkst du dann anders darüber. Kann doch sein, oder?»

Der Junge nickte und schrieb den Satz zu Connis Erstaunen tatsächlich auf.

«Woher weißt du eigentlich, dass man vom Rauchen stirbt?», hakte Conni nach.

«Sagt meine Mutter.» Der Junge verstaute den Schreibblock und schulterte die Schultasche. «Mein Opa ist daran gestorben, und der hat total viel geraucht. Und der Vater von einem Klassenkameraden ist auch wegen den vielen Zigaretten gestorben», fügte er hinzu.

«Hm.» Conni nickte verständnisvoll. «Das ist traurig.» Die Frage nach dem Alter des Großvaters konnte sie sich gerade noch verkneifen. «Dann rauchen deine Eltern wohl bestimmt nicht?»

Der Junge schüttelte den Kopf. «Nee, die haben beide aufgehört. Gerade rechtzeitig. Sonst wären sie vielleicht auch tot.»

«Da hast du ja dann richtig Glück gehabt», entgegnete

Conni und versuchte, den Hauch von Ironie in ihrer Stimme herunterzuschlucken. Sie hatte einfach keine Übung im Umgang mit Zehnjährigen. «Weißt du, mein Vater hat auch sehr viel geraucht. Bestimmt drei Schachteln am Tag.»

«Und der ist nicht gestorben?», fragte der Junge ungläubig.

«Ehrlich gesagt, weiß ich es nicht. Als ich zwanzig war, ist er einfach verschwunden.»

«Wie? Einfach so weg?»

Conni nickte. «Ja, einfach weg. Mir nichts, dir nichts verschwunden. Ich weiß bis heute nicht, wo er ist und ob er überhaupt noch lebt.»

«Das ist auch traurig.» Der Junge überlegte einen Augenblick. «Aber jetzt bist du ja selbst erwachsen», meinte er schließlich, «da brauchst du ja keinen Vater mehr. Ich muss jetzt los in die Schule.»

Conni winkte ihm zu, als er sich nach einigen Metern nochmal umdrehte. Als er außer Sichtweite war, steckte sie sich eine neue Zigarette an. ‹Rauchen kann tödlich sein›, las sie auf der Schachtel, während sie einen tiefen Lungenzug nahm. Wenn nur die Angst vor dem Dickwerden nicht wäre. Sie schüttelte den Kopf. Ihre Freundin Ingrid war nach einem Jahr Abstinenz aus dem Leim gegangen wie ein Hefeklops. Und das ohne den Griff zur Schokolade, zumindest nach ihrer eigenen Auskunft. Aber eigentlich war es Zeit für einen Neuanfang. Conni blickte auf den langen Glutkegel. So richtig schmecken wollten die Dinger vormittags so oder so nicht. Zumindest für einen kleinen – sie trat die Zigarette energisch mit dem Schuh aus und warf die halb volle Schachtel neben sich in den Papierkorb. Wenn sie auch nur ein Kilo zunahm, schwor sie sich, würde sie sofort wieder anfangen.

Sie schlug den Stadtplan auf. Ihre zukünftige Arbeitsstätte hatte sie bereits lokalisiert, sie musste vorhin daran vorbeigefahren sein. Dann blickte sie auf die Uhr. Es war noch Zeit für einen kleinen Spaziergang rund um die Dominsel. Vielleicht konnte sie sogar einen Blick in den Dom werfen. Wer weiß, wann sie wieder Gelegenheit dazu hatte.

Conni war etwas enttäuscht, dass die Polizeidienststelle nicht in einem der alten Gemäuer, sondern in einem zweckdienlichen Neubau untergebracht war. Wegen der Sicherheitsvorkehrungen musste sie schmunzeln. Wie bei modernen Polizeiwachen üblich, war ein Zutritt zum Gebäude erst nach Anmeldung über eine Gegensprechanlage bei gleichzeitiger Gesichtskontrolle und mit elektrischem Türöffner möglich. Gut, das Gebäude beherbergte neben der Kripo eben auch eine gewöhnliche Polizeiwache, aber war so eine Sicherheitsschleuse hier in der Provinz nötig?

«Sonntag», murmelte sie in die Gegensprechanlage, und um den gewohnten Kalauer über den Wochentag im Keim zu ersticken, fügte sie im gleichen Atemzug hinzu: «Oberkommissarin Cornelia Sonntag, aus Schwerin. Melde mich zum Dienst!» Durch die getönte Scheibe konnte sie schwach erkennen, wie der wachhabende Beamte aufstand und sich dabei den Hosenbund zurechtrückte.

«Mit einem Dienstausweis oder Ähnlichem kann ich noch nicht dienen. Dies ist mein erster Arbeitstag hier», erklärte sie, nachdem man sie eingelassen hatte. «Ich dachte, ich wäre angemeldet, Kollege?»

«Sind Sie auch, sind Sie auch.» Der Beamte stemmte die Hände in die Hüften und kniff die Lippen zusammen. «Sie kommen nur ungefähr eine Viertelstunde zu spät.»

«Wie bitte?» Conni blickte entgeistert auf ihre Uhr.

«Ja, Sie wollen doch zur Kripo. Eigentlich erster Stock.» Der junge Beamte zeigte auf den Fahrstuhl. «Aber die sind gerade alle ausgeflogen. Sie glauben gar nicht, was hier los ist. Man hat am Kanal einen Toten gefunden. Vermutlich ein Jäger, der auf seinem Hochsitz erschossen wurde. Wenn Sie erst mal einen Kaffee wollen?»

Conni schüttelte den Kopf. «Eine Zigarette wäre mir lieber.»

Jensen Leif schob das Handy in die Halterung am Armaturenbrett, wendete den Wagen und gab Vollgas in Richtung St. Jürgen. Meine Güte, was für ein Tag. Da nahm man sich frei, um einige Erledigungen machen zu können, und dann so etwas. Das durfte ja wohl nicht angehen.

Dabei hätte ihn schon das morgendliche Telefonat mit Miriam, bei dem es mal wieder nur um die Kinder ging, stutzig machen müssen. Tage wie diese begannen immer mit einer kleinen Katastrophe. Wer hatte ihr nur gesteckt, dass er sich zwei freie Tage und ein Wochenende ohne Bereitschaft gegönnt hatte. Von wegen Fortbildungsveranstaltung für Apotheker. Seit sie wieder angefangen hatte zu arbeiten, gab es für sie an den Wochenenden nur noch

Fortbildungsseminare. Warum konnte sie nicht zugeben, dass sie einfach nur mal ihren Spaß haben wollte, wie es ihrem Naturell entsprach. Er machte ihr gegenüber doch auch keinen Hehl aus seinen Freizeitbeschäftigungen. Eigentlich hatte er zum Golfen fahren wollen. Aber wenn Miriam ihm jetzt die Zwillinge aufs Auge drückte, konnte er das vergessen. Die beiden waren ja nicht mal mehr mit einer großen Portion Eis ruhig zu stellen. Mit ihren acht Jahren wussten Annika und Sophie ganz genau, aus welchem Stall sie kamen. Unter einer Tour in einen Freizeitpark lief da nichts mehr. Aber das hatte sich jetzt wahrscheinlich eh alles erledigt. Sollte Miriam doch sehen, wem sie die Kinder unterschob.

Und dann der völlig überflüssige Streit mit den Leuten von «gratis-com» über deren Garantiebestimmungen. Es war doch immer wieder dasselbe – und er fiel immer wieder darauf herein. Wenn es um Service und Kulanz ging, waren die Billig-Ketten inzwischen genauso zweifelhaft wie die Internet-Versender. Dabei handelte es sich lediglich um das Netzteil von seinem neuen Power-Book. Fast 4000 Euro hatte er in dem Laden gelassen, und dann stellte man sich wegen so eines Pfennigartikels derart an. Aber das war eben typisch. Wenn alles bezahlt war, war man kein potenzieller Kunde mehr, denn in der Regel kaufte man ja nicht jedes Jahr einen neuen Laptop. Diese hochnäsige studentische Hilfskraft hatte einfach seine Angaben angezweifelt. Das Gerät zeige aber erhebliche Gebrauchsspuren, hatte er bemerkt und gleichzeitig zu verstehen gegeben, dass hier wohl kein Garantiefall vorliege. Gebrauchsspuren, tatsächlich? Das Gerät war ja nun auch ein Vierteljahr in Betrieb, und Leif gehörte nun mal nicht zu der Spezies, die ihren Computer in einem Alukoffer spazieren führte. Aber das war schließlich kein Grund dafür, dass die vordere Hälfte des Netzteilsteckers nicht wieder aus dem Power-Book herauswollte. Der Mann hinter dem Tresen sah das anscheinend anders. Ob er den Computer auf den Boden geschmissen hätte, wollte er wissen. Der Typ war einfach nur unverschämt gewesen. Ein Leihgerät? Fehlanzeige. Wenn die Leute bei «gratis-com» tatsächlich glaubten, er ließe sich derartig abspeisen, dann hatte man sich aber getäuscht. Ein vollkommen unnötiger Streit, der die Firma aber mit Sicherheit einen ihrer bislang treuesten Kunden kosten würde, so viel stand schon mal fest. Kein Wunder, dass ein Laden nach dem anderen Insolvenz beantragte.

Als wenn das noch nicht gereicht hätte, widmete Leif sich wieder dem leidigen Thema Sendersuche und Programmierung, während er die Posselstraße hinunterdonnerte. Mit einer kurzen Lenkbewegung wich er einem ausparkenden Kleinlaster aus, der die Geschwindigkeit des herannahenden Porsche wohl unterschätzt hatte. Kein Wunder, die Tachonadel bewegte sich bereits im dreistelligen Bereich. Leif befand sich irgendwo in der dritten Menü-Ebene, und jedes Mal, wenn er den Befehl *Speichern* aufrufen wollte, egal, ob er am Rädchen drehte oder darauf drückte, war der Sender wieder futsch. Wer sollte denn da bitte schön durchsteigen? Und das alles nur, weil die Jungs in der Werkstatt zu blöde gewesen waren, das Radio vor dem Abklemmen der Batterie zu überbrücken. Musste man bei einer kleinen Inspektion, die ihn zudem wieder mal ein halbes Monatsgehalt kosten würde, wirklich die Batterie abklemmen? Jedenfalls war der

Senderspeicher nun auf allen Plätzen mit der kleinsten Frequenz belegt. Und die hatte City-Radio, der Sender mit der *grooßen Viieeelfalt*, wie ihm ein stampfender Jingle nun schon zum dritten Mal mitteilte. Nein, er wollte nicht schon wieder Barry Manilow, Abba oder die neueste gecoverte Version von *It's raining man* hören. Kein City-Radio mit den Gute-Laune-Texten der Nachrichtensprecher, deren derbe Zoten längst auf Bildzeitungsniveau abgerutscht waren und deren Grammatik längst ohne Genitiv und Personalpronomen auskam.

Die Ampel am Berliner Platz zeigte ein deutliches Rot, was Leif ignorierte. Ohne den hupenden Querverkehr zu beachten, bog er mit quietschenden Reifen auf den St.-Jürgen-Ring und wenig später auf die Ratzeburger Allee ein. Er war so oder so schon spät dran. Zu allem Überfluss sollte er jetzt auch noch den Taxifahrer spielen und Geros Neuzugang in Ratzeburg einsammeln. War Frau Oberkommissarin nicht selbst in der Lage, Auto zu fahren, oder wie sollte er das verstehen? Wahrscheinlich würden sie als Letzte am Tatort eintreffen. Aus den Lautsprechern ertönte das tägliche *Sunrise* von Nora Jones. Die Frau machte doch wirklich erstklassige Songs, warum um alles in der Welt spielte man auf sämtlichen Sendern immer nur das eine Lied von ihr? Entnervt schaltete Leif ab.

«Sie hatten das Taxi bestellt?» Leif revidierte schlagartig sein Vorurteil über die neue Kommissarin der Kripo Ratzeburg. Geros Neue sah unverschämt gut aus. Nicht einmal eine Handtasche, für gewöhnlich unverzichtbares Accessoire auch bei der Kripo, hatte sie bei sich. «Leif Jensen – Mordkommission Lübeck. Steigen Sie ein.»

«Angenehm. Cornelia Sonntag. Nett, dass Sie mich mitnehmen.»

«Wir duzen uns hier.»

«Dann Conni.» Sie schlug die Wagentür zu und fingerte umständlich den Anschnallgurt hinter dem Sitz hervor.

Als Leif den Wagen aus der Seestraße steuerte, fiel sein Blick auf die Tankuhr, deren Zeiger gähnende Leere andeutete. Wenn das nur gut ging. Zeit zum Tanken hatten sie nun wirklich nicht mehr. «Dein erster Arbeitstag heute?»

Sie nickte.

«Hattest du dir sicher anders vorgestellt.»

«Ist das dein Dienstwagen?», fragte sie, ohne auf seine Frage einzugehen. «Ich dachte, so etwas fahren nur die Kollegen an der Autobahn.»

«Nein, das ist mein Privater. Ich habe heute eigentlich frei, und als das Handy klingelte …» Seine Worte gingen im Brüllen des Boxermotors unter.

«Wenn du nur halb so schnell fahren würdest», rief sie nach der ersten Kurve, «imponiert mir das genauso! Mein Wagen hat nur 60 PS!»

«Entschuldigung!» Leif drosselte das Tempo. «Ich fahre meistens alleine, da fällt mir das gar nicht auf.»

«Wo fahren wir genau hin?» Conni zog eine Landkarte aus der Beifahrertür und schlug sie auf.

Leif lächelte ihr charmant zu. «Zum Kanal. Ungefähr auf Höhe der Autobahn.»

«In der Dienststelle sagte man etwas von einem Hochsitz.»

«Männliche Person auf einem Hochsitz. Höchstwahrscheinlich erschossen. Mehr weiß ich auch noch nicht.» Leif drosselte das Tempo auf Schrittgeschwindigkeit und bog in eine alte Dorfstraße mit Kopfsteinpflaster ein.

«Ein Jäger?»

Er schob die Unterlippe vor und zuckte mit den Schultern. «Ich kann nur hoffen, dass das nicht im Zusammenhang mit der Hochsitzmafia steht», spekulierte er, und seine Stimme zitterte, weil der Wagen auf dem holperigen Untergrund stark vibrierte. «Seit einem Jahr», fuhr er fort, als sie wieder gewöhnlichen Asphalt erreicht hatten, «verschwinden hier in der Gegend Jagdstände. Meist über Nacht. Sie werden nicht einfach angesägt oder so, sondern vollständig abgebaut – im wahrsten Sinne des Wortes sind sie wie vom Erdboden verschluckt.»

«Ja, ich habe davon gehört. Es gab letztes Jahr eine interne Anfrage nach ähnlichen Vorkommnissen in anderen Bundesländern.»

«Stimmt. Aber die Abteilung, die mit dem Fall betraut ist, hat keine positive Resonanz erhalten. Man vermutet deshalb eine kleine Gruppe militanter Tierschützer hinter den Vorfällen, die nur lokal agiert. Bislang gibt es aber kaum konkrete Anhaltspunkte. Weder Hinweise noch Bekennerbriefe.»

«Und die Bauern, an deren Feldern die Hochsitze stehen? Ist denen nichts aufgefallen?»

Leif schüttelte den Kopf. «Nicht mal Reifenspuren. Wenn man davon ausgeht, dass man mindestens einen Lastwagen zum Abtransport benötigt … So einen Hochsitz kann man sich ja nicht einfach unter den Arm klemmen. Der wiegt bestimmt ein paar Tonnen und ist ziemlich sperrig. Sägespäne oder Holzreste, die auf eine

Demontage vor Ort schließen lassen, hat man bisher jedenfalls nicht gefunden.»

«Sehr mysteriös, das Ganze. Personenschäden hat es in diesem Zusammenhang also noch nicht gegeben?»

«Bisher nicht», seufzte Leif. «Aber warum spekulieren. Wir sind gleich da, und dann wirst du auch alle Kollegen kennen lernen. Unser Trüffelschwein ist mit seiner Truppe jedenfalls schon vor Ort. – Die Spurensicherung», erklärte er auf Connis fragenden Blick hin. «Peter heißt mit Nachnamen Schweim. Da liegt sein Spitzname förmlich auf der Hand. Wo kommst du eigentlich her?»

Natürlich hatte Gero ihm den Personalbogen von Cornelia Sonntag gezeigt und ihn um eine Einschätzung gebeten, von daher wusste er mehr über sie und ihre Qualifikationen, als ihr recht war, aber das musste er ihr ja nicht gleich auf den Bauch binden. Nachdem Margarethe altersbedingt ausgeschieden war, hatte Gero aus ermittlungstechnischen Gründen wieder um eine Kollegin gebeten, möglichst mit russischen Sprachkenntnissen, da man hinsichtlich der EU-Erweiterung in Richtung Osten entsprechend gewappnet sein müsse, wie er fand. Es war schon ein großes Entgegenkommen, dass man Gero ein Mitspracherecht bei der Personalauswahl einräumte. Keine Ahnung, wie er das immer hinbekam. In dieser Kombination hatte Kiel jedenfalls nicht viel anzubieten gehabt. Lediglich eine 35-jährige Oberkommissarin aus Mecklenburg-Vorpommern.

«Ich war vier Jahre bei der Kripo Schwerin», antwortete Conni.

«Also eine Nachbarin. Und warum ...»

«Persönliche Gründe», schnitt sie Leif das Wort ab und

faltete die Karte zusammen. «Wäre schön, wenn du mir kurz eure Verfahrensweise erläutern könntest, soweit sie vom Standard abweicht, damit ich nachher nicht so blöd herumstehe. Ich kenne ja überhaupt niemanden. Wer leitet die Ermittlungen?»

«Normalerweise Gero, Hauptkommissar Gero Herbst. Da man aber gleich Lübeck verständigt hat, werde ich als Leiter der Mordkommission hinzugezogen. Wir bleiben vor Ort, das heißt, wir richten in der nächstgelegenen Dienststelle, in diesem Fall Ratzeburg, unser Quartier ein, und jeder macht, was er am besten kann. Dortige Anlaufstelle ist Kollege Lüneburg, unser Buchhalter. Jörn Lüneburg ist aufgrund seiner Dienstjahre nicht mehr so gut zu Fuß und übernimmt dementsprechend gerne die Verwaltungsarbeit.»

«Das gibt es nicht. Ein Kollege, der einem die Durchschläge abnimmt? Ich glaube, ich bin im Paradies gelandet …» Conni schüttelte fassungslos den Kopf.

«Ja, da hat Gero richtig Glück gehabt. Jörn Lüneburg obliegt daher die Gesamtkoordination. In Absprache mit Gero und mir, versteht sich. Aber bislang gab es in der Hinsicht noch keine Kompetenzstreitigkeiten. Kollege Lüneburg trägt einfach alles zusammen, was wir sammeln. Er weiß genau, wann ein Fall für die Staatsanwaltschaft dicht ist. Mit der Staatsanwaltschaft ist das so eine Sache. Aber ich will da nicht vorgreifen – am besten, du machst dir selbst dein Bild. So, wir sind da.»

Leif bog in einen Feldweg ein. Links vor ihnen lag ein dunkler Fichtenhain, auf der rechten Seite erstreckten sich hinter gewöhnlichem Knickbewuchs mehrere Felder. Auf dem ersten stand ein großer grüner Trecker, in dessen aufgeklapptem Ackergerät sich die Sonne spiegelte. Ein gestreiftes Sperrband mit der Aufschrift *Polizei* signalisierte ihnen, dass sie richtig waren. Nach etwa hundert Metern machte der Weg eine kleine Biegung zum Waldrand und endete an einer Lichtung. Der abgestellte Fuhrpark klärte ohne Worte darüber auf, wer alles regelmäßig Polizeifunk abhörte: Technisches Hilfswerk, Freiwillige Feuerwehr, selbst die DLRG war mit zwei Fahrzeugen vertreten.

Ein weiteres Absperrband signalisierte die «Trockenzone», die erst betreten werden durfte, wenn Peter und seine Leute mit der Arbeit fertig waren. Leif griff hinter sich und zog aus einer kleinen Pappschachtel zwei Paar Füßlinge aus Plastik hervor, die sie überstreiften. Der Hochsitz stand etwa dreißig Meter hinter der Lichtung. Gegen die Sonne wirkten die Kollegen der Spurensicherung trotz ihrer weißen Mondanzüge wie Schattenrisse.

«Müssen wir irgendwo eine Nummer ziehen?», fragte Leif einen Kollegen von der Schutzstaffel angesichts der vor dem Absperrband wartenden Menge.

Der Beamte grüßte mit zwei Fingern an der Dienstmütze. «Gott sei Dank ist die Presse noch nicht da.» Er zeigte auf einen Transporter, der unmittelbar hinter der Absperrung stand. «Dascher und Rörupp vernehmen gerade die Jungens, die den Toten entdeckt haben. Kommissar Herbst ist mit Hauptmeister Bude vorne am Hochsitz.»

«Ja, danke. Oberkommissarin Sonntag», stellte Leif seine Begleiterin vor und hob das Absperrband an, damit sie darunter durchschlüpfen konnte. «Eine neue Kollegin. Dann wären wir also komplett. Ist außer uns und der Spurensicherung schon jemand aus Lübeck da?», fragte er und schaute sich suchend um.

«Bislang noch nicht», entgegnete der Beamte. «Aber wenn Sie die Staatsanwaltschaft meinen …» Er deutete zum Feldweg, auf dem ein schwarzer Mercedes langsam auf sie zurollte. «Die scheint gerade im Anmarsch zu sein, wenn ich das recht erkenne.»

Leif drehte sich um und nickte bestätigend. «*Van Helsing*», murmelte er. «Der hat mir heute gerade noch gefehlt.»

Feldarbeit «Wenn ich genau darüber nachdenke …» Hauptmeister Jörg Bude schüttelte unentwegt den Kopf und wischte sich mit einem Taschentuch die Mundwinkel ab. «Mir ist immer noch schlecht, Gero. Es ist jedes Mal das Gleiche. Ich bin überhaupt nicht geeignet für diesen Job.»

«Das ist doch Quatsch, Jörg.» Gero hatte sich neben Bude auf den Stapel frisch geschlagener Stämme gesetzt und ihm tröstend die Hand auf die Schulter gelegt. Er hatte es mehr als ein Dutzend Mal erlebt, dass Kollegen nach einem Leichenfund mit den Nerven am Ende waren, und wusste, wie wichtig menschliche Zuneigung in einer solchen Situation war. Vor allem kam es darauf an, keine kollegiale Skepsis an den Tag zu legen. Der eine konnte kein Blut sehen, andere scheuten körperlichen Kontakt oder erbrachen sich bei bestimmten Gerüchen. Das kam nicht nur vor – es war die Regel. Schlimmstenfalls meldete man sich dienstunfähig und begab sich schleunigst in ärztliche Behandlung oder wurde unter psychologische Betreuung gestellt. Nicht nur Polizisten, auch Sanitäter und selbst Ärzte waren davon betroffen. Lena konnte ein Lied davon singen, wie viele Kollegen nach Anwesenheit bei einer Obduktion traumatisiert waren, wobei die Teilnahme an einer Leichenöffnung auch wirklich den Härtefall darstellte. Bei Hauptmeister Jörg Bude lag der Fall etwas komplizierter.

«Mensch, Gero, ich mach das hier jetzt seit mehr als dreißig Jahren. Da sollte man doch meinen …» Bude versuchte, mit tiefen Atemzügen gegen seine Tränen anzukämpfen. «Ich hab's so satt, ich könnte einfach nur heulen.»

«Komm schon, Jörg! Du weißt genau, dass ich dich jetzt brauche, du bist für mich unverzichtbar.» Gero hatte sich seine Worte wohl überlegt. Obwohl Hauptmeister Bude nicht seinem Stab angehörte, hatte sich nach fünf Jahren gemeinsamer Arbeit ein freundschaftliches Verhältnis zwischen dem *Kriminalen* und dem *Dorfbullen* aus Gudow entwickelt. Als sie damals von Hamburg ins Lauenburgische gezogen waren, hatte sich der Wachtmeister aus dem Nachbarort gleich in der ersten Woche persönlich bei Familie Herbst vorgestellt. Inzwischen war er häufiger Gast im Hause, und nicht nur dank seiner handwerklichen Qualitäten lagen er und Gero schon mal gemeinsam unter dem Auto, löteten eine Wasserleitung, oder Jörg Bude half an anderer Stelle. Zu tun gab es an dem alten Hof ja mehr als genug. Bude jetzt nach Hause zu schicken wäre in dieser Situation das Verkehrteste gewesen, was er tun konnte. Dort gab es niemanden, der ihm hätte helfen können. Seine Frau war vor zehn Jahren an Krebs gestorben, und wenige Monate später war sein ältester Sohn auf einer nächtlichen Spritztour mit seinem frisierten Moped tödlich verunglückt. Bude selbst war damals als Erster an der Unglücksstelle gewesen und hatte ihn gefunden. Es war kaum vorstellbar, welcher Schmerz ihn jedes Mal treffen musste, wenn er erneut einen Toten entdeckte. Deshalb machte es jetzt keinen Sinn, ihn in die Einsamkeit zu entlassen. Bude hatte nichts außer seiner Arbeit.

«Am liebsten würde ich den ganzen Schiet hinschmeißen, alles, alles hab ich verkehrt gemacht! Ist mir auch klar, warum Hannes kein Wort mehr mit mir spricht. Nicht nur in seinen Augen muss ich ein totaler Versager sein …»

«Nun mach aber mal einen Punkt, Jörg. Das ist doch alles Quatsch und hat hiermit überhaupt nichts zu tun.» Hannes war Budes Jüngster, der seit geraumer Zeit in einer Kommune bei Dannenberg lebte und als Kernenergie-Gegner immer dann mit spektakulären Aktionen von sich reden machte, wenn wieder einmal einer der berüchtigten Mülltransporte in Richtung Gorleben bevorstand. Da wollte ein Polizist als Vater natürlich nicht so recht ins Lebensbild passen. Aber auch Jörgs Verständnislosigkeit und einige ungeschickte Äußerungen seinem rebellischen Sohn gegenüber schürten den Streit ständig. Seit einem halben Jahr herrschte absolute Sendepause zwischen ihnen, was dem Vater natürlich auch nicht recht war. Gero sah Leif auf sie zukommen und gab ihm mit einer abwiegelnden Handbewegung zu verstehen, dass sie ungestört bleiben wollten. Die Frau neben Leif musste die neue Kollegin Sonntag sein. Zum Dienstantritt gleich ein Tötungsdelikt. Das hatte sie sicher nicht erwartet, und auch er hätte sich eine entspannte Einarbeitungszeit mit der neuen Kollegin gewünscht.

«Ein Mord steht bei uns im Revier doch auch nicht auf der Tagesordnung …» Gero klopfte Bude aufmunternd auf die Schulter. «Aber wir können uns die Fälle nicht aussuchen. Außerdem bist du für die Pension noch nicht alt genug.»

«Ich weiß, leider.» Jörg Bude quälte sich ein Lächeln ab und rieb sich die Augen trocken. «Geht schon», meinte er schließlich.

Gero kräuselte die Lippen. «Ich versteh dich ja, aber ich brauch dich jetzt. Kennst du den da oben?»

Bude schüttelte den Kopf. «Nee, von hier ist der nicht. Auch wenn vom Kopf nur noch die Hälfte übrig ist – da bin ich mir sicher. Ich erkenn die Leute ja schon an ihren Klamotten …»

«Lass die Details einfach beiseite», riet ihm Gero, der sich gut vorstellen konnte, wie schwer es Bude fiel, den Anblick abzuschütteln. Er selbst war noch nicht auf dem Hochsitz gewesen und war ehrlich gesagt auch nicht scharf darauf. «Darum kümmern sich andere. Hast du eine Ahnung, wer der Jagdpächter hier ist?»

«Soll ein jagdverrückter Kaufmann aus Hamburg sein. Ich bin ihm aber selbst noch nie begegnet. Der dort oben trägt jedenfalls keine Jagdkleidung. Und ein Gewehr habe ich auch nicht gesehen», erklärte Bude, ohne dass Gero seinen Verdacht aussprechen musste.

«Harms hat dich verständigt?»

Bude nickte. «Auf dem Handy. Geht ja per Rufumleitung von der Wache», erklärte er. «War gerade bei Oelschläger und wollte Spargel kaufen. Zuerst hab ich gedacht, Harms will mich vergackeiern. Der Empfang war auch nicht so dolle. Harms hat so zusammenhanglos rumgequatscht, dass ich da erst nicht durchgestiegen bin. Klang, als wenn der besoffen wäre. Er sei auf'm Feld und Nils und der lütte Müller wären mit Fahrrädern querfeldein direkt vor seinen Trecker. Ob die verletzt wären, frag ich, und ob er einen Krankenwagen verständigt hätte. Quatsch, meint Harms, sie wären zu ihm hin, weil da was mit dem Hochsitz wäre. Ob der etwa weg sei, hab ich gleich gefragt, weil ich natürlich dachte … Du weißt schon.» Bude breitete die Arme zu einer hilflosen Geste aus. «Wäre ja nicht das erste Mal, dass einer verschwindet. Nee, meint Harms, die Jungens würden erzählen, da liegt einer oben drinne. Gut, sag ich, ich mach mich auf'n Weg. Komm da hin und denk mir nix weiter. Bestimmt so 'n Penner, der glaubt, er hat 'ne günstige Bleibe gefunden, oder einer von den Kids, die nachts am Kanal immer Party machen, der seinen Rausch ausschläft. Hatte mir schon was zurechtgelegt, was ich dem erzählen würde, als ich die Leiter hoch bin. Ja, und dann hat's mich eiskalt erwischt, als ich den da oben sah, und hab erst mal über die Veranda gekotzt.» Jörg Bude kniff die Lippen zusammen. «Tut mir echt Leid – wegen der Spuren, mein ich. Ja, und dann hab ich gleich die Leitstelle informiert.»

«Ist schon in Ordnung.» Gero erhob sich langsam. So, wie es eben aus Jörg herausgesprudelt war, schien das Schlimmste überstanden zu sein. Jetzt fehlte noch eine verantwortungsvolle Aufgabe. «Wenn Rörupp mit der

Vernehmung der beiden fertig ist und die Spurensicherung Abdrücke von ihren Schuhen genommen hat, fährst du die Jungens am besten nach Hause. Die Räder wird Peter eh mitnehmen wollen. Warum sind die eigentlich nicht in der Schule?»

«Keine Ahnung. Nils meinte, sie hätten heute keine Schule. Wahrscheinlich ist heute einer dieser freien Tage, die sich die Lehrer neuerdings immer einrichten.»

«Bewegliche Feiertage heißen die.» Gero dachte darüber nach, ob Max heute vielleicht auch frei hatte. Lena hatte heute Morgen ausnahmsweise nicht nur Charlotte zur Schule gefahren, sondern auch Max auf dem Weg nach Lübeck am Gymnasium abgesetzt. So tranbüdellig, wie der in letzter Zeit war, konnte es sich Gero gut vorstellen, dass Max einen solchen Termin glattweg vergessen hatte. Normalerweise kam Max bei Unterrichtsausfall dann zu ihm in die Dienststelle und wartete, bis Oma Ruth ihn dort einsammelte. Lena kam gewöhnlich erst um vier Uhr von der Arbeit, und bis dahin betreute Geros Mutter die Kinder auf dem Hof. Heute war der Tagesablauf allerdings etwas durcheinander geraten, weil sein Wagen nicht anspringen wollte. Es war doch immer dasselbe mit dem alten Saab. Er verzieh es Gero einfach nicht, wenn der ihn bei Regen nachts unter freiem Himmel parkte. Obwohl der Wagen trotz seines stolzen Alters sonst sehr zuverlässig war, bei feuchter Wetterlage wollte er einfach nicht starten. Natürlich kannte Gero das Phänomen und wusste auch Abhilfe. Aber gerade als er der Gemischeinstellung zu Leibe rücken wollte, hatte die Dienststelle angerufen und ihn über den Leichenfund informiert. Gero hatte sich dann tatsächlich auf seinen alten

Drahtesel geschwungen und war die sechs Kilometer bis zum Fundort hergeradelt.

«Das könnte möglich sein. Heute ist Montag, und die beweglichen Feiertage liegen natürlich immer direkt vor oder nach einem Wochenende», meinte er und kontrollierte das Display von seinem Handy. Bislang gab es keine Nachrichten.

«Klar. Das würde ich auch so einrichten.» Anscheinend fand Bude langsam zu seinem Mutterwitz zurück.

«Danach wäre es gut, wenn du zur Wache fährst und deinen Bericht tippst. Ich schätze, dass wir gegen Mittag hier fertig sind. Das heißt, vor drei gibt es keine Lagebesprechung, und bis dahin solltest du das schaffen. Wenn noch Zeit ist …», Gero blickte rüber zum Hochsitz, wo sich neben Leif und Cornelia Sonntag inzwischen auch Staatsanwalt Heiko Hellsink eingefunden hatte, «… kannst du dich in der Umgebung ja schon mal umhören, ob jemand vielleicht einen Schuss gehört hat.»

«Mach ich.» Jörg Bude erhob sich, strich seine Uniform glatt und klemmte sich seine Dienstmütze unter den Arm. Dann blickte er Gero, der ein nachdenkliches Gesicht machte, fragend an. «Ist noch was?»

«Ja. Sag mal, du bist doch als Erster hier vor Ort gewesen? Außer den beiden Jungen und Bauer Harms. Ist dir auf dem Weg hierher eigentlich nichts aufgefallen?»

Bude legte die Stirn in Falten. «Nö», entgegnete er nach einer Weile. «Was meinst du denn genau?»

«Ich frage mich, wer auch immer das dort oben ist, wie ist der hierher gekommen? Kein Auto weit und breit, kein Fahrrad.»

«Stimmt.» Bude nickte bestätigend. «Das ist allerdings

merkwürdig. Daran hab ich noch gar nicht gedacht. Da vorne ist der Kanal, und bis zur Straße ist das ein schönes Ende zu Fuß. Aber auch da stand kein Wagen, wenn ich mich recht erinnere.»

«Na, war nur so ein Gedanke.» Gero machte eine abwertende Handbewegung. «Das wird sich klären, wenn wir erst wissen, wer das ist.» Er deutete auf den Hochsitz. «So, ich geh jetzt mal rüber. *Van Helsing* ist ja schon ganz hibbelig. Ich ruf dich an, wann die Besprechung stattfindet. Und noch was!»

«Ja?»

«Was kostet denn das Kilo bei Oelschläger?»

«Wie?»

«Na, der Spargel! Lena ist schon seit Tagen ganz jieperig.»

«Ach so. Unter fünf Euro. Ist aber noch kein hiesiger.» Bude schaute ihn verdutzt an. «Du willst doch jetzt nicht etwa Spargel kaufen gehen?»

«Jetzt nicht.» Gero strich sich über seinen Dreitagebart. «Aber selbst wenn es heute spät werden sollte … Ich stelle Lena einen Korb in die Küche und schreib ihr einen Zettel dazu, dass wir zum Essen noch eine Person mehr sind.» Er lächelte Bude an. «Du organisierst den Schinken, in Ordnung?»

Auch wenn er es nicht aussprach, als er sich auf den Weg machte – die Dankbarkeit, den heutigen Abend nicht alleine verbringen zu müssen, war Bude förmlich ins Gesicht geschrieben.

Gero versuchte, Hellsinks gehässigen Kommentar, dass Hauptmeister Bude den Tatort überflüssigerweise verunreinigt hatte, zu ignorieren. Aber selbst nachdem Peter Schweim zu verstehen gegeben hatte, dass er sehr wohl zwischen wichtigen Spuren und Budes Mageninhalt unterscheiden könne und der Vorfall deshalb belanglos sei, nörgelte Hellsink weiter herum. Die Gemütslage des Hauptwachtmeisters interessierte ihn dabei kein bisschen. *Van Helsing*, wie Staatsanwalt Heiko Hellsink allgemein genannt wurde, war bekannt dafür, das Feingefühl eines Rhinozerosses zu besitzen, obwohl die Tiere ja angeblich sehr sensibel sein sollten. Hellsink war arrogant, anmaßend, wichtigtuerisch und selbstverliebt. Von Mitarbeitermotivation hatte er keine Ahnung, selbst der Besuch eines entsprechenden Seminars für Führungskräfte hätte daran nichts geändert. Niemand mochte ihn, auch Gero nicht. Er strafte Hellsinks rhetorische Frage nach Budes grundsätzlicher Eignung für den Polizeidienst mit einem eiskalten Blick. Dann wandte er sich der neuen Kollegin zu.

«Gero Herbst. Wir haben bereits telefoniert», begrüßte er Cornelia Sonntag und war von ihrem kräftigen Händedruck überrascht. «Ich hätte mir gewünscht, dass unsere erste Begegnung unter angenehmeren Umständen stattgefunden hätte.»

«Hallo. Ich bin Cornelia. Alle sagen Conni. Den geplanten Empfang können wir dann ja beizeiten nachholen», antwortete sie, und obwohl die Situation es eigentlich nicht zuließ, signalisierte ihr Unterton doch, dass sie eine humorvolle Schlagfertigkeit besaß.

«Wart ihr schon oben?», fragte Gero zu Leif gewandt.

«Peter meint, das sollten wir uns nicht antun», entgegnete Leif. «Conni und ich legen jedenfalls keinen gesteigerten Wert darauf.» Leifs Formulierung klang danach, dass er auf die neue Kollegin Rücksicht nehmen wollte. Sonst war er nicht so empfindlich, wenn es um die erste Leichenbeschau ging. «Wir lassen dir den Vortritt.»

«Das ist ziemlich eng hier oben!», rief Schweim, der inzwischen wieder zu Dr. Vetter, einem Kollegen von Lena, auf den Hochsitz gekrabbelt war. Zwei Mitarbeiter der Spurensicherung arbeiteten von einer hydraulischen Hebebühne aus, die man direkt neben dem Holzverschlag in Stellung gebracht hatte. Stück für Stück nahmen sie kleine Plastikbeutelchen entgegen, die ihnen Peter reichte. «Eng und matschig!»

«Kannst du schon was sagen, Vetter?», rief Gero nach oben und machte Hellsink gegenüber eine auffordernde Handbewegung, ihm zu folgen. «Einen kurzen Blick sollten wir trotzdem riskieren, auch damit sich die Staatsanwaltschaft ein eigenes Bild machen kann. Fotos zeigen immer so viel Abstand.» Er warf Leif hinter Hellsinks Rücken einen ränkevollen Blick zu. Heiko Hellsink ließ sich nichts anmerken und stieg die Leiter empor.

Vetters rot geädertes Gesicht erschien hinter der Brüstung. «Auf den ersten Blick würde ich sagen, der Mann hat eine Handgranate verschluckt.»

«Dass ihr mir hier nirgends reintretet», nörgelte Peter Schweim, als sich Gero und Hellsink durch die Luke zwängten. Der hölzerne Verschlag hatte für einen Jagdstand recht komfortable Ausmaße, aber Gero musste trotzdem auf der Leiter stehen bleiben. Für vier Personen war nicht genug Platz, zumal es genau genommen fünf waren.

«Mach keine Witze, Vetter.» Nachdem sich Gero umgeschaut hatte, musste er dem Mediziner allerdings Recht geben. Der Kopf des Toten sah verheerend aus. Kein Wunder, dass sich Jörg übergeben hatte. Vom Gesicht war nicht mehr viel zu erkennen, und die hintere Schädelhälfte fehlte vollständig. Gero wandte den Blick ab und musterte Dr. Vetter. «Verdammte Scheiße», murmelte er. «So was hab ich überhaupt noch nicht gesehen. Was ist denn mit dem passiert?»

Vetter kaute nonchalant auf einem Kaugummi. «Wohl nicht gedient, was?» Seine Bemerkungen waren Folge jahrzehntelanger Berufspraxis und nicht wörtlich zu nehmen, das wusste Gero. Bei den Pathologen in der Gerichtsmedizin war dieser sarkastische Umgangston besonders ausgeprägt. ‹Mit Leichen spricht man als Arzt einfach anders›, pflegte Lena immer zu sagen. Vor den Kindern war das Thema allerdings tabu.

Heiko Hellsink gab Gero ein Zeichen, ihn vorbeizulassen. Allem Anschein nach hatte er genug gesehen.

«Nein, ganz im Ernst», meinte Vetter. «Ich vermute, das war ein großkalibriges Geschoss. Solche Schadensbilder sind in den Schützengräben und Feldlazaretten an der Tagesordnung, auch auf den heutigen Kriegsschauplätzen. Aber so etwas ist halt nichts für die Medien. Saubere Kriegführung, chirurgische Präzision, das sind die Schlagworte, mit denen man heutzutage die blutigen Gemetzel schönredet.»

«Schadensbild klingt eher nach einem Kfz-Sachverständigen», bemerkte Gero.

«Dann nenn es in diesem Fall einen Totalschaden», frotzelte Vetter weiter und räumte sein Besteck zusammen. «Genaueres wie immer später.» Er blickte zur Uhr. «Zwölf Uhr morgen Mittag, würde ich sagen.»

«Gib mir zumindest die groben Eckdaten», bat Gero. «Wie lange liegt der schon hier?»

Vetter wiegte langsam den Kopf. «Gestern zwischen Mittag und Mitternacht. Aber nagele mich nachher nicht fest.»

«Und?»

«Also gut. Alter zwischen dreißig und vierzig. Gepflegter Allgemeinzustand. Gebiss vollständig, zumindest am Unterkiefer. Was den Oberkiefer betrifft, musst du dich ans Trüffelschwein wenden …» Vetter warf Schweim einen viel sagenden Blick zu.

Peter Schweim verzog die Mundwinkel. «Ich hätte lieber das Projektil als die Zähne.»

«So, wie es den hier auseinander gerissen hat, kannst du schon mal den halben Wald danach absuchen lassen», erwiderte Vetter. Dann fuhr er zu Gero gewandt fort: «Seine Uhr ist übrigens eine billige Kopie einer Omega Speedmaster, was dir vielleicht bei der Identifizierung weiterhilft. Ist ja eigentlich nicht meine Aufgabe, aber mit Uhren kenn ich mich aus. So, Haarfarbe siehst du selber, und für einen Striptease ist hier oben kein Platz. Womit kann ich noch dienen?»

«Einschusswinkel?», fragte Gero vorsichtig.

«Schau dir den Matsch an! Wenn ich Peters Ausbeute zusammengepuzzelt habe, dann vielleicht. Was meinst du, Peter?»

«Zumindest wurde hier oben in den letzten drei Tagen nicht geschossen. Also weder aufgesetzt noch sonst irgendwie. Es gibt keine frischen Schmauchspuren. Durch die Luke wurde auch nicht geschossen. Ich habe den nächsten Hochsitz schon sperren lassen. Der liegt allerdings auf der anderen Feldseite. Das sind mehr als dreihundert Meter. Wenn ich hier fertig bin, nehmen wir uns den vor.»

«Sonst schon etwas Verwertbares von deiner Seite?»

Peter Schweim schüttelte den Kopf. «Keine Brieftasche, keine Geldbörse, keine markanten Spuren, kein Ring. Die Uhr hat Vetter schon erwähnt, was wir an brauchbaren Fingerabdrücken und Textilfasern auf dem Holz nehmen konnten, ist im Sack. Ich quäle mich hier nur noch mit Hirnmasse und Knochensplittern. Auf der untersten Leitersprosse haben wir Blut gefunden, das unmöglich dorthin gespritzt sein kann. Ob das die Jungens oder Bude hingetreten haben, sag ich dir, wenn ich deren Schuhe auf dem Labortisch hatte. Mehr gibt es noch nicht.»

Gero nickte. «Gut. Wann?»

«Ich habe noch eine zweite Staffel bestellt. Wenn die hier ist, würde ich schätzen, noch etwa sechs Stunden vor Ort. Dann bekommst du von mir eine grobe Übersicht. Meinetwegen auch telefonisch. Erste Auswertungen und einen vorläufigen Bericht hast du in 24 Stunden auf deinem Schreibtisch. Schneller geht's auf keinen Fall», schob Schweim sicherheitshalber hinterher.

Arbeitsteilung Die mechanische Zeitschaltung der Treppenhausbeleuchtung reichte normalerweise knapp aus, um die dritte Etage noch im Hellen zu erreichen. Aber zu so später Stunde verzichtete Conni besser auf den täglichen Sprint zu ihrer Wohnungstür, die hölzernen Treppenstufen knarrten und knackten so schon laut genug. Angeblich war dem Problem leicht beizukommen, aber der alte Sicherungskasten aus schwarzem Bakelit machte auf Conni keinen vertrauenswürdigen Eindruck. Außerdem war Elektrizität nicht gerade ihre Disziplin. Der Hausmeister hatte längst Abhilfe versprochen, aber geschehen war bislang nichts. Mit dem Kinn versuchte sie, den Stapel Briefe auf den zwei Aktenordnern in der Balance zu halten, und tastete sich im Dunkeln bis zum nächsten Lichtschalter vor, den sie umständlich mit dem Ellenbogen drückte.

Noch bevor Conni die Wohnungstür geschlossen hatte, begrüßte Orpheus sie mit einem überraschenden Sprung vom Garderobenschrank und streifte freudig schnurrend um ihre Beine. Nach einer Schrecksekunde strich sie dem Abessinierkater liebevoll über den Rücken. «Na, mein Kleiner. Ist spät geworden heute – tut mir Leid.»

Auf der Rückfahrt waren Conni fast die Augen zugefallen. Jetzt war sie hellwach. Nachdem sie die Turnschuhe gegen Wollsocken ausgetauscht hatte, bereitete sie Orpheus, der sie auffordernd zur Küchentür dirigiert hatte, sein Abendessen. Im Kühlschrank herrschte bis auf einen Kefir mit abgelaufenem Haltbarkeitsdatum und einem Tableau mit halberfrorener Gartenkresse gähnende Leere. Conni fischte für sich selbst zwei Knäckebrote aus der Blechschachtel im Hängeschrank und bestrich sie mit dem letzten Rest Margarine. Sie betrachtete das Ergebnis und musste lächeln. Das Arrangement sah nach einem Werbespot von *Du darfst* aus. Eigentlich hatte sie geplant, auf der Heimfahrt noch einen Großeinkauf beim hiesigen *famila*-Markt zu machen, aber daraus war natürlich nichts geworden. Auch wenn die Öffnungszeiten immer liberaler wurden, kurz vor Mitternacht gab es Essbares nach wie vor nur an der Tankstelle. Sie warf einen Blick auf den Prospekt des Pizzadienstes, der an der Kühlschranktür haftete, und schüttelte den Kopf. Selbst die machten während der Woche um halb elf die Lichter aus. Conni summte leise *Ich will so bleiben, wie ich bin*, stellte sich auf die Zehenspitzen und nahm die Flasche *Veuve Cliquot* vom Küchenschrank, ein Mitbringsel von Norbert zum zweiten Jahrestag. Als sie damals die Kerzen zum Candle-Light-Dinner entzündet hatten, war der Alarm losgegangen. Seitdem fristete der Champagner sein Dasein neben Blumenvasen und Backformen. Das durchsichtige Geschenkpapier hatte eine dünne Fettschicht abbekommen. Conni nickte zufrieden. Es war an der Zeit, die letzten Spuren zu beseitigen. Der erste Arbeitstag sollte gebührend gefeiert werden. Besser warmer Champagner als schimmliger Kefir. Conni leerte den Plastikbecher über der Toilette und warf die Reste in den gelben Sack hinter der Küchentür. Irgendwo im Wohnzimmer musste auch noch eine Tafel Schokolade liegen.

Nachdem sie die neueste Scheibe von Robbie Williams in den CD-Spieler gelegt hatte, ließ sie sich aufs Sofa fallen. Der Tag war aufregend gewesen. Gerne hätte sie sich jetzt mit jemandem ausgetauscht. Sie zog die Beine etwas an und machte dem Kater zu ihren Füßen Platz. Orpheus betrachtete neugierig die Blasen, die am Rand des Glaskelches emporsprudelten, und reckte neugierig seinen Hals. Eine krause Nase war alles, was er dem Getränk abgewinnen konnte. Verlegen leckte er sich die Pfote. Connis Blick fiel auf den großen Aschenbecher auf dem Couchtisch. Champagner ohne Zigaretten? In ihrem Arbeitszimmer lagen noch die *Ducados* vom letzten Spanienurlaub. Norbert hatte gemeint, die wären lecker, also hatte sie gleich eine ganze Stange davon gekauft – genug für Notfälle. Nach einem kurzen Hin und Her beschloss sie jedoch, dass noch kein Notfall vorlag, nahm dafür einen kräftigen Schluck Champagner, brach sich einen Riegel weiße Schokolade ab und begann, nachdem sie die Leselampe zurechtgerückt hatte, mit einem Bleistift bewaffnet durch die Protokollbögen zu blättern. Vereinzelt machte sie sich Notizen und ließ dabei den Tag Revue passieren. Vieles war einfach an ihr vorbeigerauscht.

Von der familiären Atmosphäre an ihrem neuen Arbeitsplatz war sie besonders angetan. Allein der freundliche Umgangston zwischen den Kollegen machte die Musik. Soweit sie das schon beurteilen konnte, handelte es sich um ein eingespieltes und harmonisches Team ohne grantigen Vorgesetzten. Da war sie von Schwerin her anderes gewohnt. Lediglich der Staatsanwalt war ein Ekelpaket. Aber auch da schienen sich alle einig zu sein. Es zeugte jedenfalls von abgebrühter Routine, wie Hauptkommissar Herbst den hochnäsigen Kerl am Tatort vorgeführt hatte. Wortlos hatte sich Hellsink, der totenblass vom Hochsitz heruntergeklettert war, ins Auto gesetzt und war erst am Ende der Lagebesprechung in Ratzeburg wieder aufgetaucht. Der Anblick des Opfers war alles andere als angenehm gewesen, was alle bestätigt hatten. Die Fotos am Clipboard vermochten nur einen deutlich abgeschwächten Eindruck des Grauens zu vermitteln. Bude tat ihr Leid. Der Hauptmeister war mit der Situation sichtlich überfordert gewesen, hatte aber bei der Besprechung tapfer seinen Mann gestanden. Sie blätterte durch die Seiten. Sein Bericht war makellos.

Eine vorerst stichprobenartige Befragung hatte keine konkreten Anhaltspunkte ergeben. Die Bäuerin von einem gut zwei Kilometer vom Tatort entfernt gelegenen Hof wollte zwar nachts durch Schüsse aufgewacht sein, konnte sich aber nicht an die Uhrzeit erinnern und war sich auf Nachfrage von Bude nicht einmal mehr sicher, was den genauen Tag anbetraf. Sonst hatte niemand der Befragten etwas Auffälliges beobachtet.

Die beiden Kinder, die den Mann gefunden hatten, schienen das Ganze besser bewältigt zu haben, als man anfangs vermutet hatte. Der örtliche Pastor hatte sich zwar sofort für eine Betreuung der beiden zur Verfügung gestellt, aber die Eltern sahen dafür keine Notwendigkeit. Entweder hatten die zwei nicht so genau hingeschaut, oder sie hielten das Ganze für ein spannendes Abenteuer. Schließlich waren sie zumindest für die Presse erst einmal die Helden des Tages. Bude hatte berichtet, der kleine Müller hätte auf eine Frage des Journalisten vom «Anzeiger» hin ganz cool erklärt, sein Vater sei Metzger und er sei so etwas schließlich gewohnt, worauf sich einige Kollegen bei der Lagebesprechung ein Lachen nicht verkneifen konnten. Sachdienliche Hinweise konnten jedenfalls weder die Kinder noch Bauer Harms geben. Auch für ihn hatte der Tag wie jeder andere begonnen.

An oberster Stelle stand natürlich die Identifizierung des Toten. Solange jedoch der rechtsmedizinische Bericht nicht vorlag, musste man sich mit dem begnügen, was für jedermann ersichtlich gewesen war, und das war nicht viel. Alter zwischen dreißig und vierzig, Größe etwa ein

Meter fünfundsiebzig, Haarfarbe mittelbraun, Augenfarbe nicht feststellbar, Geschlecht männlich – sofern die Obduktion nicht wider Erwarten anderes zutage förderte. So makaber es klang: Der Kollege Lüneburg hatte mit todernster Mine zu verstehen gegeben, dass es hinsichtlich des Geschlechts schon die tollsten Überraschungen gegeben hätte. Seine Bemerkung hatte natürlich zu allgemeiner Heiterkeit im Raum geführt, wenn auch nur kurz. Insgesamt herrschte eine eher bedrückte Stimmung; jeder war sich über den Ernst der Lage im Klaren. Es war unverkennbar, dass ein solcher Fall nicht zu den Routinearbeiten im Kommissariat gehörte.

Jörn Lüneburg war ein älterer Kollege und der Einzige, der Conni gegenüber beim förmlichen Sie geblieben war. Zuerst hatte sie ihn für etwas muffelig und humorlos gehalten, aber das lag anscheinend nur daran, dass Lüneburg sehr akribisch und konzentriert arbeitete. Jeder im Kommissariat hatte Respekt vor ihm, und Leif hatte ihr versichert, es dauere immer eine Weile, bis er neuen Kollegen gegenüber auftaue; Lüneburg habe durchaus eine humorvolle Seite. Einen kleinen Vorgeschmack davon bekam Conni, als Jörn Lüneburg sich bei der internen Aufgabenverteilung selbst als «Buchhalter des Todes» bezeichnete. Sein Witz war trocken und allem Anschein nach genauso bedächtig wie seine Arbeitsweise.

Solange keine vollständige Personenbeschreibung vorlag – Dr. Vetter hatte seinen Bericht zu morgen Mittag angekündigt –, machte es wenig Sinn, den Erkennungsdienst mit einem Datenabgleich zu beauftragen. Es lagen keine örtlichen Vermisstenmeldungen vor, und bundesweit hatte der Computer mehr als tausend Übereinstimmungen ausgespuckt. Conni schauderte es. Das waren nur die Meldungen der letzten zwei Wochen gewesen. Gott sei Dank arbeitete die Kripo inzwischen länderübergreifend mit der gleichen Software, so brauchte ihr Leif Jensen, mit dem sie vorerst ein Zimmer teilte, nur die interne Organisation und die Zugriffskürzel auf die zugeordneten Ämter und Abteilungen der Polizeidirektion Süd in Lübeck zu erklären. Mit der Struktur der Landespolizei Schleswig-Holstein hatte sich Conni schon vor ihrem ersten Arbeitstag befasst.

Ihr Arbeitszimmer war nüchtern und zweckmäßig eingerichtet. An der Wand neben ihr hingen der bereits bekannte Plan der Ratzeburger Stadtteile sowie kopierte Stadtpläne von Mölln und Büchen. Die Telefonanlage war allerdings kompliziert und gewöhnungsbedürftig. In Schwerin hatte man erst die interne Nummer eingeben und dann auf *Durchstellen* drücken müssen, hier war es genau umgekehrt, was zur Folge hatte, dass sie am Anfang sämtliche eingehenden Gespräche, die sie weiterleiten wollte, getrennt hatte. Leif hatte nur geschmunzelt und bis zum Dienstschluss mit der Frage gewartet, ob man sich bei der Kripo in MacPomm mit dieser Taktik die Arbeit vom Hals hielt. Wahrscheinlich würde sie ab morgen in der Dienststelle *das Fräulein vom Amt* heißen, so ungeschickt, wie sie sich angestellt hatte.

Sonst war Leif den Tag über ganz *charming boy* gewesen und hätte sie wohl am liebsten persönlich durchs Revier geführt und allen Kollegen vorgestellt. Aber das hatte Gero Herbst übernommen. Natürlich nicht einzeln, sondern knapp und bündig vor versammelter Mannschaft im Besprechungsraum. Bei dieser Gelegenheit hatte er auch darauf hingewiesen, dass ab sofort Leif Jensen die Ermittlungen leiten würde, da er selbst mit Nachforschungen in einem anderen Fall ausgelastet sei, was kommentarlos von allen hingenommen wurde. Man konnte Herbst ansehen, dass er diese Entscheidung nicht selbst getroffen hatte, andererseits schien er nicht nur volles Vertrauen zu Leif zu haben, sondern auch privat mit ihm befreundet zu sein. Zumindest ließ ihr Umgangston das vermuten.

Herbst einzuschätzen war schwierig. Er passte genauso wenig wie Leif Jensen in das Muster eines klassischen Kriminalen, wenn es so etwas überhaupt gab. Auch wenn es Conni imponiert hatte, wie er mit dem Staatsanwalt umgesprungen war, und er ihr durchaus sympathisch erschien, so wirkte er doch etwas unzugänglich. Vielleicht täuschte der erste Eindruck aber auch. Mit dem Kollegen Lüneburg schien er sich jedenfalls wortlos verständigen zu können. Bei der Lagebesprechung hatte sich Herbst sehr zurückgehalten, er hatte teilweise sogar etwas abwesend gewirkt, was durch den anderen Fall begründet sein musste, an dem er arbeitete. Was es damit auf sich hatte, hatte Conni noch nicht in Erfahrung bringen können. Alles hatte sich heute verständlicherweise um den Toten auf dem Hochsitz gedreht. Das Einzige, was Herbst angemerkt hatte, war die Frage gewesen, wie der Tote zum Hochsitz gekommen war, da nirgends in der Umgebung ein Wagen oder Fahrrad abgestellt war. Eine scharfsinnige Beobachtung, wie Conni fand – niemandem sonst war es aufgefallen, und niemand wusste darauf eine Antwort. Er musste etwa im gleichen Alter wie Leif Jensen sein, Conni schätzte ihn auf Ende vierzig. Die grau melierten Haare trug er etwas unordentlich, auch war er für ihren

Geschmack zu lässig gekleidet. Da entsprach Leif schon mehr ihren Vorstellungen …

Conni spülte den Gedanken schnell mit einem Schluck Champagner herunter. So sichtlich zuvorkommend, wie Leif ihr gegenüber aufgetreten war, musste sie vorsichtig sein. Nochmal eine Affäre mit einem Vorgesetzten? Nein, das würde ihr nicht noch einmal passieren. Sie spielte erneut mit dem Gedanken, sich eine Zigarette anzustecken. Orpheus hatte es sich inzwischen bequem gemacht und schnurrte übertrieben laut gegen Robbie Williams an. Seine zuckenden Ohrspitzen verrieten, dass er trotz geschlossener Augen jegliches Geschehen um ihn herum genau registrierte.

Die Spurensicherung konnte zu dem Zeitpunkt bereits mit ersten Ergebnissen aufwarten. Schweim hatte wie versprochen bei Lüneburg angerufen, der die bisherigen Resultate sachlich und emotionslos vortrug, wobei er mehrmals betonte, dass es sich nur um vorläufige und vage Angaben handeln würde, die erst nach Abschluss des Berichts der Spurensicherung gezielt verwertet werden könnten. Dennoch beinhaltete sein Bericht Neuigkeiten, wonach Schweim auf dem benachbarten Hochsitz Schmauchspuren gefunden hatte, die aller Wahrscheinlichkeit nach noch keine 24 Stunden alt waren. Eine genaue Analyse der Pulverspuren stand zwar noch aus, dennoch war es sehr wahrscheinlich, dass von dort aus geschossen worden war. Die Entfernung zum anderen Hochsitz betrug etwas über 300 Meter, eine Distanz, über die man mit einem guten Zielfernrohr durchaus einen präzisen Schuss landen konnte. Das hatte auch Paul Dascher bestätigt. Sein Vater war Jäger und hatte ihn früher häufiger mit auf die Pirsch genommen. Dascher, den alle nur *Paulchen Panther* nannten, war mit Abstand der jüngste Kommissar in der Dienststelle. Conni schätzte ihn auf höchstens Anfang dreißig.

Weiterhin hatten Schweims Leute frische Reifenspuren in der Nähe des zweiten Hochsitzes gefunden; höchstwahrscheinlich stammten sie von einem Geländewagen, was Profilstärke und Tiefe der Eindrücke vermuten ließen. Der Aufstieg zum Hochsitz war genau wie die Leiter am Fundort der Leiche mit Textilfasern übersät. Das Blut auf der untersten Sprosse stammte mit ziemlicher Sicherheit vom Toten, wie Schweim mit einem Schnelltest herausgefunden hatte, zumindest waren beide Blutgruppen identisch. Wenn Budes Schuhe und die der Kinder frei von Spuren waren, hieß das, dass sie jemand anderes, der vorher bei der Leiche gewesen sein musste – Lüneburg vermied gewissenhaft das Wort *Täter* –, dorthin getragen hatte. Dass das Blut auf die Leiter gespritzt war, konnte Schweim ausschließen.

Vom Projektil gab es leider bislang noch keine Spur. Die Spurensicherung hatte bis Sonnenuntergang ergebnislos gesucht, und der Einsatz von Scheinwerfern war aufgrund der Flächengröße und des engen Baumbewuchses unsinnig. Morgen würden Spezialisten mit Metalldetektoren vor Ort arbeiten, und wenn der Täter das Projektil nicht eingesammelt hatte, war es laut Schweim nur eine Frage der Zeit, bis man es finden würde. Erst dann wollte man der Presse Rede und Antwort stehen. In Absprache mit Hellsink hatte man sich auf eine vorläufige Nachrichtensperre geeinigt, die zumindest so lange aufrechterhalten bleiben sollte, bis der Obduktionsbericht vorlag und die Kriminaltechnik erste Ergebnisse über das Projektil geliefert hatte. Zur Beruhigung hatte man für übermorgen eine Pressekonferenz angekündigt und die Redaktionen der regionalen Zeitungen telefonisch darum gebeten, sich bis dahin zurückzuhalten und keine spekulativen Berichte zu veröffentlichen, die den Fall womöglich mit den in der Region verschwundenen Hochsitzen in Zusammenhang brachten. In der Regel hielten sich die Medien an solche Vorgaben, weil jedes Zuwiderhandeln den zukünftigen Informationsfluss vonseiten der Polizei beeinflusst hätte und man selbstverständlich weiterhin an einer Kooperation interessiert war.

Auch wenn es bislang überhaupt keine Anhaltspunkte dafür gab – ein möglicher Zusammenhang der Tat mit der so genannten Hochsitzmafia hatte während der Besprechung die ganze Zeit unausgesprochen im Raum gestanden. Leif hatte sich im Anschluss an die Sitzung sofort die Akten zu diesem Fall vorgenommen. Rörupp hingegen sollte der Frage nachgehen, ob die Herkunft der Kleidungsstücke des Toten vielleicht einen Hinweis auf dessen Identität liefern könnte, und Dascher oblag es, die Uhr des Toten genauer unter die Lupe zu nehmen. Er würde mit dem BKA Kontakt aufnehmen und klären, ob den Kollegen aus dem Bereich Wirtschaftskriminalität eventuell Informationen über diesen Uhrentyp und seine Falsifikate vorlagen.

Sie selbst war damit beauftragt worden, den Jagdpächter ausfindig zu machen und ihn umgehend über die Vorkommnisse zu informieren. Keine leichte Aufgabe, wie sich schnell herausgestellt hatte. Conni hatte geglaubt, den Namen des Pächters ganz einfach von Bauer Harms erfahren zu können, aber mit dieser Annahme hatte sie falsch gelegen. Harms war dem Jäger zwar mehrfach begegnet, mit seinem Namen konnte er jedoch nicht dienen, was daran lag, dass er selbst nicht Besitzer des Ackerlandes war, sondern es ebenfalls nur zur Bestellung gepachtet hatte. Der Eigentümer, Otto Ellert, war vor fünf Jahren verstorben, und seine Witwe hatte keine Ahnung von diesen Dingen, wie sie am Telefon beteuerte. Um die Vermögensdinge kümmere sich ihr Neffe Günther, wie sie Conni weiter erklärt hatte, der sei Notar und habe eine Kanzlei in Lüneburg. Dort lief ein Anrufbeantworter, der Conni über die Bürozeiten des Notariats informierte. Beim Liegenschaftsamt klärte man sie darüber auf, dass die Zuständigkeit abhängig davon sei, ob der Hochsitz auf Ackerboden oder auf Waldboden stünde, was angesichts der vorliegenden Pläne jedoch nicht eindeutig zu klären war. Die Forstverwaltung konnte immerhin mit den genauen Flurbezeichnungen weiterhelfen, womit Conni beim Schleswig-Holsteinischen Waldbesitzerverband gelandet war, der sie bezüglich Jagdpachtfragen jedoch an den Landesjagdverband weiterverwies. Dort schließlich erklärte man Conni, dass dafür doch die Jagdbehörde Ratzeburg zuständig wäre. Die lag in unmittelbarer Nachbarschaft von der Dienststelle, aber dort nahm niemand mehr den Hörer ab.

Hauptmeister Bude war es schließlich, der ihr aus dem Dilemma half. Der Jagdbehörde würde der Kreisjägermeister vorsitzen, hatte er Conni aufgeklärt, und der wäre natürlich auch Mitglied in der örtlichen Kreisjägerschaft, die sich immer montags nach Feierabend im *Halali* treffen würde. Gemeinsam waren sie dann zu diesem Lokal gefahren, das nach Budes Auskunft ganz in der Nähe lag, und der unbürokratische Weg hatte sich wieder einmal als der schnellste erwiesen. Das *Halali* entpuppte sich bei näherer Betrachtung als schummrige Gaststätte mit Gesellschaftsräumen, Schießstand und Kegelbahn, ganz so, wie man sich einen abgelegenen Landgasthof mit gutbürgerlicher Küche eben vorzustellen hatte. Ein Blick in den Schankraum klärte über die hier regelmäßig verkehrende Kundschaft auf und zeigte, wo das Holz einer deutschen Eiche im Regelfall endete. Maggiflaschen und Aschenbecher im Stammtischformat zierten das rustikale Mobiliar der einzelnen Sitzgruppen vor nikotinverräucherten Gardinen. Die Wände hingen voll mit großformatigen Jagdtrophäen und ausgestopftem Kleingetier, wobei natürlich auch ein verstaubtes Exemplar des sagenumwobenen Wolpertingers nicht fehlen durfte. Die restlichen Wandflächen teilten sich Wimpel, Schießscheiben, gerahmte Urkunden und mit Hubertuskreuzen verunstalteter Kitsch. In einer Ecke neben dem Tresen blinkte der obligatorische Spielautomat einsam vor sich hin. Die Mitglieder der Kreisjägerschaft saßen mit Zinnbechern bewaffnet und lautstark diskutierend im hinteren Teil der Wirtsstube. Natürlich war der Tote im Hochsitz bereits Thema des Abends.

Da bräuchte er gar nicht in die Listen zu schauen, hatte Willi Albrecht, der amtierende Kreisjägermeister, gesagt, nachdem Bude sie als neue Oberkommissarin vorgestellt und beide Platz genommen hatten. Alle Anwesenden hatten zustimmend genickt, als Albrecht daraufhin erklärt hatte, der Pächter wäre ein gewisser Bertram Zöllner. Der käme zwar nicht regelmäßig zur Jagd, aber wenn, dann meist mit großer Gesellschaft. Zöllner gehöre eine Fabrik in Hamburg, mehr wusste er auch nicht, außer dass er wohl stinkreich wäre, wie man dem Fuhrpark entnommen hatte, mit dem seine Jagdgesellschaften hier vor dem Halali ihre erlegten Strecken präsentiert hätten. Mit protzigen Geländewagen, im Anschaffungspreis einem Eigenheim nicht unähnlich, wären die vorgefahren, hatte Albrecht spöttisch bemerkt und angeboten, Zöllners Anschrift und Unterlagen sofort aus der Behörde zu holen, was Conni jedoch abgelehnt hatte. Auch das Bier hatte sie mit einem Hinweis auf ihren Dienst ausschlagen können. Sie war froh, nicht länger als nötig bleiben zu müssen.

Bertram Zöllner, Inhaber der Zöllner Lasertechnik AG, war zurzeit telefonisch nicht zu erreichen, wie seine Sekretärin ihr mitgeteilt hatte. Herr Zöllner wäre auf Geschäftsreise in Übersee und hätte sein Handy ausgeschaltet. Erst morgen würde er zurückerwartet. Sicherheitshalber hatte sich Conni schon mal einen Termin geben lassen und dabei vorsichtig angefragt, wie lange Zöllner denn schon außer Landes war. Falls es sich bei dem verwendeten Projektil tatsächlich um Jagdmunition handelte, gehörte der Jagdpächter natürlich zum Kreis der Verdächtigen, deren Alibi automatisch zu überprüfen war. Aber nach Auskunft seiner Sekretärin konnten sie Zöllner von der Liste streichen. Bertram Zöllner war vor vier Tagen nach Hongkong geflogen und von dort direkt zu einem Termin nach Vancouver weitergereist.

Hausarbeit «Na, ich hoffe, das Hockeyspielen zeigt langsam seine Wirkung.» Lena hatte Gero zärtlich in die Hüften gekniffen, als er aus der Dusche gestiegen war. Dann hängte sie den Morgenmantel an die Heizung und schob sich betont eng an ihm vorbei.

«Bis jetzt nur mit einem Muskelkater.» Gero schaute Lena an, wie sie sich unter dem heißen Duschstrahl reckte, dann betrachtete er sich kritisch im Spiegel. Nun ja, von einem Waschbrettbauch war seine Statur geringfügig entfernt, wie er sich eingestehen musste, aber bis auf das kleine Speckpolster über den Hüftknochen gab es eigentlich nichts zu meckern. Und bislang hatte Lena auch noch nie an diesen griffigen Stellen Anstoß genommen. Bislang. Eigentlich war er nicht gewillt, auf irgendwelche Genussmittel zu verzichten. Sie hatte gut reden, war sie doch anscheinend mit ewiger Schlankheit gesegnet, egal, welche Mengen sie futterte. Im Spiegel konnte er Max erkennen, der neugierig zur Tür hereinschaute, als wäre es irgendetwas Besonderes, die Eltern frühmorgens gemeinsam im Bad anzutreffen. «Na, soll das hier ein Familientreffen werden? Seit wann pflegst du dich denn morgens vor der Schule zu waschen?» Den kleinen Seitenhieb auf die mangelnde Körperhygiene seines Sohnes konnte sich Gero nicht verkneifen, woraufhin sich Max beleidigt zurückzog. Lena war der Meinung, die Katzenwäsche würde anhalten, bis Max die erste Freundin mit nach Hause brächte. Spätestens dann, so ihre Prognose, würde er fünfmal täglich unter die Dusche springen. Gero schwor sich heimlich, sollte es jemals so weit kommen, Max in diesem Fall nicht die Wasserrechnung vorzuhalten. Hauptsache, er roch nicht mehr muffig, was gegenwärtig etwa einmal die Woche vorkam. Spätestens zu dem Zeitpunkt schritt dann für gewöhnlich auch Lena ein und drohte ihrem Sohn mit einer Zwangsduschung.

Am Frühstückstisch war das Thema bereits wieder vergessen. Wie jeden Morgen duftete es nach aufgebackenen Croissants und Kaffee, und jeder am Tisch gab sich Mühe, seine Müdigkeit zu verbergen. Nach fünf Jahren hatte man sich zwar an das frühe Aufstehen gewöhnt, aber wenn man nicht um zehn Uhr abends die Lichter löschte, war ein gewisses Schlafdefizit nicht zu leugnen. Obwohl es unnötig war, blickte Gero kontrollierend zur Uhr, als er sich an den Tisch setzte. Wie immer war es genau Viertel nach sechs. Von ausgeschlafen konnte um diese Uhrzeit jedenfalls nicht die Rede sein, und gestern hatte Lena noch regelrechte Quatschlaune gehabt, weshalb sie erst nach Mitternacht ins Bett gekommen waren.

Aber anders als diszipliniert war das morgendliche Timing nicht zu bewerkstelligen, schließlich mussten die Kinder pünktlich zur Schule kommen, und die begann in Schleswig-Holstein eine halbe Stunde früher als in Hamburg, also um halb acht.

Keiner wusste genau warum, das war schon immer so gewesen. Und die Schulwege waren natürlich auch länger als in der Großstadt. Eine der Sachen, die Lena und er, als sie damals den Umzug von der Stadt aufs Land näher ins Auge gefasst hatten, schlichtweg übersehen hatten; beide Kinder gingen zu dem Zeitpunkt ja auch noch zur Grundschule. Die Anschlusszeiten von Bus und Bahn waren so schlecht aufeinander abgestimmt, dass sich Fahrzeiten von bis zu zwei Stunden ergaben. Spätestens nach dem Zusammenschluss der regionalen Beförderungsunternehmen mit den Hamburger Verkehrsbetrieben zu einem so genannten Zweckverband war hier im Lauenburgischen dann vollends das Chaos ausgebrochen. Und dann kam noch eine saftige «Gebührenanpassung». Seither bildete man Fahrgemeinschaften. Lena fuhr Charlotte zusammen mit drei Klassenkameradinnen zweimal in der Woche zur Realschule, er selbst nahm Max mit nach Ratzeburg, weshalb er für gewöhnlich der Erste in der Dienststelle war. Seit er mit der Angelegenheit in Krugstadt betraut worden war, übernahm Lena immer häufiger auch diese Aufgabe.

«Wo hast du denn die leckeren Krabben aufgetan?» Gero begutachtete erstaunt die Schale mit den gepulten Nordseekrabben. Dann schnitt er sich eine Scheibe Schwarzbrot ab, strich sich dick Butter darauf und träufelte behutsam einige Krabben darüber.

«Igitt. Die sehen aus wie Mehlwürmer.» Charlotte machte ein angeekeltes Gesicht. Als kleines Mädchen hatte sie Fisch und Schalentiere wie selbstverständlich gegessen, aber da die Versorgung mit Meerestieren hier in der Region eher mangelhaft war und es frischen Fisch daher selten auf dem Tisch gab, hatte sie, wohl vor allem mangels Übung beim Entgräten, alle Wasserlebewesen für schier ungenießbar erklärt.

«Die habe ich aus Lübeck mitgebracht. Der Händler hat mir versichert, sie kämen direkt aus Büsum», erklärte Lena stolz. Sie wusste, wie gerne Gero Krabben mochte.

«Also ohne Umweg über Marokko?» Er träufelte sich noch einige Exemplare mehr aufs Brot. «Dann hat man inzwischen bestimmt eine automatische Pulmaschine entwickelt. Anderenfalls wären die Dinger unbezahlbar.» Gero warf Lena einen fragenden Blick zu, aber ihr Kopfschütteln und Lächeln signalisierten ihm, dass sie nicht bereit war, darüber Auskunft zu geben, was sie für die Krabben bezahlt hatte.

Schon vor vielen Jahren hatten sie gemeinsam beschlossen, sich Produkten aus industrieller Fleischproduktion und Massentierhaltung zu verweigern. Seither galten Fisch, Eier und Fleischprodukte auf ihrem Tisch zwar nicht als Luxus, bot doch das ländliche Umfeld genügend natürliche Bezugsmöglichkeiten, aber sie waren ebenso wenig eine alltägliche Selbstverständlichkeit.

«Ich pule die gerne», erklärte Max und bat gleichfalls um die Schale. Dann hielt er seiner Schwester grienend eine Krabbe vor die Nase. «Mehlwürmer? Mich erinnern sie mehr an Maden.»

«So, genug jetzt», unterbrach Lena die geschwisterliche Stichelei barsch. «Jeder darf hier essen, was er mag!»

Max warf seinem Vater einen Hilfe suchenden Blick zu, erntete aber ebenfalls Missbilligung. «Ist doch nichts Schlimmes», meinte er schließlich ausweichend. «Zumindest beim Angeln …»

«Wir sind hier aber nicht beim Angeln!», unterbrach ihn Gero.

«Und wann gehen wir angeln? Du hast mir versprochen, dass wir im Frühjahr Meerforellen angeln. Und jetzt ist Frühjahr.»

«Ich habe dir aber auch gesagt», erklärte Gero und beförderte dabei eine geflüchtete Krabbe zurück aufs Brot, «dass du erst deinen Angelschein brauchst. Du bist jetzt zwölf, und ohne Angelschein darfst du nicht mehr selbst fischen. Oder willst du nur zugucken und dir kalte Füße holen?» Bevor Max Widerspruch einlegen konnte, was er in letzter Zeit bei jeder elterlichen Erklärung versuchte, erinnerte er seinen Sohn daran, was sie verabredet hatten. Als Voraussetzung für ein weiteres Hobby hatte Max erst einmal seine schulischen Leistungen auf einen einheitlichen Stand zu bringen. Das Problem war dabei weniger die Leistung an sich, sondern vielmehr die Bereitwilligkeit zu selbständigem und kontinuierlichem Lernen. Bislang orientierte sich Max immer noch an der Devise, nur das Mindestmaß an Zeit und Arbeit in die Schule zu investieren, und das war nicht nur nach Ansicht der Lehrer für den Besuch eines Gymnasiums zu wenig. Entsprechend bunt war die Zensurenmischung im letzten Jahr gewesen. In annähernd jedem Fach pendelte Max zwischen guten und schwach ausreichenden Noten. Nun gut, wenn Gero ehrlich war, hatte auch seine eigene schulische Laufbahn nicht wesentlich anders ausgesehen, aber das musste er seinem Sohn ja nicht unbedingt unter die Nase reiben.

«Versprochen ist aber versprochen», versuchte es Max noch einmal mit kindlicher Hartnäckigkeit.

«Richtig. Und das Gleiche gilt auch für dich», entgegnete Lena. «Bis jetzt sehen deine Noten ja auch schon ganz gut aus. Warten wir mal ab, wie es nach den nächsten Arbeiten aussieht. Ich glaube, nächste Woche stehen Mathe und Englisch auf dem Programm. Danach reden wir weiter.»

«Den Angelschein kannst du auch im Sommer machen», fügte Gero beschwichtigend hinzu. «Im Herbst beißen die Meerforellen sogar noch besser.»

«Und was ist mit meinem Handy?», fragte Charlotte. «Wenn Max seinen Angelschein bezahlt kriegt, dann will ich endlich ein eigenes Handy! Alle meine Freundinnen haben inzwischen eins ... Und meine Zensuren sind gut!», fügte sie mit einem pfiffigen Grinsen hinzu.

«Ich habe dir doch mein altes Handy schon angeboten», sagte Gero und blickte seine Tochter verständnislos an.

«Ja, aber das ... Also das ist doch wirklich schon uralt», entgegnete Charlotte und blickte Hilfe suchend zu ihrer Mutter.

«Gerade mal zwei Jahre. Ein richtig gutes Nokia-Handy. Ich würde es ja selbst noch benutzen, wenn wir nicht diese dienstlichen Empfehlungen ...»

«Sie möchte so eins, wie es die Mädchen alle haben», klärte Lena Gero auf und zuckte etwas hilflos mit den Schultern. «So ein kleines Aufklappbares mit Bildschirm und bestimmten Klingeltönen.»

«Ein 7288?» Max nickte anerkennend mit dem Kopf. «So eins hat Finn auch. In leuchtend Blau. Hat er letzte Woche mitgehabt. Das kostet aber über zweihundert!»

«Über zweihundert Euro?» Gero rollte mit den Augen und versuchte, sich zu beherrschen. Natürlich wusste er, dass jugendlichem Verlangen nach bestimmten Statussymbolen nicht mit Vernunft beizukommen war, und mit elterlicher Vernunft schon gar nicht. So viel hatte sich seit seiner Jugend nicht verändert, auch wenn das Eintrittsalter für die Anfälligkeit erheblich gesunken war. Damals war es der Wunsch nach einer Baseballjacke oder nach Cowboystiefeln eines ganz bestimmten Herstellers gewesen, Jeans mussten genau wie heute ein bestimmtes, wenn auch inzwischen anderes Label tragen, und die

Marke des Mofas hatte grausam zwischen Zugehörigkeit und Ausgrenzung im Kreis vermeintlicher Freunde unterschieden. Neu war hingegen die Geschwindigkeit, mit der ein Top zum Flop werden konnte. Die Produktpaletten der Industrie lieferten diesem Wettlauf gnadenlos Nachschub. Nein, mehr noch: Sie waren der heimliche Auslöser des Ganzen. Wenn man bei Kleidung noch einige hochwertige und teure Stücke mit dem Wissen im Schrank behalten konnte, dass sich das Mode-Karussell nach wenigen Jahren um 360 Grad gedreht haben würde und bestimmte Dinge dann wieder angesagt waren, so war das bei technischem Gerät schon lange nicht mehr der Fall. Da sorgten die Hersteller mit ihren schnelllebigen Standards schon dafür, dass selbst Klassiker spätestens nach einem halben Jahr hoffnungslos veraltet und unbrauchbar waren. Auch wenn es bei pubertierenden Jugendlichen kaum eine Möglichkeit gab, gegenzusteuern, zumindest den materiellen Wert bestimmter Güter musste man ihnen doch vor Augen führen.

Gero überlegte kurz, welcher Vergleich am zweckmäßigsten erschien, entschloss sich aber dann, die Sache erst mit Lena zu besprechen. «Hm. Da ist dann wohl etwas an mir vorbeigegangen.» Er quälte sich ein Lächeln ab. «Ich wusste gar nicht, dass die kleinen Dinger inzwischen wieder so teuer sind.» Mit einer flüchtigen Bewegung räumte er sein Besteck auf dem Frühstücksbrettchen zurecht. «Da werden wir dann mal einen kleinen Kassensturz machen müssen. Schließlich stehen dieses Jahr noch größere Umbauten bevor. Zumindest wollte eure Mutter langsam auch ein Zimmer für sich haben, und die Diele wollten wir auch angehen. Das können wir eigentlich nicht auf nächstes Jahr verschieben, denn dann müssen wir das Dach neu eindecken. Im letzten Winter hat es einfach an zu vielen Stellen geleckt. Und wie sieht es mit Urlaub aus?» Gero blickte fragend in die Runde. «Na gut, das müssen wir ja nicht heute entscheiden.»

Er lächelte Charlotte zu. «Ich mach mir darüber mal Gedanken. Jedenfalls behalten wir die Sache im Auge. – So, alle satt geworden? Dann auf zur Schule. Den Tisch decke ich heute ab. Ich hab noch etwas Zeit.» Während Max und Charlotte ihre Schultaschen schulterten, warf Lena ihm heimlich einen zwinkernden Blick zu und deutete dabei liebevoll einen Kuss an.

Nachdem der Volvo mit Lena und den Kindern vom Hof gerollt war und sich die Rücklichter des Wagens im morgendlichen Nebel verloren hatten, räumte Gero den Frühstückstisch ab und stellte das Geschirr neben den alten Spülstein in der Küche, wo sich bereits eine ganze Batterie von Tellern stapelte, was ihn daran erinnerte, dass es endlich an der Zeit war, eine Spülmaschine anzuschaffen. Ein Geschirrspüler stand schon seit langem ganz oben auf der ewigen Wunschliste, die aufgrund der ständigen Bauvorhaben immer wieder zugunsten einer kurzfristig notwendigeren Anschaffung revidiert wurde. Und obwohl Ruth den Abwasch jeden Tag kommentarlos erledigte, beschloss Gero, noch in dieser Woche endlich für Abhilfe zu sorgen. Es konnte nicht angehen, dass sich seine Mutter, deren Anwesenheit über die Mittagszeit eigentlich der Versorgung der Kinder gelten sollte, auch noch mit anstehenden Haushaltsarbeiten herumquälte. Es war hingegen sinnlos, ihr diese Arbeiten vollständig zu untersagen. Seit Geros Vater nicht mehr lebte und im eigenen Haushalt dementsprechend nicht mehr genügend Arbeit anfiel, war sie fast dankbar gewesen, als Gero damals mit der Bitte an sie herangetreten war, sich doch ein wenig um die Kinder zu kümmern, bis Lena am Nachmittag aus Lübeck zurückkam. Wie selbstverständlich hatte Ruth dann nicht nur den Abwasch erledigt, sondern sich ganz nebenbei auch noch den Wäscheberg vorgenommen, der sich für gewöhnlich in der Waschküche auftürmte. Anfangs hatte Lena mit den Augen gerollt, nachdem die Schwiegermutter in ihrem Haushalt ein wenig für Ordnung gesorgt hatte, aber inzwischen konnte sie es sogar manchmal schon genießen, wenn sie nach dem Job von der Haushaltsarbeit verschont blieb und sich ganz auf ihren geliebten Garten konzentrieren konnte. Gero war sich hingegen fast sicher, dass seine Mutter die Zeit, die sie durch eine Geschirrspülmaschine einsparen würde, mit dem ständigen Backen eines Kuchens oder durch das Bügeln von Geschirrtüchern oder ähnlich sinnlose Arbeiten kompensieren würde. Dies teilte sie mit einer ganzen Generation von Frauen, die außer Kindererziehung und Haushaltsführung keine anderen Aufgaben gehabt hatten.

Aus dem Fenster seines immer noch provisorisch eingerichteten Arbeitszimmers fiel Geros Blick auf die kleine Moorkate abseits der Pferdekoppel hinter dem Hof, deren Dach gerade neu mit Reet eingedeckt wurde, was ihn an ihr eigenes Vorhaben erinnerte und daran, dass sie sich noch unschlüssig waren, was das Material betraf. Auch wenn Reet nicht nur optische, sondern auch klimatische Vorzüge besaß; so ganz geheuer war Gero nicht bei der Vorstellung, das ganze Leben unter einer Haube aus brennbarem Zunder verbringen zu müssen. Aber erst einmal standen ganz andere Dinge an. Gero richtete seine Aufmerksamkeit auf die Pinnwand hinter der Tür, wo er die täglichen Vorhaben und Termine wie eine Einkaufsliste zusammengestellt hatte.

Zuoberst hatte er sich den Kauf eines neuen Hockeyschlägers notiert. Das hieß, er wollte Joachim Kugler in dessen Sportgeschäft in Ahrensburg einen Besuch abstatten, um herauszufinden, wer von seinen Mitspielern in letzter Zeit einen neuen Schläger gekauft hatte. Zumindest musste Gero vorerst davon ausgehen, dass sich jeder aus der Mannschaft der besonderen Konditionen bediente, die Jo seinen Mitspielern anbot. Wollte er bei seinen Recherchen kein Misstrauen bei seinen Mitspielern erwecken, musste er die persönlichen Gespräche behutsam einfädeln; jeder Kontakt außerhalb der Clubanlage glich somit einem wohl überlegten Schachzug. Das betraf auch seine erdachte Biographie. Gero hatte sich zwar etwas zurechtgelegt, aber wider Erwarten hatte ihn bislang niemand danach gefragt, was er beruflich machen würde. Es war schon merkwürdig, aber alles Berufliche schien beim Zusammentreffen der Leeren Krüge ausgeklammert zu sein. Der Sport und das dazugehörige Remmidemmi standen eindeutig im Vordergrund.

Gero hatte beim Training die Hockeyschläger von fast allen Mitspielern kurz ausprobieren können, um sich, wie man ihm nahe gelegt hatte, von den Vorzügen und Nachteilen dieses oder jenes Modells oder Materials zu überzeugen. Dabei war es ihm natürlich ein Leichtes gewesen, von den roten Malik-Schlägern heimlich kleine Materialproben zu nehmen. Gero überflog nochmals den Bericht aus der Kriminaltechnik. Nein, der Befund war eindeutig negativ. Es gab keine Übereinstimmung mit dem Splitter, den man in der Kopfwunde von Dr. Edgar Möller gefunden hatte. Das Material war zwar identisch, aber der Farbton, genauer die dem Kunstharz beigemischten Pigmente, hatten eine andere Konzentration. Nur drei seiner Mitspieler besaßen einen solchen Schläger: Jürgen Gödeke, von dem Gero noch gar nichts wusste, Rüdiger Henne, ein Zahnarzt mit Spitznamen Bohrer, und Pete, Peter Heumann vom gleichnamigen Autohaus. Natürlich waren die drei nach der Laboranalyse nicht weniger verdächtig, schließlich besaß fast jeder Hockeyspieler mehr als einen Schläger, und in dieser Altersklasse schleppte man weder zum Training noch zu Spielen seine gesamte Ausrüstung mit sich rum, außerdem konnte der Täter sich auch den Schläger eines Mitspielers *geborgt* haben – wenn es überhaupt einen Täter gab.

Gero schluckte. So ganz konnte er sich mit der Entscheidung von Ines Wissmann, bei dieser Angelegenheit weiter am Ball zu bleiben, noch nicht abfinden. Vor allem jetzt, wo ein eindeutiges Kapitalverbrechen direkt vor seiner Haustür geschehen war, erschienen ihm seine Nachforschungen in diesem Fall doch eher nebensächlich. Aber er hatte ihre Entscheidung, die Ermittlungen im Fall Möller unverändert fortzusetzen, ohne Widerspruch hingenommen. Selbst für eine kooperative Ermittlung mit den Berliner Kollegen hatte sie ihm grünes Licht gegeben, schließlich mussten die Verhältnisse in Möllers eigener Mannschaft genauso untersucht werden. Und das Ganze nur aufgrund eines vagen Verdachts. Es war zum Verzweifeln. Wissmann hatte Gero direkt gefragt, ob er beim derzeitigen Stand der Nachforschungen ein Tötungsdelikt definitiv ausschließen könne, was er natürlich verneinen musste. Daraufhin hatte sie nur stumm genickt.

Ja, so war sie, die Wissmann; akribisch und hartnäckig. Und das wusste Gero gemeinhin auch an ihr zu schätzen, denn andererseits weigerte sie sich ebenso, aus Sicht der Staatsanwaltschaft vermeintlich eindeutige Fälle abzuschließen oder vorschnell Anklage zu erheben, wenn Gero eine Sache nicht geheuer erschien. Diese gegenseitige Rücksichtnahme hatte sich bereits in den wenigen Jahren der Zusammenarbeit bewährt, und Gero war nicht daran gelegen, dieses Verhältnis zu ändern. Bevor er die Angelegenheit Wissmann gegenüber als aussichtslos oder unbegründet bezeichnen konnte, musste er erst einmal klären, ob einer der hiesigen Hockeyspieler oder Partygäste Möller gekannt hatte. Und heute bei Jo wollte er auch in Erfahrung bringen, wer aus der Mannschaft sich in den letzten Wochen einen neuen Schläger geleistet hatte. Zumindest die Stöcke von Holle Seipel und Hans Gehrmann, genannt Germany, hatten noch nicht die typischen Gebrauchsspuren und Kerben, die Schläger für gewöhnlich schon nach kurzer Zeit zierten.

Gero studierte die Mannschaftsliste und legte sich einen Schlachtplan zurecht. Da er schließlich niemanden zu einem Verhör laden konnte, musste er improvisieren und mit viel Feingefühl eine Möglichkeit ausloten, den *Unfall* jeweils ganz nebensächlich zur Sprache zu bringen. Bei Alfons hatte er übermorgen einen Termin in dessen Praxis vereinbart, wohlweislich am Abend, damit im Anschluss an die Untersuchung noch Zeit für ein kleines

Gespräch möglich war. Prof. Dr. Alfons Blanck war Augenarzt, wie sein Spitzname Pupille schon vermuten ließ. Er praktizierte jedoch nicht als gewöhnlicher Wald- und-Wiesen-Doktor, sondern war als Ophthalmologe eine anerkannte Kapazität und galt bundesweit als Vorreiter auf dem Gebiet schonender Augenoperationen mittels Laserchirurgie, weshalb er es sich auch leisten konnte, ausschließlich Privatpatienten zu behandeln. Als Mannschaftskamerad hatte Gero natürlich keine Probleme gehabt, kurzfristig einen Termin bei Pupille zu bekommen, obwohl es mit seinem Augenlicht eigentlich bestens bestellt war. Von daher konnte Gero davon ausgehen, dass Pupille ihm höchstens eine neue Lesebrille verschreiben würde. Zumindest hoffte er, dass außer seiner leichten Weitsichtigkeit kein versteckter Defekt diagnostiziert wurde.

Direkt vorher hatte Gero einen Termin bei Hans Gehrmann, dessen Büro nur zwei Straßen von Pupilles Praxis entfernt lag. Genau wie der Augenarzt residierte Germany mit seinem Immobilienunternehmen im Westend von Krugstadt, einem gründerzeitlichen Villenviertel unweit des Clubs, dessen Bebauung zwar keine außergewöhnlichen architektonischen Qualitäten aufwies, dessen Format neben überdurchschnittlich großen Gärten aber allemal ausreichend war, um im Erdgeschoss der Villen arbeiten und in den oberen Etagen großzügig wohnen zu können. Durch dieses Arrangement ersparte man sich nicht nur den Arbeitsweg, sondern genoss zudem auch noch steuerliche Vorzüge. Gero hatte sich ein paar Fotos von seinem Elternhaus zurechtgelegt, das in Wirklichkeit – Ruth wäre im Viereck gesprungen – natürlich nicht zum Verkauf stand. Aber einen glaubwürdigen Vorwand brauchte man schon, wenn man einen Makler aufsuchte, und außerdem konnte es nicht schaden, den derzeitigen Marktwert einer Immobilie zu kennen, die eines Tages so oder so zur Disposition stand.

Unter einem ähnlichen Vorwand wollte Gero demnächst auch an Gerrit von Schomburg herantreten. Keule war Vermögensberater bei einer Privatbank, genauer gesagt war er bei einer Großbank angestellt, die unter einem wohlklingenden Namen ein paar Filialen für vermögende Privatkunden aus dem gewöhnlichen Tagesgeschäft ausgegliedert hatte. Drei Nullen musste Gero bei der zu erwartenden Erbschaft wohl noch dazudichten, damit das Geschäft für Keule von Interesse war. Andererseits hatte er vor kurzem einen Artikel im Wirtschaftsteil des «Hamburger Abendblattes» gelesen, aus dem hervorging, dass die Konkurrenz im Bereich des *Private Banking* neuerdings sehr groß war, da entsprechende Unternehmungen in der letzten Zeit wie Pilze aus dem Boden geschossen waren, weil die Mutterkonzerne aus einem für Gero unverständlichen Grund ihre Bilanzen damit gegenüber den Aktionären irgendwie schönreden konnten.

Pete gegenüber hatte Gero nicht einmal andeuten müssen, dass er demnächst wohl ein neues Auto bräuchte. Das hatte der Autohändler sofort von sich aus angeboten, als er Geros alten Saab auf dem Parkplatz gesehen hatte. Selbst Besitzer großer Autohäuser hatten es anscheinend inzwischen nötig, sich dieser Form von Direktwerbung zu bedienen. Gero war sich sicher, dass Peter Heumann trotz der angebotenen zwanzig Prozent Nachlass auf jedes Modell immer noch mehr als ausreichend an diesem Geschäft verdienen würde. Die Handelsspannen in der Automobilbranche waren zwar ein unverändert wohl gehütetes Geheimnis, aber nachdem Reimporte aus anderen EU-Ländern inzwischen zum halben Listenpreis angeboten wurden, ließ sich bereits für jedermann erahnen, wie viel Prozent vom Kuchen auf das letzte Glied der Kette entfielen. Gero wäre hingegen niemals auf die Idee gekommen, sich einen BMW zu kaufen. Für Saabfahrer bauten die Bayern höchstens gute Motorräder, alles mit mehr als zwei Reifen war dagegen völlig indiskutabel. Aber natürlich wollte er die Gelegenheit beim Schopf packen, denn über nichts in der Welt ließ sich unter Männern besser schnacken als über Autos und Motoren. Und da fast jeder einen anderen Wagen fuhr, lag es förmlich auf der Hand, dass bei Gesprächen über den Prestigewert einer bestimmten Automarke, über die Motorleistung oder das Raumangebot und den Nutzwert der jeweils bevorzugten Modelle sehr schnell auch eine persönliche Einschätzung der jeweiligen Klientel folgte. Gero brauchte in diesem Fall also nur die Ohren zu spitzen, um für seine Nachforschungen wichtige Details aus dem privaten Umfeld seiner Mannschaftskameraden in Erfahrung zu bringen.

Dabei musste er sich eingestehen, dass Heumanns Kommentar, als er Geros Wagen flüchtig inspiziert hatte, natürlich nicht ganz unbegründet war. Nicht allein deshalb, weil der Wagen zwischen den polierten Luxuskarossen – Pete fuhr selbstverständlich das hauseigene Spitzenmodell – auf dem vereinseigenen Parkplatz wie ein Streichholz unter Feuerzeugen gewirkt hatte, sondern auch aufgrund seines Zustandes. Es war nicht zu übersehen, dass in den letzten Jahren alle nicht für den dauerhaften Erhalt notwendigen, kosmetischen Reparaturen ausgeblieben waren. Der Lack war stellenweise stumpf, und an einigen Stellen zeichneten sich schon kleine verräterische Bläschen ab. Ohne weiteres hätte Gero noch einige Defekte aufzählen können, die auf den ersten Blick gar nicht auffielen. So hatten die Türen an den Innenseiten fingergroße Rostlöcher, eine bei allen Saabs konstruktionsbedingte Schwachstelle, und der Bezug des Himmels hatte sich über der Rückbank gelöst und hing bereits so weit herunter, dass einen der Blick in den Rückspiegel tagtäglich an die anstehende Reparatur erinnerte. Aber dafür fehlte Gero momentan die Zeit – oder das Geld, wenn er die Arbeiten von einer Fachwerkstatt ausführen lassen wollte. Er liebte den Wagen trotzdem und hatte sich fest vorgenommen, ihn beizeiten wieder richtig flottzumachen. Genau wie den alten 99er von 1978, der mit kaputtem Turbolader und Getriebeschaden in der Scheune stand und auf seine Restaurierung wartete.

Ein BMW kam auf jeden Fall nicht in Frage, egal, welche Konditionen ihm Pete anbieten würde. Dabei war er sich sicher, dass ihn viele allein deswegen beneidet hätten. Gero musste unweigerlich lächeln bei dem Gedanken, dann ging er weiter die Liste seiner Mitspieler durch und überlegte, in welcher Form eine Kontaktaufnahme am unauffälligsten zu bewerkstelligen war. Demnach musste Rüdiger Henne bald Geros Kunststofffüllungen in Augenschein nehmen, von denen er jedoch sicher war, dass sie in Ordnung waren. Bei Zähnen wollte er sich nicht auf irgendwelche Experimente einlassen; zu präsent waren noch die unerträglichen Schmerzen der Wurzelentzündung, die ihn letztes Jahr fast eine Woche außer Gefecht gesetzt hatten. Von Stecher, so nannten seine Mitspieler Dr. Jürgen Gödeke auf dem Spielfeld, und Latte, dem Torwart, der mit bürgerlichem Namen Martin Kühlmann hieß, hatte Gero immer noch nichts in Erfahrung bringen können. Blieben noch Erich von Ritzek und Horst Seipel. Ritze war von Beruf Anwalt, da musste Gero mit viel Fingerspitzengefühl vorgehen. Anwälte waren berufsbedingt meist so sensibilisiert gegenüber falschen Angaben, dass sie jeden Braten schon gegen den Wind rochen, und Gero wollte kein Risiko eingehen, dass seine Tarnung aufflog. Wahrscheinlich war es am elegantesten, wenn er Ritze am Tresen abfing. Auch bei Holle musste er sich noch etwas für eine Kontaktaufnahme einfallen lassen. Zumindest konnte er ihn nicht aus beruflichen Gründen aufsuchen. Horst Seipel war Frauenarzt.

Gero griff sich einen Bogen Papier und fertigte eine Liste an. Die Spitznamen seiner Mitspieler hatten teilweise einen so martialischen Charakter, dass er durchaus Gefahr lief, die zugehörigen Namen im Laufe der Ermittlungen durcheinander zu würfeln:

Jo war Joachim Kugler, Besitzer eines Sportgeschäfts

Pete – Peter Heumann, Autohändler mit gleichnamiger Firma

Holle – Dr. Horst Seipel, Gynäkologe in Krugstadt

Bohrer – Dr. Rüdiger Henne, Zahnarzt

Dr. Jürgen Gödeke, Spitzname?, Beruf bislang nicht bekannt

Pupille – Prof. Dr. Alfons Blanck, Augenarzt in Krugstadt

Germany – Hans Gehrmann, Immobilienmakler in Krugstadt

Ritze – Erich von Ritzek, Anwalt und 1. Vorsitzender des Clubs

Stecher – Ludwig Roland, Beruf noch nicht bekannt

Keule – Gerrit von Schomburg, Vermögensberater

Latte, der Torwart – Martin Kühlmann, Beruf noch nicht bekannt

Spuren Nachdem zum dritten Mal das kleine Lämpchen mit der durchgestrichenen Tasse geblinkt hatte und wiederholt der Text *Wartungsintervall überschritten* auf dem kleinen Display zu lesen gewesen war, hatte Leif aufgegeben und beschlossen, seinen morgendlichen Kaffee unten in Marions Eck einzunehmen. Als er sich kurz darauf inmitten einer Gruppe von Handwerkern und Bauarbeitern wieder fand, die ihre aus Fleischsalat und Mettbrötchen bestehenden Frühstücksgedecke an den Stehtischen mit kleinen Jägermeistern und anderen Flachmännern garniert hatten, bereute er sogleich seinen Entschluss und verfluchte seine letzte Errungenschaft umso mehr. Aus welchem Grund sich das angebliche Präzisionsmodell der Schweizer Espressomaschine bereits nach zehn Betriebsstunden weigerte, seiner Aufgabe nachzukommen, war ihm ein Rätsel. Eine Wartung konnte nun wirklich noch nicht anstehen, schließlich sollte das Gerät professionellen Ansprüchen gerecht werden und war dementsprechend teuer gewesen. Bis jetzt war er auch sehr zufrieden gewesen – der chromblitzende Automat sah nicht nur genial aus, der Kaffee schmeckte auch unvergleichlich. Zufrieden war er vor allem auch deswegen, weil er das Gerät für einen Schnäppchenpreis bekommen hatte – ersteigert. Bei eBay, natürlich von privat und ohne Gewährleistung. Nun gut, ein Kauf über das Internet barg immer gewisse Risiken, aber die Maschine war nagelneu und original verpackt gewesen. Irgendwie hatte er in letzter Zeit mit technischem Gerät nur noch Pech.

Entnervt fummelte Leif die Salzstücke der Laugenbrezel aus der Naht des Fahrersitzes und wartete darauf, dass es endlich weiterging. Erst die endlose Warterei an den Bahnschranken und nun noch ein Stau vor der Baustelle der zukünftigen Ostseeautobahn. Es war zum Verrücktwerden. Bis eben war er sich noch sicher gewesen, heute bestimmt als Erster in der Dienststelle in Ratzeburg einzutreffen; inzwischen konnte er froh sein, wenn er es bis neun Uhr schaffen würde. Hätte er das geahnt, wäre er gleich nach Kiel gefahren. Um eins hatte er sich mit Peter im Dezernat 400 verabredet. Der Anruf war kurz nach halb sieben gekommen. Das Trüffelschwein und seine Leute hatten im Wurzelwerk eines Baumes endlich das Projektil gefunden und umgehend in die Ballistik gebracht. Peter hatte sich hundemüde angehört. Wahrscheinlich hatte er die ganze Nacht durchgearbeitet, er meinte zumindest, er müsse sich jetzt erst mal eine kleine Mütze Schlaf gönnen. Mehr war aus ihm nicht herauszuholen gewesen. Mit ersten Ergebnissen konnte erfahrungsgemäß nach sechs Stunden gerechnet werden.

Als Leif um Viertel nach neun in der Kriminalpolizeistelle Ratzeburg eintrudelte, war er der Letzte des Teams.

Rörupp und Dascher standen mit Kaffeebechern bewaffnet gemeinsam mit Conni um deren Schreibtisch herum und begutachteten mehrere Protokollbögen. «Moin!», schallte es ihm wie aus einem Munde entgegen, als er das Zimmer betrat.

«Ja. Moin auch.» Er hängte Jacke und Schulterholster an die Garderobe neben der Tür und strich sich seinen Pullover glatt. «Peter hat das Projektil.»

«Wissen wir schon.»

«Ich überlege ernsthaft, mir hier ein Feldbett aufzustellen. Der Verkehr war die Hölle. Gibt es schon irgendwelche Details?», fragte er neugierig.

«Nö. Wir dachten, du bist bereits auf dem Weg zur Ballistik.» Rörupp blickte zur Uhr.

Leif tat es ihm gleich. Bei dem Verkehr heute musste er schon zwei Stunden nach Kiel einplanen. Blieb noch eine gute Stunde, um den Tag zu organisieren. «Immer noch keine Vermisstenanzeige aus der Umgebung?», fragte er.

Conni schüttelte den Kopf und deutete auf die Blätter vor sich. «Aber der vorläufige Bericht vom Vetter ist da.» Sie schob ihm die Akten zu, die Jörn Lüneburg bereits abgezeichnet hatte.

Leif überflog den Bericht aus der Rechtsmedizin, der weitgehend bestätigte, was sie bereits wussten: Alter des männlichen Toten zwischen 35 und 40, Größe etwa 180 cm plus minus zwei Prozent. In Klammern hatte Dr. Vetter angemerkt, dass eine exakte Messung wegen der fehlenden Schädeldecke nicht möglich war. Den Todeszeitpunkt konnte der Mediziner sicher zwischen 18 und 22 Uhr ansetzen. Weiterhin hatte der Tote seine letzte

Mahlzeit etwa vier Stunden vor Eintritt des Todes zu sich genommen. Aus dem Mageninhalt hatte Vetter noch Reste einer Currywurst ans Tageslicht befördern können. Mehr war aufgrund fortgeschrittener Verdauung nicht mehr feststellbar, wie er schrieb. Es folgten eine Reihe medizinischer Zerfallsanalysen und Proben unterschiedlicher Enzymwerte, mit denen Leif nicht sonderlich viel anfangen konnte. Die bildliche Vorstellung reichte aber auch so schon, um jegliches Hungergefühl für die nächsten Stunden zu verbannen.

Die äußere Leichenbeschau hatte keine besonderen Auffälligkeiten hervorgebracht, weder Narben noch andere unikale Erkennungszeichen. Die Fingerabdrücke hatte Vetter direkt an den Erkennungsdienst weitergeleitet. Von besonderem Interesse war seiner Meinung nach der Zahnbefund des Toten. Nicht wegen auffälliger Zahnstände oder Unregelmäßigkeiten, sondern aufgrund der vorhandenen Füllungen. Zwei Seiten des Berichtes beschäftigten sich ausschließlich mit den einzelnen Bestandteilen des Amalgams, und Vetter kam abschließend zu dem Urteil, dass die Füllungen mit ziemlicher Sicherheit aus Ostdeutschland stammten und noch zu Zeiten der DDR angefertigt worden waren, weil der Silberanteil im Material äußerst gering war und anstelle von Zinn Spuren von Blei gefunden wurden.

Leif blickte auf. «Soll das nun heißen, wir haben es hier mit einem Ossi … Also stammt der Tote aus der ehemaligen DDR, oder was? Mensch, warum kann sich der Vetter nicht genauer ausdrücken!»

«Ich hab solche Füllungen auch noch drin», meinte Conni, ohne den Begriff *Ossi* zu kommentieren. «Gehen wir also vorerst davon aus, dass er aus den neuen Bundesländern stammt. Ich kann mir nämlich nicht vorstellen, dass jemand aus dem Westen in die DDR gereist ist, um sich dort zahnmedizinisch behandeln zu lassen. Das Gesundheitssystem hat zwar funktioniert, aber wie ihr ja inzwischen auch wisst, gab es gewisse Defizite …»

«Nett umschrieben», meinte Rörupp, zwinkerte Conni zu und reichte Leif einen weiteren Ordner. «Auch von der Spurensicherung gibt es schon einen Schnellbericht.»

«Sogar mit Laborauswertung.» Leif stieß einen anerkennenden Pfiff aus, nachdem er einen Blick auf das Material geworfen hatte. «Die Mädels geben sich ja richtig Mühe, uns mit Nachschub zu versorgen.» Dann las er genauer. Auf der Hose des Toten hatte man Spuren von Dieselkraftstoff gefunden. Sehr gut. Also fuhr er wahrscheinlich einen Diesel, was heutzutage fast die Regel war. Die Auswertung der Textilien selbst war noch nicht abgeschlossen. Das Blut, das man auf der Leitersprosse gefunden hatte, stammte eindeutig vom Toten, und weder an den Schuhen von Bude noch an denen der Kinder gab es entsprechende Spuren. Demnach konnte man davon ausgehen, dass der Täter – oder eine andere Person, aber das war unwahrscheinlich – nach der Tat auf dem Hochsitz gewesen war. Zu dieser Vermutung passte auch der abgerissene Hosenknopf von der rechten Gesäßtasche des Toten, den Peter unter den Brettern der Sitzbank im Hochsitz gefunden hatte.

«Was sagt ihr zu dem Knopf?», fragte Leif.

«Das deutet darauf hin», meinte Conni, «dass man dem Toten die Geldbörse aus der Tasche gezogen hat. Wahrscheinlich, um dessen Identität …»

«Oder um an irgendein Dokument zu gelangen», unterbrach sie Dascher.

«Jedenfalls hat man keine Papiere bei ihm gefunden.» Jörn Lüneburg war zur Tür hereingekommen. Anscheinend hatte er das Gespräch mitbekommen. «Und im Bericht steht», ergänzte er, «dass das Abreißen des Knopfes, was Lage und Fundort betrifft, kaum durch den Sturz verursacht worden sein kann. Den Diebstahl des Portemonnaies können wir demnach begründet annehmen, der Rest ist Spekulation! Hier, Leute! – Nachschub.» Er legte ohne weitere Worte einen gelben Schnellhefter auf den Tisch, dann verließ er den Raum genauso lautlos, wie er hereingekommen war.

«Wo er Recht hat, hat er Recht.» Leif schob die Unterlippe vor und nickte bestätigend. Dann blätterte er durch die neuen Unterlagen. «Das sind die Reifenspuren», erklärte er. «Ebenfalls von Peters Leuten. Die Auswertung läuft zwar noch, aber ein Volltreffer ist bereits dabei. Dem Profil nach ein Michelin 4×4 Diamaris R20W, ein Hochgeschwindigkeitsreifen mit den Dimensionen 275er Breite und 20er Höhe. Also mit ziemlicher Sicherheit ein Geländewagen, wenn ich das hier richtig interpretiere.» Ein strahlendes Lächeln machte sich auf seinem Gesicht breit, als er weiterlas. «Der Abdruck ist keine 48 Stunden alt, so viel ist sicher.» Er blickte Dascher an. «Sag mal, was hast du über die Armbanduhr herausgefunden?»

«Ja, äh …» Dascher fühlte sich überrumpelt. «Es sind mehrere Fakes, also Falsifikate, bekannt. Einige dieser Speedmaster werden auf polnischen Wochenmärkten angeboten, vor allem in Warschau. Hergestellt sind sie natürlich in Fernost. Aber auch im Internet wurden schon entsprechende Wecker gesichtet …»

«Okay, also Sackgasse. Für uns nicht verwertbar», meinte Leif lapidar und blickte Dascher auffordernd an. «Dann kümmerst du dich um die Reifen. Welche Fahrzeuge werden damit ausgerüstet, auf welchen Felgen? Und so weiter. Alle Zulassungen und Verkäufe. Erst mal nur im norddeutschen Raum. Es gibt bestimmt nicht viele Geländewagen, die solche Reifen benötigen.» Er reichte Dascher den Ordner und machte einen tiefen Atemzug. «Gut, nun liegt es erst mal daran, was der Erkennungsdienst herausfindet. Vielleicht gibt es ja bereits irgendwelche Übereinstimmungen mit vermissten Personen. Du behältst das im Auge, Matthias.»

Er wandte sich der Garderobe zu, dann hielt er inne. «Ach so. Ich habe mit dem ermittelnden Kollegen in der Hochsitzmafia-Sache gesprochen. Wir sind uns so weit einig, dass es weder konkrete Übereinstimmungen noch einen Verdacht gibt, dass unser Toter da mit drinhängt. Es passt einfach nichts zusammen, und ein Mord ist ein ganz anderes Kaliber. Das können wir also praktisch ausschließen. Ich mache mich jetzt auf den Weg nach Kiel. Und wir», er blickte Conni an, als hätte sie es vergessen können, «treffen uns um 17 Uhr bei diesem Bertram Zöllner in Hamburg. Adresse …»

«Habe ich dir gegeben.»

«Gut, dann bis nachher.»

Die Fahrt nach Kiel verlief ohne Zwischenfälle. Trotz kleinerer Baustellen gab es nirgendwo einen Stau, und Leif traf pünktlich im Dezernat ein. Er hoffte nur, auf keinem der langen Korridore zufällig Direktor Wurzbach in die Arme zu laufen. Das hätte ihm den ganzen Tag vermiest. Dr. Stefan Wurzbach war der personifizierte Grund dafür, dass Leif die Tür zu seinem Traumjob bislang versperrt geblieben war. Als leitender Direktor des LKA hatte Wurzbach natürlich ein gewisses Mitspracherecht, was die Vergabe der Direktorenposten betraf, und aus irgendeinem Grund konnte er Leif nicht leiden. Die Antipathie beruhte auf Gegenseitigkeit. Wurzbach war eine klassische Parteibesetzung. Fachlich hatte er keine besonderen Qualitäten, und mit dem Tagesgeschehen hatte er schon lange nichts mehr zu tun. Aus seiner Sicht beschränkte sich der Aufgabenbereich des leitenden Direktors ausschließlich aufs Delegieren und Repräsentieren. Für Leif führte an Wurzbach jedoch kein Weg vorbei, denn von der Pensionierung war er noch über zehn Jahre entfernt. Bislang waren alle Versuche, sich irgendwie mit ihm zu arrangieren, fehlgeschlagen. Dabei kostete Leif jedes Gespräch mit Wurzbach eine unglaubliche Überwindung, da die erzwungene Konversation erfahrungsgemäß aus unverbindlichen Floskeln und schmeichelnden Versatzstücken bestand. Es wurde Zeit, dass sich Leifs Schwiegervater der Sache annahm. Freiherr Ernst von Gossewitz verfügte über genug Kontakte zur Landesregierung und zum Ministerium. Irgendetwas würde er schon in die Wege leiten. Da Wurzbach auch Golf spielte, wie Leif erfahren hatte, war es vielleicht am geschicktesten, wenn Ernst ihn einmal zusammen mit dem Herrn Minister zu einer Partie aufs Grün einladen würde.

Die Kollegin, die Leif in den Keller zur Ballistik begleitete, führte ihm deutlich vor Augen, was Gero mit Conni für ein Glück gehabt hatte. Bei dieser Feststellung spielten die äußerlichen Vorzüge, die Conni besaß, nur eine untergeordnete Rolle. Klar entsprach Conni so ziemlich dem Idealbild, das Leif von einer Frau hatte, und vielleicht beeinflusste diese Entsprechung seine Wahrnehmung auch unbewusst. Aber seine Empfindung bezog sich nicht auf die Attraktivität eines Menschen, meinte nicht das charmante Lächeln, mit dem einige Kolleginnen ihre Bereitschaft auf einen unverbindlichen Flirt am Arbeitsplatz signalisierten, sondern betraf vielmehr die Grundstimmung zwischenmenschlicher Kommunikation, also bei Männlein wie Weiblein gleichermaßen. Die Ausstrahlung der Kollegin neben ihm zeugte von Griesgrämigkeit und Unnahbarkeit. Nicht der Hauch eines Lächelns zeichnete sich in ihren Mundwinkeln ab, und ihr Blick wirkte teilnahmslos und versteinert, als wären ihre Augen allein auf ihre biologische Funktion beschränkt. Leif konnte nicht sagen, ob das ein Schutzwall war oder ob sich Unmut in diesem Gesicht spiegelte. Wenn innere Unzufriedenheit der Grund war, dann hatte sie Spuren wie tiefe Narben in den Gesichtszügen hinterlassen.

Der Vorraum zur Ballistik glich einem kleinen Museum. In mehreren gläsernen Vitrinen hatten die Techniker Kostproben ihrer Arbeit aus den letzten Jahrzehnten zusammengestellt. Neben unterschiedlichen Geschoss- und Hülsentypen waren Schautafeln mit Fotos aus Hochgeschwindigkeitskameras und solchen von mikroskopischen Untersuchungen ausgestellt. Hier und dort ergänzten deformierte und durchschossene Materialien den Fundus, dessen Zusammenhang jeweils auf kleinen Pappkärtchen erläutert wurde. Durchschlagskraft,

Sprengwirkung, Spurenanalyse – nach einem kurzen Blick musste jedem Besucher klar sein, dass jedes abgeschossene Projektil eine Art Fingerabdruck hinterließ und somit eindeutig identifiziert und zugeordnet werden konnte. Pyrotechnik und Arbeit im Schießstand waren dabei Schnee von gestern. Nur in den seltensten Fällen, vielleicht wenn ein neuer Munitionstyp auf den Markt kam oder wenn fehlgezogene Gewehr- oder Pistolenläufe hinsichtlich bestimmter Projektilspuren überprüft werden mussten, waren derartige Experimente noch nötig. Die Hauptarbeit fand mittlerweile fast nur noch am Bildschirm statt. Riesige Datenbanken ersetzten inzwischen die Asservatenkammern der lokalen Ballistik mit ihren Fundstücken, Karteikarten und Typoskopien. Wenn Material und Zusammensetzung, Gewicht und Durchmesser eines Projektils feststanden, war die Recherche manchmal nur noch eine Sache von Sekunden.

«Wie der Vetter schon vermutet hat!» Peter Schweim kam nach wenigen Augenblicken des Wartens aus einem der angrenzenden Räume, nickte zur Begrüßung und hielt Leif ein Kuvert hin. Die Ränder unter seinen Augen machten deutlich, dass er in den letzten 24 Stunden keinen Schlaf gehabt hatte. «Großkaliber! Mein vorläufiger Bericht.»

«Hallo, Peter. Du siehst aus wie nach einer durchzechten Nacht.» Leif nahm den Umschlag entgegen. «Verrätst du mir was, oder muss ich das hier lesen? Was heißt Großkaliber? Panzerfaust?»

Schweim kräuselte die Lippen. Er war sichtlich zu müde, um zu lächeln. «Nicht ganz. Was wir gefunden haben, ist ein manipuliertes .458er Teilmantelgeschoss.

Hersteller ist Lott/Win.Mag. Diese Jagdmunition wird in Europa so gut wie nicht verkauft.»

«Jagdmunition also. Was schießt man damit? Wildschweine? Bären? Ich kenne mich mit den Größenordnungen nicht aus. Und was heißt *manipuliert*?»

«Nee, nee, ein .458er ist selbst für Bären deutlich zu groß. Das ist mehr was für Elefanten und Nashörner. Manipuliert deswegen, weil der Mantel an der Geschossspitze Einkerbungen aufweist, die unmöglich vom Aufprall herrühren können. Mit bloßem Auge ist das natürlich nicht mehr zu erkennen, aber auf einem Röntgenbild schon. Das ist so genau, da kannst du selbst unterlegte Fahrgestellnummern von einem Wagen ausleuchten, der in der Schrottpresse ...»

«Ich glaub dir das ja», unterbrach Leif, bevor Peter einen seiner gefürchteten Vorträge über die technische Leistungsfähigkeit der modernen Kriminalistik starten konnte. «Aber was heißt das? Ich dachte, Nashörner und Elefanten stehen unter Artenschutz?»

Schweim zuckte hilflos mit den Achseln. «Du weißt doch, wo Nachfrage ist ...» Er legte die Stirn in Falten. «Ich möchte nicht wissen, was da in Botswana, Zimbabwe und in welchen Staaten auch immer von jagdverrückten Großwildjägern und Souvenirsammlern unter der Hand für Gelder abgedrückt werden.»

«Der Täter ist also ein Großwildjäger. Nun gut, das ist ja mal was anderes.» Leif kratzte sich demonstrativ am Nacken.

«Wir erstellen hier keine Täterprofile», bremste Schweim. «Ich kann dir nur sagen, womit geschossen wurde.»

«Klar, du hast ja Recht, Peter. Das war auch nicht ganz ernst gemeint. Ich wollte damit nur sagen, dass mir dergleichen bislang noch nicht untergekommen ist. Wenn ich Großwildjagd höre, dann muss ich unweigerlich an Daktari denken. Bislang hatte ich damit wenigstens nichts am Hut. Kannst du schon was über die Waffe sagen?»

Peter Schweim lächelte Leif an und deutete auf den Umschlag. «Ausnahmsweise sogar sehr genau. Steht auch alles da drin. Die Waffe ist hundertprozentig eine Remington, das zeigen die Schleifabriebspuren. Was das Modell betrifft, wahrscheinlich eine 700er Safari. Brauchst also nur noch die drei, vier Personen zu überprüfen, die in den letzten zehn Jahren eine solche Waffe gekauft haben ...»

«Wenn's weiter nichts ist.» Leif presste die Lippen zusammen und blickte zur Uhr. Dann streckte er Schweim die Hand hin. «Super Arbeit, Peter. Vielen Dank. Ich muss jetzt los. Ich habe um fünf noch einen Termin in Hamburg bei dem Jagdpächter.» Er zwinkerte Peter Schweim schelmisch zu. «Zusammen mit der neuen Kommissarin.»

Einkäufe Das Geschäft von Joachim Kugler war nicht zu verfehlen. Es lag genau an der Haupteinkaufsstraße, und Gero hatte mit Glück in unmittelbarer Nähe einen Parkplatz gefunden. *Die Kugel*, wie der Sportladen von Jo sinnigerweise hieß, war wie alle Geschäfte in der Straße in einem flachen Pavillon untergebracht. Wenn man den Blick über die Schaufenster emporhob, konnte man sich mit etwas Phantasie noch vorstellen, dass diese Einkaufsstraße vor etwa hundert Jahren eine ganz normale Straße mit frei stehenden Wohnhäusern gewesen sein musste. Die Pavillons waren lediglich Vorbauten der Häuser, die über die Jahrzehnte die Vorgärten verdrängt und sich bis an den Bürgersteig vorgekämpft hatten. Ein solches Ensemble ließ sich in gleicher Form in annähernd jeder Kleinstadt finden. Gero zog einen Parkschein, klemmte ihn hinter die Windschutzscheibe und warf auf dem kurzen Weg einen flüchtigen Blick in die Schaufenster der Geschäfte, deren Namen genauso phantasielos klangen, wie die Auslagen dekoriert waren. Natürlich gab es ein *Schmuckkästchen*, ein *Kaffeestübchen* sowie einen Damencoiffeur mit italienisch klingendem Namen, und neben der Filiale einer überall präsenten schottischen Parfümeriekette durfte natürlich auch das als Naturkostladen getarnte Reformhaus nicht fehlen. In diesem Sammelsurium machte *Die Kugel* nur dann eine Ausnahme, wenn man den Nachnamen ihres Besitzers kannte.

Jo hockte vor einem Regal im hintersten Winkel des Ladens und war anscheinend gerade dabei, Trikots der Größe nach in den Fächern zu sortieren, als das elektronische Glockenspiel der Lichtschranke den Besucher ankündigte. Sie waren allein im Geschäft, und Jo erhob sich schwerfällig und kam Gero mit behäbigem Schritt entgegen. In seinem Geschäft wirkte er ganz anders als im Verein. Wenn Gero ihn nicht vom Spielfeld her gekannt hätte, wäre er nie auf die Idee gekommen, einen Sport treibenden Menschen vor sich zu haben. Allein von der Statur her war er kein typischer Hockeyspieler, die in der Regel eher groß und kräftig, manche auch sehnig waren, und

Joachim Kugler reichte Gero gerade bis zu den Schultern, hatte auffallend kurze Arme und kleine Füße. Aber hier im Laden wirkte Jo zudem noch unpassend kostümiert. Anstelle der legeren Freizeitkleidung, in der Gero ihn vom Tresen der Clubgastronomie her kannte, trug Jo nun eine blaugrün karierte Bundfaltenhose und ein zweireihiges Sakko in hanseatischem Blau. Seine wenigen Haare hatte er sorgfältig in Strähnen über seine hohe Stirn gekämmt, und zusammen mit seinem pausbäckigen Gesicht entsprach er für Gero in dieser Aufmachung mehr dem Ebenbild eines infarktgefährdeten Spirituosenhändlers, der seine Wochenenden für gewöhnlich mit einem Bierglas in der Hand in der VIP-Lounge eines Drittliga-Fußballvereins verbringt.

Als er Gero erkannte, reichte er ihm freudestrahlend die Hand, an der er zu allem Überfluss einen dicken Siegelring trug. «Na, das nenn ich eine Überraschung. Hast du dich doch dazu durchgerungen, dir auf die alten Tage nochmal eine anständige Ausrüstung zu gönnen?» Jo schlug Gero freundschaftlich auf die Schulter. «Blick dich erst mal um. Ich mach uns schnell einen Kaffee.»

«Ich war gerade hier in der Nähe und dachte, ich schau mal vorbei», erklärte Gero, während Jo hinter einem Vorhang am Ende des Ladens verschwand, wo sich eine kleine Küchenzeile und ein paar persönliche Gegenstände befanden. «Ich kann ja nicht immer mit Leihschlägern trainieren, und wenn ich am Wochenende mitspielen soll, brauche ich auch ein Trikot …»

Während Jo die Kaffeemaschine füllte, schaute sich Gero interessiert im Laden um. Neben Hockeysachen gab es auch eine Abteilung mit Tennissachen und Badmintonschlägern sowie eine Glasvitrine mit Dartpfeilen, Sonnenbrillen, Jojos und anderen trendigen Utensilien im Kleinformat. Der ganze vordere Teil des Ladens galt dem Golfsport. Der ausgestellten Menge nach musste Jo damit deutlich am meisten umsetzen, aber das war auch verständlich, wenn man bedachte, dass Golf seit einiger Zeit nicht mehr nur elitären Kreisen vorbehalten war, da allerorts frei bespielbare Golfplätze wie Pilze aus dem Boden geschossen waren. Die Preise für das notwendige Equipment waren dadurch natürlich nicht auf Volkssportniveau gefallen, und die Industrie erfreute sich eines Absatzes, der dem Tennisboom der achtziger Jahre durchaus das Wasser reichen konnte. Gero richtete seine Aufmerksamkeit auf das Gestell mit den Hockeyschlägern, deren Vielfalt gegenüber den aristokratischen Golfeisen vor allem aufgrund farblicher Unterschiede ins Auge stach.

«Hast du dich schon entschieden?» Jo kam mit einem Tablett aus der Kochnische und dekorierte den Korbtisch einer kleinen Sitzgruppe mit Tassen und Besteck. «Kaffee kommt gleich.»

«Ich glaube, ich nehme so einen hier.» Gero hielt Jo einen roten Malik hin. «Die Kunststoffschläger sind mir einfach zu hart.»

Jo zog einen blau glänzenden Schläger aus der Stellage und reichte ihn Gero. «Hier. Versuch den mal. Das ist das absolute Spitzenmodell.» Es war nicht zu übersehen, dass Jo Gero noch ein paar anspruchsvollere Alternativen zeigen wollte. Aber gleich die Modellreihe für Bundesligaspieler? Gero schaute ungläubig auf das Preisschild. Fast dreihundert Euro für einen Hockeyschläger? Er blickte Jo skeptisch an.

«Kriegst du natürlich zum Sonderpreis. Sagen wir … zweihundert.»

Gero musste an Charlottes Handy-Wunsch denken. Der rote Malik kostete nicht einmal die Hälfte. «Nee, ich bleibe bei dem hier.» Er stellte den blauen Schläger in den Ständer zurück. «Mit dem Modell spielen ja auch bei uns in der Mannschaft viele …»

«Stimmt», bestätigte Jo und nickte. «Auch das Vorgängermodell war schon der Renner in der letzten Saison. Ich weiß auch nicht, woran das liegt. Wahrscheinlich an der Farbe. Auf jeden Fall eine vernünftige Entscheidung.» Er ließ den Schläger spielerisch wie einen Propeller zwischen den Fingern kreisen und reichte ihn Gero zurück. «In unserem Alter muss man auch an die Knochen denken. Und da ist Holz gegenüber Kunststoff natürlich das schonendere Material. Außerdem hat man mit Holzschlägern eh eine bessere Ballkontrolle. Nicht zu vergessen die Kostenfrage …»

Das war doch typisch Kaufmann, dachte Gero und nahm sich eine Kugel aus dem Regal, um ein paar vorsichtige Testschläge auf dem Teppichboden zu machen. Immer dem Kunden nach dem Mund reden. Er war gespannt, welchen Preis er für dieses Modell bezahlen musste. Als wenn er es geahnt hatte, machte Jo sogleich ein Angebot.

«Bei dem kann ich dir natürlich nicht so viel Nachlass geben wie bei einem Spitzenschläger. Sagen wir …» Die Kunstpause wirkte tatsächlich so, als wenn Jo seine Preisspannen nicht genau im Kopf hätte. «Sagen wir neunzig statt hundertzwanzig.»

Gero begutachtete den Schläger erneut. Nicht, um weiter um den Preis zu feilschen, schließlich war er hier nicht auf einem türkischen Bazar, sondern weil er sich fragte, wie lange er wohl Spaß an dieser Investition haben würde. Es war klar, dass der Kauf einer Hockeyausrüstung hier ein reines Privatvergnügen war. Bei den Konditionen, die Jo ihm anbot, war es selbstverständlich, dass Gero auf eine Quittung verzichten würde. Und ohne Rechnung konnte er den Kauf kaum aufs Spesenkonto setzen. Er nickte zustimmend.

«Und dann brauchst du natürlich Hose, Hemd und Stutzen. Woll'n mal sehen …» Jo musterte Gero einschätzend.

«Vierundfünfzig! Ich hab's lieber schlabberig.»

«Also XL.» Jo verschwand mit dem Oberkörper in einem der Regale. «Habe ich bei Hemden gerade nicht vorrätig. Nur XXL. Aber die laufen am Anfang eh ein.» Er reichte Gero ein Piquethemd, das Lena als Minikleid gepasst hätte. Gero musste unwillkürlich schmunzeln. Er war sich sicher, dass Jo, hätte er nur eine kleinere Größe auf Lager gehabt, bestimmt behauptet hätte, dass die Hemden sehr groß ausfallen würden. Er verzichtete trotzdem auf eine Anprobe. Jo legte noch Stutzen in passender Farbe auf den Stapel und tippte ein paar Zahlen in den kleinen Tischrechner, der neben einer alten Registrierkasse auf dem Verkaufstisch stand. «Spielst du eigentlich mit Schützern?»

«Mit Schienbeinschützern? Ja. Man hat mir zwar gesagt, die bräuchte ich auf Kunstrasen nicht; Pete und Stecher spielen ja auch ohne, aber als Verteidiger erscheint mir das im Kreis doch sicherer.»

Jo lachte kurz auf. «Du musst dir mal Keules Bein angucken. Der hat vor einiger Zeit eine Kugel abbekommen – volles Rohr, ich sag dir … der spielt nie wieder ohne. Das dauert bestimmt ein Jahr, bis nichts mehr zu sehen ist. Kann von Glück sagen, dass nichts gebrochen ist.» Er legte ein paar Hartschalen aus Plastik auf den kleinen Haufen und tippte erneut einige Zahlen in den Rechner. «Zahnschutz?» Jo zeigte auf ein kleines Plastiketui mit einer Art Beißgummi aus Silikon. «Eigentlich reichen die völlig. Man kann sich aber auch einen individuell passend vom Zahnarzt anfertigen lassen. Kostet natürlich.»

Gero schüttelte den Kopf. «Da werde ich dann mal bei Bohrer vorbeischauen …» Auf die Idee war er gar nicht gekommen. Die Anfertigung eines Mundschutzes war natürlich ein idealer Vorwand für einen Besuch bei Rüdiger Henne. «Bei dem Spitznamen ist der doch bestimmt ein Zahnklempner?», fügte er Unwissenheit vorspielend hinzu. «Nach der kurzen Zeit in der Mannschaft weiß ich ja noch so gut wie nichts über euch … Also mal abgesehen von dir und Pete. Der wollte mir natürlich gleich ein Auto verkaufen.»

«Ja, da bist du nicht der Einzige, dem er einen neuen Wagen anbietet.» Jo holte den Kaffee aus der Abseite, und gemeinsam setzten sie sich an den kleinen Basttisch. «Was bleibt ihm auch anderes übrig. Momentan läuft's ja nirgendwo so richtig, und Pete hat's besonders hart getroffen. Er steht zwar noch nicht vor der Insolvenz wie viele andere, aber die Einschnitte sind schon hart. Und wenn man dann noch so verwöhnt war … Mensch, was hat der sich alles geleistet in den letzten Jahren.» Jo ließ vier Stückchen Zucker in die Kunststofftasse gleiten und gab noch einen Schuss Sahne hinzu. «Pete muss tatsächlich geglaubt haben, dass das immer so weitergeht. Erst das riesige Haus, dann die Neubauten für die Heumann-AG; ein richtiger Glitzerpalast ist das geworden. Tja, und nun stehen die Wagen da in den gläsernen Ausstellungsräumen, und niemand kann sie sich leisten. Klar, dass er sich langsam Sorgen macht, wie er Evas Lebensstil weiter finanzieren kann. Und das mit sechs Kindern … Du meine Güte!»

«Ihr kennt euch schon länger, was?» Gero tastete sich vorsichtig mit der Lippe über den Rand der Kaffeetasse vor, er hatte sich häufig genug die Zunge verbrannt. Maschinell gebrühter Kaffee hatte oft Bouillontemperatur, sodass man, wenn man nicht höllisch aufpasste, für mehrere Tage seinen Geschmackssinn einbüßen konnte.

Jo nickte. «Wir kennen uns schon seit Schulzeiten, haben schon als Knaben zusammen Hockey gespielt. Niemanden aus der Mannschaft, vielleicht mit Ausnahme von Latte, kenne ich besser als Pete. Aber damals gab's noch keine Heumann-AG, nur Heumanns Garage. Das war eigentlich mehr eine Tankstelle mit kleiner Werkstatt, die Petes Großvater irgendwann nach dem Krieg aufgebaut hatte. Dort haben Pete und ich an den Wochenenden immer die Mofas von allen Freunden frisiert. Wusste sein Alter natürlich, hat aber nichts gesagt. War damals ja noch so was wie 'n Kavaliersdelikt. Tja, und dann begann die steile Karriere. Erst die kaufmännische Lehre im elterlichen Betrieb, dann BWL-Studium, und als sein Vater kurz darauf starb, war er schon Juniorchef und fuhr einen 7er. Seither ging es nur noch bergauf.»

«Na ja, dann hatte er ja genug Zeit, ein kleines Sümmchen beiseite zu schaffen.»

«Nichts da. Da kennst du seine Eva schlecht. Die hat mit ihren Ansprüchen schon dafür gesorgt, dass nichts übrig blieb. Eine geborene von Wahringen eben, da ist man nichts anderes gewohnt. Jeden Tag essen gehen, sechsmal Urlaub im Jahr. Die hat den völlig im Griff. Aber er wusste ja, worauf er sich einlässt. Na ja, inzwischen hat Pete wohl kapiert, dass er was falsch gemacht hat und es so nicht weitergehen kann. Wie er mir erzählt hat, kommen demnächst auch Tobi und Chris zurück, das sind seine beiden Ältesten. Die sind seit vier Jahren auf einem australischen College. So ein Internat mit Hockey, Reiten und Segeln all inclusive.» Jo beugte sich vertraulich über den Tisch. «Hast du eine Ahnung, was so was kostet?» Er hob zwei Finger in die Höhe. «Zwanzig, zwan-zig-tausend Dollar zahlt Pete. Im Monat! Das musst du dir mal reinziehen.»

«Und er hat sechs Kinder?» Gero schmunzelte. «Dann wird er wohl 'ne günstige Ausbildungsversicherung abgeschlossen haben.» Er musste an Leif denken, auf den in absehbarer Zeit ähnliche Probleme zukamen. Nun, vielleicht nicht ganz in den Dimensionen, und außerdem war da ja noch Leifs Schwiegervater, der nicht nur für die Enkelkinder aufkam, sondern zudem auch einen großen Teil vom Lebensstil seines Schwiegersohnes finanzierte. Gero drehte sich beiläufig um, und sein Blick flog über die Regale. «Sag mal, Badehosen hast du nicht zufällig?»

«Badehosen? Nee.» Jo schüttelte den Kopf.

«Ich dachte nur an den Vereinsteich. Die Badesaison beginnt ja bald, und ich habe schon gesucht, kann aber meine Badehose nirgends finden.»

«Leider nicht. Aber zwei Straßen weiter ist Karstadt.»

«Na, da kann ich dann ja auch gleich ein Paar Schwimmflügel kaufen.»

Jo blickte ihn verständnislos an.

«Nun, wie ich gehört habe, ist das Schwimmen im Teich nicht ganz ungefährlich …»

«Ach so. Das meinst du. Hatte ich schon völlig verdrängt. Ja, tragische Sache.»

«Warst du dabei?»

«Wir waren alle dabei. Natürlich nicht am Wasser, sondern im Clubhaus. War ja schließlich unsere Party.»

«Und wie ist es geschehen? Ich meine, ich habe nur flüchtig davon gehört.»

«Der Kerl muss sturzbetrunken gewesen sein. Anders ist das gar nicht zu erklären. Wer geht schon um diese Jahreszeit nachts im See schwimmen? Und du musst dir vorstellen, der Kerl ist Arzt gewesen. Da hätte er sich der Gefahr doch eigentlich bewusst sein müssen.»

«War er denn nicht in Begleitung? Ist der ganz allein zum See runter?»

«Anscheinend, ja. Hat zumindest keiner von uns mitgekriegt. Aber das war eh ein komischer Vogel. Die ganze Party über hat er sich schon merkwürdig verhalten.» Jo beugte sich über den Tisch und senkte vertrauensvoll seine Stimme. «Also wenn du mich fragst, der Kerl war bestimmt schwul.»

«Soll vorkommen.» Gero gab sich Mühe, belanglos mit den Schultern zu zucken. Jetzt wurde es interessant. «Hat er denn mit jemandem aus der Mannschaft geflirtet, oder wieso kommst du darauf?»

«Was? Aus unserer Mannschaft? Na, das wäre ja noch schöner. Als wenn einer von uns … Nee, nee. Aber immer, wenn ihn eines der Mädels zur Tanzfläche ziehen wollte … Schließlich hatten wir noch zwei Damenmannschaften zu Gast, und da waren eigentlich ganz nette Hüpfer dabei. Vielleicht etwas jung, aber es ging doch nur ums Tanzen, ausgelassen sein, Spaß haben. Aber der Möller hat sich partout geweigert. Saß immer nur am Tisch und hat sich voll laufen lassen. Erst hat er mit Germany lange zusammengesessen, dann mit Keule. Na ja, Gerrit sieht ja auch verdammt gut aus. Hans meinte jedenfalls zu mir, dass der bestimmt schwul sei. Von wegen durchdringender Blick, ständig Hand auf die Schulter und so. Angeblich soll er auch Holle schon unter der Dusche so komisch angegrinst haben. Na, du weißt ja, wie beim Duschen so rumgeflachst wird. Zumindest war er bei Holle an den Falschen geraten. Der versteht da überhaupt keinen Spaß und hat ihm wohl die Meinung gesagt. Mir selbst ist das gar nicht so aufgefallen. Also damit meine ich …» Jo lächelte und strich sich amüsiert über seinen Bauch. «Ich entspreche da wohl auch nicht so ganz der Zielgruppe.»

«Und aus seiner eigenen Mannschaft?»

Jo schüttelte den Kopf. «Nicht, dass ich wüsste.»

«Und wie ist es zu dem Unfall gekommen? Hat denn niemand bemerkt, dass er verschwunden ist? Jemand muss ihn doch gefunden haben?»

«So genau weiß ich das auch nicht mehr, wir waren ja auch schon ganz schön hacke. Also zumindest war keiner mehr nüchtern. Und irgendwer schrie dann plötzlich laut rum, dass einer kopfunter im See schwimmen würde, und dann wurde es hektisch. Wir sind natürlich alle runter zum Teich, und Jürgen, der war wohl früher mal Rettungsschwimmer, ist reingesprungen und hat ihn rausgezogen. Zusammen mit Martin hat er noch bis zum Eintreffen des Notarztes auf Möller rumgeknetet, also Wiederbelebungsversuche gemacht, aber das hat alles nichts mehr geholfen. Der war mausetot. Blöde Sache, das Ganze. Der Verein hat natürlich sofort reagiert und unten am See einen großen Scheinwerfer installiert. Für kurze Zeit gab es auch ein Schild mit der Aufschrift *Nachts baden verboten,* aber nachdem das von Jugendlichen immer wieder in ein Nacktbadeverbot umbenannt wurde, hat man es wieder entfernt.»

Eigentlich hatte Gero bereits mehr erfahren, als er erhofft hatte, und es durfte auf keinen Fall auffallen, dass er mehr als nebensächliches Interesse an der Angelegenheit hatte. Aber so redselig, wie Jo war, konnte er der Versuchung doch nicht widerstehen, noch etwas über die Mannschaftskameraden in Erfahrung zu bringen, von denen er bisher gar nichts wusste. Und Jo hatte bereits angedeutet, dass er mit Martin Kühlmann befreundet war. Er nickte betroffen. «Stell ich mir schrecklich vor …»

«Was?»

«Na, wenn man einen Mitspieler tot aus dem Wasser zieht und eine Reanimation nicht gelingt. Du sagtest doch, dass Jürgen versucht hat, ihn wieder zu beleben. Das muss doch für einen Arzt frustrierend sein …»

«Der Jürgen ist kein Arzt.»

«Ach so, ich dachte, der wäre auch Arzt. Mir war so, als hätte ich auf der Mannschaftsliste Dr. Gödeke gelesen.»

«Ja, der hat auch einen Doktor, ich glaube als Chemiker oder Physiker. Irgendwas Naturwissenschaftliches.

Genau weiß ich das nicht. Jürgen ist noch nicht so lange in der Mannschaft. Das merkt man ja auch daran, wie er mit dem Stock umgeht. Ein typischer Späteinsteiger eben, genau wie Latte. Man merkt es sofort, wenn jemand nicht seit seiner Jugend Hockey gespielt hat. Irgendetwas im Bewegungsablauf stimmt da nicht, und spätestens beim Schlagen weiß man sofort, wer wie lange spielt. Nur beim Torwart fällt das nicht so auf …»

«Du kennst Latte noch besser als Pete? Ihr seid gut befreundet? Das merkt man auf dem Spielfeld gar nicht.»

«Befreundet ist gut …» Jo lachte kurz auf. «Nein, Martin ist mein Schwager. Er ist mit meiner Schwester verheiratet. Und von Familienmitgliedern weiß man ja häufig mehr, als einem recht ist.»

«Das klingt, als wenn du ihn nicht sonderlich magst.»

«Doch, doch. Martin ist schon okay. Zumindest ist die Ehe mit Sylvia harmonisch. Er sabbelt nur immer so einen unendlichen Quatsch …»

«Ganz anders als auf dem Spielfeld. Da finde ich ihn eher zurückhaltend. Was macht er denn beruflich?»

«Das liegt wohl daran, dass er den anderen gegenüber Komplexe hat. Eigentlich ist er Rechtsanwalt, aber seit mehr als zehn Jahren arbeitslos.»

«Gibt's das?»

«Rechtsanwälte aus der ehemaligen DDR gehören nicht unbedingt zu den gesuchten Juristen in diesem Lande. Vor allem nicht, wenn sie ihrem Regime heimlich immer noch hinterhertrauern. Aber das behältst du für dich, ja? Braucht im Club keiner zu wissen. Sylvia hat sich kurz nach der Wende auf irgendeinem Seminar in Dresden in ihn verknallt. So what?»

«Also, dass er aus Sachsen kommt, kann man nicht überhören», meinte Gero.

Jo setzte ein verschmitztes Lächeln auf. «Latte und Holle sind unsere Ossis. Jeder sollte einen haben – wir haben sogar zwei.» In diesem Moment betrat eine Frau im Burberry-Look das Geschäft, und Jo sprang etwas zu hastig auf und zog rasch die Hände aus den Hosentaschen, wobei sich der Innenstoff nach außen krempelte, was vor allem deshalb ungeschickt aussah, da Jo es anscheinend nicht bemerkt hatte und sprichwörtlich mit leeren Taschen vor die Kundin trat.

«Ich suche einen Golfschläger für meinen Mann. Es soll ein Geschenk sein», entgegnete die Frau mit piepsiger Stimme auf die obligatorische Frage des Ladenbesitzers, ob er irgendwie behilflich sein könne.

«Haben Sie schon eine Vorstellung?»

«Tja, ich kenne mich da gar nicht aus», antwortete die Frau und blickte hilflos auf die Verkaufsständer mit den Golfeisen.

Angesichts eines längeren Beratungsgesprächs erhob sich Gero aus dem Sessel. «Ich glaube, ich breche dann mal auf.» Er deutete auf den Stapel neben der Kasse.

«Nimm die Sachen einfach mit», meinte Jo. «Ich rechne später aus, was ich von dir bekomme, und sag's dir dann beim Training. Du kommst doch am Freitag?»

«Na klar. Muss ja meinen Schläger einweihen. Am Wochenende haben wir doch dieses Spiel …»

«Gegen die Schlagstöcke, ja. Sonntag um eins. Schön, dass du jetzt mit dabei bist.»

Jagdgründe Connis Finger trommelten ungeduldig auf dem Wagendach. Ein unangenehm böiger Wind pfiff entlang der Häuserschlucht durch die Straße und schien die Blechlawine des Hamburger Feierabendverkehrs, die sich stockend an ihr vorbei aus der City schob, vor sich hertreiben zu wollen. Zumindest hatte es aufgehört zu nieseln. Zum wiederholten Mal blickte Conni auf die Uhr, dann suchten ihre Augen erneut den Parkstreifen vor dem großen Bürogebäude nach Leifs Wagen ab. Inzwischen gab es genug Stellplätze. Daran konnte es also nicht liegen. Es blieben noch fünf Minuten bis zur verabredeten Zeit. Wo blieb der Kerl nur?

Wie ein mächtiger Riegel schirmte das Bürogebäude der Zöllner AG Lasertechnik hinter ihr das Firmengrundstück zur Straße hin ab. Es war einer dieser großen, schlanken Verwaltungsbauten aus den sechziger Jahren, dessen ehemals filigrane Fassade, wie bei vielen Gebäuden aus dieser Zeit, inzwischen mit zeitgenössisch modernem Baumaterial überformt worden war. Im vorliegenden Fall mit glänzenden, polierten Granitplatten, deren Farbton irgendwo zwischen Grau und Beige changierte. Nur die mit Messingprofilen eingefassten, geschwungenen Scheiben der Pförtnerloge sowie die muschelförmige Überdachung des Eingangs, an deren Seiten noch die schmalen Riemchen aus rohem Travertin sichtbar waren, mit denen die gesamte Fassade ursprünglich wohl verkleidet gewesen sein musste, erinnerten noch an den Geist und die Ästhetik ehemaliger Wirtschaftswunderjahre.

Die Werkseinfahrten rechts und links des Verwaltungsbaus waren mit eisernen Toren gesichert. Überdimensionierte Verkehrsschilder warnten vor einer begrenzten

Durchfahrtshöhe, und obwohl es noch nicht einmal dämmerte, wurden die Einfahrten bereits mit flutlichtartigen Strahlern beleuchtet. Der Eingang selbst war dezenter illuminiert. Die schwarzen Lettern mit dem Firmenschriftzug wurden anscheinend von hinten mit rotem Licht angestrahlt, sodass es wirkte, als schwebten sie vor der Fassade. Connis Blick folgte dem kleinen roten Punkt, der, ohne dass sie eine Lichtquelle erkennen konnte, wie von Geisterhand geführt über die Fassade tänzelte. Der Gag war zwar nicht neu, aber dem Effekt, dem Punkt zu folgen oder die gegenüberliegende Häuserfront nach einem ferngesteuerten Laser-Pointer abzusuchen, konnte man sich trotzdem kaum entziehen. Zumindest ließ die Spielerei keinen Zweifel aufkommen, welche Produkte bei der Zöllner AG produziert wurden. Die Lichtquelle konnte Conni trotzdem nicht entdecken. Sie kontrollierte nochmals die Uhrzeit und hatte sich in Gedanken bereits damit abgefunden, den Termin mit dem Firmeninhaber alleine wahrnehmen zu müssen, als ein dunkelblauer Passat auf dem Seitenstreifen forsch auf sie zu schoss und schwungvoll neben ihr einparkte.

«Entschuldige bitte, aber der Verkehr ... Du siehst ja selbst.» Leif deutete auf die Karawane von Autos, die sich zähflüssig zur nächsten Ampel voranschob. «Wartest du schon lange?» Er zog sich ein Sakko über und wartete kurz, bis das Blinken der Warnleuchte den Schließvorgang der Türschlösser bestätigt hatte. «Ich hatte vergessen, mein Handy einzuschalten.»

«Kein Problem.» Conni zuckte mit den Schultern. Sie hatte Leifs Nummer noch gar nicht gespeichert. «Was sagt die Ballistik?»

«Tatsächlich Jagdmunition», antwortete Leif. «Ein Kaliber, mit dem man normalerweise auf Elefantenjagd geht.»

«Das erklärt dann ja auch den Zustand der Leiche», folgerte Conni und zeigte dem Portier hinter der blaugrün getönten Scheibe wortlos ihre Polizeimarke.

«Herr Zöllner erwartet Sie bereits. Wenn Sie mir folgen wollen?» Die Dame am Empfangstresen erhob sich schwerfällig, strich ihr Kostüm glatt und führte sie zum Fahrstuhl auf der gegenüberliegenden Seite des Treppenhauses. Sie hatte das Alter, aus dem Firmen in der Regel ihr Empfangspersonal rekrutierten, längst überschritten, und für Conni entsprach sie mehr dem Typ einer resoluten Verkäuferin aus der Wäsche- oder Kurzwarenabteilung eines Warenhauses als dem einer repräsentativ gekleideten Empfangsdame, was nicht nur an dem viel zu eng geschnittenen schwarzen Kostüm lag, das an allen Stellen spannte, sondern vor allem an der goldumrandeten Lesebrille, die, an einem Kettchen hängend, bei jedem Schritt auf dem mächtigen Busen der Frau auf und nieder hüpfte. Verstärkt wurde dieser Eindruck noch durch das Haar, dessen natürliche Farbe sie durch Weiß ersetzt hatte und das an einigen Stellen einen verräterischen violetten Schimmer aufwies. Während sie im Fahrstuhl gemeinsam zur Direktion in den achten Stock fuhren, glaubte Conni sogar, einen Hauch von Haarspray und Kernseife wahrzunehmen.

«Kriminalpolizei, sagte man mir? Worum handelt es sich?»

«Ja, Kripo Lübeck. Mein Name ist Sonntag, und das ist mein Kollege Jensen.»

Die mit Leder bezogene Zimmertür sowie die englischen Clubsessel und die Mahagonischränke, mit denen das Direktionszimmer hauptsächlich möbliert war, standen im krassen Gegensatz zur schlichten Noblesse der sechziger Jahre, deren Geist überall sonst im Gebäude noch präsent schien. Bertram Zöllner hingegen passte genau in dieses Ambiente, das dem Interieur eines britischen Clubs adäquat war. Zumindest war seine Erscheinung betont anglophil. Es gab Menschen, deren Alter man schwer schätzen konnte. Zöllner gehörte dazu. Conni wusste nicht, ob es an dem stark gelichteten Haar lag, an seinen Gesichtszügen oder an seiner Haltung. Er konnte sowohl Mitte 30, genauso gut aber auch fünfzehn Jahre älter sein. Die Kleidung tat ein Übriges, sein wahres Alter zu verschleiern. Bertram Zöllner trug unübersehbar teure, maßgefertigte Schuhe, eine Cordhose und ein Sakko aus Harris-Tweed in passender Farbe. Anstelle einer Krawatte zierte ein locker eingestecktes Tuch seinen Hemdkragen. Die Rolex am Handgelenk glänzte, obwohl ein schlichtes Modell, etwas zu auffällig, als er Conni die Hand schüttelte.

«Kriminalpolizei Lübeck?» Der hagere Mann, der schräg hinter Zöllner gestanden hatte, trat abrupt hervor und fingerte nervös an einem Kugelschreiber herum, dessen Mine er im schnellen Wechsel immer wieder heraus- und hineindrückte. «Das ist Schleswig-Holstein. Darf ich nach Ihrer Befugnis fragen?»

«Dr. Gudmund. Unser Rechtsbeistand», stellte Zöllner den Mann im modischen Zweireiher vor.

Conni nickte Dr. Gudmund, einem Mittfünfziger mit

auffallend kantigem Gesicht und ebenso markanter Nase, lächelnd zu. «Hier handelt es sich wohl offensichtlich um ein Missverständnis», erklärte sie in freundlichem Tonfall. «Damit wir uns richtig verstehen, es handelt sich hier weder um ein offizielles Verhör, noch geht es um irgendwelche Dinge, die Ihre Firma betreffen. Unser Besuch gilt einem Vorfall, der sich auf einem von Ihnen gepachteten Grundstück in Schleswig-Holstein ereignet hat. Wenn es Ihnen jedoch lieber ist, können wir auch eine Vorladung …»

Zöllner machte dem Juristen gegenüber eine beschwichtigende und zugleich Einhalt gebietende Handbewegung. Dann wendete er sich wieder Conni zu. «Nun erzählen Sie doch erst einmal, worum es genau geht.»

«Sie sind Pächter einer Jagd in Schleswig-Holstein?»

Zöllner nickte. «Unter anderem, ja.»

«Auf dem Jagdgrund stehen zwei Hochsitze …»

«Ansitze», korrigierte Zöllner. «Wie es in der Jagdsprache heißt. Ja, das ist richtig.»

Conni atmete einmal tief durch und beschloss, höflich zu bleiben. «Ansitze. Gut, meinetwegen auch das. Jedenfalls wurde auf einem der Ansitze ein Toter gefunden. Der Mann wurde erschossen.»

Dr. Gudmund mischte sich erneut ein. «Vielleicht sollten wir dieses Gespräch doch besser …»

«Nicht nötig!», unterbrach ihn Zöllner etwas gereizt und forderte Conni mit einer Geste auf fortzufahren. «Wie schrecklich», entfuhr es ihm mechanisch, aber er wirkte keineswegs betroffen.

«Sie waren die letzten Tage auf Geschäftsreise?», fragte Leif.

«Ja, ich bin Ende der Woche nach Hongkong geflogen und bin erst heute Vormittag wieder zurückgekommen. Wenn Sie die Tickets sehen möchten …?»

«Nein, das ist nicht nötig», meinte Leif. «Wann waren Sie das letzte Mal auf Ihrem Jagdgrund?»

«Lassen Sie mich überlegen.» Zöllner senkte den Kopf und massierte mit der Spitze von Daumen und Zeigefinger seinen Nasenrücken, eine einstudierte Geste der Nachdenklichkeit. «Also entweder am letzten Dienstag oder am Mittwoch.» Er ging zum Schreibtisch und nahm einen dieser kleinen elektronischen Organizer von der Tischplatte. «Wozu hat man die Dinger denn?», fragte er mehr zu sich selbst, dann tippte er mit einem kleinen Stift auf dem Display herum. «Einen Moment. Da haben wir es ja. Am Dienstagabend war ich zuletzt dort und habe nach dem Rechten gesehen …»

«Ist Ihnen etwas Ungewöhnliches aufgefallen?»

«Nein. Gar nichts. Ein Toter lag da bestimmt noch nicht. Wissen Sie, ich kontrolliere dort immer alles sehr genau. Wie Ihnen bekannt sein dürfte, ereignen sich in dieser Gegend sehr fragwürdige Dinge … Es wäre zumindest nicht das erste Mal, wenn einer der Ansitze von fanatischen Jagdgegnern gestohlen worden wäre.» Zöllner warf einen empörten Blick in die Runde. «Diese Leute nennen sich dann auch noch Tierschützer, die haben ja überhaupt keine Ahnung, was Wild jährlich für Schäden verursacht!»

«Was überhaupt noch nicht bewiesen ist …»

«Wer die Flur- und Waldschäden verursacht? Das meinen Sie nicht im Ernst!» Zöllner blickte Leif ungläubig an.

Leif quälte sich ein Lächeln ab. «Nein, wer die Hochsitze … Entschuldigung. Wer für das Verschwinden der *Ansitze* verantwortlich ist.»

«Ich bitte Sie. Wer soll so etwas Hirnrissiges denn sonst tun!»

«Deswegen sind wir jedenfalls nicht gekommen», meinte Conni, bevor sich das Gespräch mit Zöllner zu einer Grundsatzdiskussion über Sinn und Unsinn der Jagd ausweiten konnte. «Sie können sicher sein, dass die Polizei auch diese Sache im Auge behält, aber wir ermitteln in einem Tötungsdelikt. Das Verbrechen geschah am Sonntagabend.»

«Und da waren Sie auf Geschäftsreise», fügte Leif beiläufig hinzu, als wolle er Zöllner und seinem Anwalt zu verstehen geben, dass die Polizei bislang nicht davon ausging, dass Zöllner irgendwie in die Sache verwickelt sein könnte.

«Wir benötigen trotzdem ein paar Angaben», meinte Conni. «Vielleicht können Sie uns auch helfen, was die Identifikation des Toten betrifft.»

«Darf ich fragen, wie Sie darauf kommen, dass mein Mandant … äh, dass Herr Zöllner den Toten gekannt hat?» Das Blut war Dr. Gudmund ins Gesicht geschossen, und er räusperte sich verlegen.

«Davon gehen wir gar nicht aus.» Conni überlegte, warum der Mann so nervös war. Es lag überhaupt nichts gegen Zöllner vor, und ihr Besuch war reine Routine, schließlich musste der Pächter über die Vorkommnisse informiert werden. Zöllner war im Gegensatz zu seinem Rechtsbeistand die Ruhe selbst. Vielleicht sogar etwas zu gelassen, wie Conni fand. «Aber die Möglichkeit besteht immerhin, nicht wahr?»

Sie reichte Zöllner einige Fotos. «Auf den Bildern ist vom Gesicht nicht allzu viel zu erkennen, aber der Tote ist etwa in Ihrem Alter, ungefähr einen Meter und achtzig groß, er trug eine solche Uhr.» Sie reichte Zöllner eine weitere Fotografie. «Wie uns zu Ohren kam, haben Sie häufiger Jagdgesellschaften auf dem Gelände zu Gast. Könnte es sich vielleicht um jemanden handeln, den Sie von der Jagd her kennen?»

«Eine Omega Speedmaster.» Zöllner schüttelte den Kopf und reichte Conni die Bilder zurück. «Nein, nicht dass ich wüsste. Der Mann trägt auch jagduntypische Kleidung. Nein, ich kenne ihn bestimmt nicht. Tut mir Leid.»

«Tja, eigentlich war's das dann auch schon.» Conni steckte die Bilder in die Innentasche ihrer Jacke zurück und warf Zöllner einen provozierenden Blick zu, den sie mit einem charmanten Lächeln untermalte. «Es sei denn …» Sie zwang sich, das Lächeln aufrechtzuerhalten, von dem sie wusste, dass es in der Regel seine Wirkung nicht verfehlte. «Sie würden uns natürlich ungemein die Arbeit erleichtern, wenn wir Ihre Fingerabdrücke hätten. Die Spurensicherung hat an den beiden Ansitzen jede Menge Abdrücke gefunden und tut sich momentan noch etwas schwer mit der Zuordnung. Das muss natürlich nicht hier und jetzt geschehen. Aber wenn Sie die Tage bei einer Dienststelle vorbeikommen könnten?»

«Meinetwegen auch hier und jetzt.» Zöllner schluckte den Köder unbesehen. «Ich habe mir nichts vorzuwerfen, und wenn ich Ihnen die Arbeit damit erleichtere … Und außerdem erspare ich mir damit wohl einen Weg. Ich habe diese Prozedur schon am Wochenende hinter mich gebracht. Für die Einreise in die Staaten ist das inzwischen obligatorisch, und in ein, zwei Jahren wird es wohl auch in Deutschland Personalausweise mit Fingerabdruck geben und damit die Bevölkerung bundesweit digitalisiert sein.»

«Da werden sich der Bundesinnenminister und die Datenschutzbeauftragten wohl noch die Köpfe heiß reden, aber prinzipiell würde es die Arbeit der Polizei natürlich erleichtern, ja.» Leif wandte sich der Tür zu. «Ich habe die entsprechenden Utensilien unten im Wagen. Wenn Sie einen Moment warten …»

«Nicht nötig, Herr Kollege.» Conni lächelte Leif zu und zog ein kleines Etui aus der Jacke. «Dauert nur drei Minuten und hinterlässt nicht mal mehr schmutzige Finger!»

Sie entnahm dem Etui zwei kleine Kärtchen und eine Klebefolie und bat Zöllner an den Schreibtisch. «Was stellen Sie eigentlich für Laser her?», fragte Conni interessiert, während sie Zöllners Finger abwechselnd auf das Klebeband und danach auf die Kärtchen drückte. Seine Hände waren frisch manikürt und wirkten, als hätten sie noch nie Berührung mit Schmutz gehabt. Keine Hornhaut, keine Risse, nicht einmal ein Kratzer war zu sehen. Unter den kurz gefeilten Nägeln, die sogar anpoliert waren, schimmerte weiße Kreide. Die tiefen Hautporen auf den Handrücken zeugten von epilierten Haaren. Tatsächlich kräuselte sich wenige Zentimeter weiter unter den Manschetten bereits dichtes schwarzes Haar, wie Conni unschwer erkennen konnte. Es war doch seltsam, fand sie, dass Männer, deren Haupthaar bereits in jungen Jahren stark gelichtet war, häufig am ganzen Körper behaart waren wie ein Primat. Eine solche Körperbehaarung entsprach zwar keineswegs ihrem Schönheitsideal, aber sie konnte nicht umhin, sich einzugestehen, dass die Vorstellung doch einen gewissen Reiz auf sie ausübte.

«Laserprodukte aller Kategorien. Vom chirurgischen Präzisionsskalpell bis zum Hochleistungslaser decken wir alle Bereiche ab. In Europa sind wir bereits Marktführer.» Bertram Zöllner blickte auf die Pappkärtchen, auf denen seine Fingerabdrücke in vorgezeichneten Feldern sichtbar waren, und kontrollierte dann mit erstauntem Gesicht seine Fingerkuppen, auf denen nicht die Spur von Farbe zu erkennen war. «Wie funktioniert das denn?»

«Betriebsgeheimnis.» Conni lächelte Zöllner geheimnisumwittert an. «Sie verraten uns doch bestimmt auch keine Details aus Ihrer Produktion?» In Wirklichkeit wusste Conni selbst nicht genau, wie es funktionierte. Es musste ähnlich wie bei Sicherheitshölzern eine chemische Reaktion zweier Stoffe sein, wobei sich der eine Stoff auf der Klebefolie befand und über die Haut des Fingers mit einem zweiten Stoff auf den Kärtchen reagierte. «Aber wo wir schon mal bei Abdrücken sind …»

«Ja?»

«Aus dem gleichen Grund wie bei den Fingerabdrücken wäre es für uns von Interesse, zu erfahren, was für einen Wagen Sie fahren. Unter einem der Ansitze wurden nämlich diverse Reifenspuren entdeckt, von denen wir Abdrücke genommen haben.»

«Wenn ich zur Jagd fahre, dann mit meinem *Defender*.»

«Ein Landrover also? Sehr schönes Fahrzeug», bestätigte Leif mit wissendem Unterton. «Sie kennen nicht zufällig den Reifentyp?»

«Nein, die Papiere habe ich nicht bei mir. Kann ich Sie telefonisch …?»

Conni reichte Zöllner eine ihrer Karten, die heute Morgen druckfrisch auf ihrem Schreibtisch gelegen hatten. «Wäre gut. Das war's dann eigentlich auch schon.»

«Eine Frage hätte ich da noch.» Leif tat es Conni gleich und überreichte Zöllner ebenfalls eine Karte. «Sie kennen sich ja wahrscheinlich mit Jagdwaffen und Munition bestens aus … Besser als ich zumindest.»

Zöllner nickte, und seine Gesichtszüge signalisierten nicht nur Hilfsbereitschaft, sondern bekundeten auch ein neugieriges Interesse.

«Es ist nämlich so, dass der Mann mit einer Jagdwaffe erschossen wurde. Mich würde vor allem interessieren, was für Flinten und welche Kaliber bei der hiesigen Jagd bevorzugt werden.»

«Flinten? Sie meinen doch sicherlich Büchsen.» Zöllner konnte sich ein etwas überhebliches Lächeln nicht verkneifen, und Conni war sich in diesem Moment sicher, dass Leif absichtlich den ahnungslosen Tölpel markiert hatte, um Zöllner aus der Reserve zu locken. «Eine Flinte hat immer einen glatten Lauf, mit dem Schrotmunition verschossen wird», erklärte Zöllner. «Als Büchse bezeichnet man hingegen Jagdwaffen mit gezogenem Lauf.»

«Ach so, ja. Dann also eine Büchse. Bis zu welchem Kaliber geht das?»

«Also ich benutze zum Beispiel 5.6 × 57 und 7 × 57 für Rotwild. Das reicht für heimisches Wild und hiesige Verhältnisse allemal. Aber die Meinungen gehen da auseinander. Es gibt durchaus Jäger, bei denen selbst .375er

H & H Magnum-Munition für Wildschweine zum Einsatz kommt.»

«Sie sagen für hiesige Verhältnisse. Aber Sie haben auch noch eine Büchse mit größerem Kaliber?»

Zöllner nickte. «Ich habe natürlich mehrere Büchsen. Unter anderem eine Weatherby Mark V Deluxe, das ist schon etwas ganz Besonderes, meine Lieblingswaffe sozusagen. Aber nicht zur hiesigen Jagd zu gebrauchen. Und von daher ...» Er lächelte Leif unbekümmert an, denn er hatte natürlich verstanden, in welche Richtung dessen Frage abzielte. «Sie befindet sich noch in der Zollabfertigung.»

«Ach so, Sie waren zur Jagd?»

«Wie bereits erwähnt, bin ich am Wochenende von Hongkong nach Vancouver geflogen. Ich habe dort Geschäftsfreunde besucht, und es ist dort durchaus üblich, gemeinsam zur Jagd zu gehen. Mit was für Munition wurde denn der Mann erschossen, wenn ich mir die Frage erlauben darf?»

«Man hat ein Projektil des Kalibers .458 gefunden. Wie Sie bereits sagten, ist das größte Kaliber, das bei der heimischen Jagd Verwendung findet, deutlich kleiner, aber der Besitz einer solchen Waffe kann eben auch dadurch begründet sein, dass man in anderen Ländern zur Jagd geht. Ich kenne einfach nicht genug Jäger, um zu wissen, wie verbreitet der Besitz solcher Waffen ist.»

«Und jetzt möchten Sie natürlich wissen, welches Kaliber meine Weatherby hat, habe ich Recht? Aber ich muss Sie enttäuschen ...» Auf Zöllners Gesicht breitete sich ein triumphales Grinsen aus. «Ich benutze .416er Rigby. Das ist mehr als genug für Büffel und Bären. Kaliber .458

ist wirklich selten. Ich kenne auch niemanden, der ein solches Kaliber benutzt, geschweige denn eine entsprechende Waffe besitzt.» Er streckte Leif demonstrativ die Hand zur Verabschiedung entgegen. «Ich wünsche Ihnen jedenfalls viel Erfolg, und wenn ich noch irgendwie behilflich sein kann?» Dann wendete er sich Conni zu und deutete formvollendet eine Verbeugung an. «Es war mir ein Vergnügen.»

Eigentlich hatte sich Conni direkt auf den Heimweg machen wollen, aber nachdem Leif ihr versichert hatte, es wäre gängige Praxis, den Dienstwagen nach Auswärtsterminen mit nach Hause zu nehmen, und sie könne sich dementsprechend den Umweg über die Dienststelle sparen, hatte sie seinem Angebot auf ein gemeinsames Feierabendbier – selbstverständlich alkoholfrei, wie er mit einem zwinkernden Auge erklärt hatte – doch noch zugestimmt.

«Und? Was denkst du?»

«Ich glaube, ich kann es mit dir aushalten.» Conni stieß mit ihrem Hefeweizen gegen Leifs Glas und nahm einen kräftigen Schluck. «Manöverkritik oder Feierabend?»

«Für zwei Tage gemeinsame Arbeit?» Leif lächelte. «Dein Auftritt wirkte ziemlich routiniert.»

«Ach was. Das war doch Theater da oben. Ein ganz abgebrühter Hund ist das, der Zöllner. Mich würde mal interessieren, warum der gleich seinen Rechtsbeistand mit zu dem Gespräch gebeten hat.»

«Der wusste doch gar nicht, worum es ging.»

«Eben.» Conni tastete suchend ihre Jacke ab. «Fragt sich also, wovor der Angst hatte. Also wenn du mich fragst, dann hatte der mit etwas ganz anderem gerechnet. Er wirkte ja schon fast beruhigt, als er Mordkommission hörte. Ich bitte dich … In der Regel ist das doch wohl eher umgekehrt, oder? Sag mal, rauchst du?»

«Vor einem Jahr abgewöhnt. Du etwa?»

Conni lachte. «Auch aufgehört – aber erst vor zwei Tagen. Und genau jetzt wäre mir nach einer. Egal, vergiss es. Warum hast du dir die Tickets nicht zeigen lassen?»

«Was glaubst du, was ich morgen mache?» Leif prostete ihr zu.

«Du checkst alle Flugverbindungen zwischen Hongkong und Vancouver, alle Anschlussflüge und alle Möglichkeiten, ob er mal kurz einen Abstecher ins Lauenburgische machen konnte, um dort einen ungeliebten Geschäftspartner mittels Elefantenmunition ins Jenseits zu befördern.»

«Bestimmt nicht. Aber Kollege Lüneburg wird darauf bestehen, dass die Sache lückenlos ist.»

«Meinst du, dass er mit der Sache etwas zu tun haben könnte?»

«Zöllner?» Leif wischte sich den Bierschaum von den Lippen. «Glaube ich nicht. Dann hätte er auf die Bärenjagd in Kanada verzichten müssen. Du hast ihn ja gehört. Traust du ihm das zu? Er hatte ja fast feuchte Finger, als er von den dortigen Jagdgründen erzählte. Glaub mir, das Alibi ist dicht.»

«Komischer Vogel jedenfalls. Dem ist es doch wohl noch nie schlecht gegangen, was? Die Aufmachung: alles vom Feinsten. Hast du seine Hände gesehen? Sahen nicht nach denen eines naturverbundenen Menschen aus …»

Leif grinste. «Jagdinstinkt ist nicht gleichzusetzen mit

Naturverbundenheit. Da entspricht das Recht, töten zu dürfen, wohl mehr dem Herrschaftsdenken der Aristokratie.»

«Ich weiß nicht … Der Zöllner wirkte so sicher. So, als könne man seinesgleichen nie belangen. Allein mit welcher Selbstverständlichkeit er der Abnahme seiner Fingerabdrücke zugestimmt hat. Das hatte etwas von: Glaubt ihr wirklich, ich wäre so dämlich, keine Handschuhe anzuziehen, wenn ich es denn gewesen wäre?»

«Willst du noch ein Bier?» Leif winkte auffordernd in Richtung Tresen.

«Nein danke. Ich habe noch ein ziemliches Stück Weg vor mir.» Conni blickte auf ihr halb volles Glas und dann kontrollierend zur Uhr. Es war inzwischen schon nach acht.

«Glaub mir, der hat nichts damit zu tun. Außerdem benötigt ein *Defender* keine Hochgeschwindigkeitsreifen.» Leif nahm das neue Glas in Empfang und trank einen Schluck, als wäre er am Verdursten. «Natürlich überprüfen wir das trotzdem. Genau wie alle anderen auf seinen Namen oder die Firma zugelassenen Fahrzeuge. Du hast den ja am Anfang ganz schön am Haken gehabt …»

«Bei dir war es doch auch nicht anders. Das ist es ja, was mich so stutzig macht. Nun gut, der Laie in Sachen Jagd war vielleicht ein bisschen dick aufgetragen. Büchse und Flinte: Das hätte mir auch passieren können. Aber ein Kriminaler, der sich mit Munition nicht auskennt? Ich bitte dich! Trotzdem hat es seinen Informationsfluss nicht gebremst.»

«Ich glaube, der hat uns einen Film vorgeführt. Ja, sicher, das mit der Jagdsprache … Beim Ansitz konnte er sich einfach nicht zurückhalten. Aber sonst? Hast du seinen Blick gesehen, als er merkte, dass seine Munition nicht passte? Da war keine Erleichterung in seiner Miene. Ich weiß nicht, was es war, aber mit Erleichterung hatte es nichts zu tun. Der wusste genau, dass wir ihn nicht wirklich verdächtigen. Und dann die Sache mit den Gewehren für unser .458er Kaliber. Na klar kennt der Leute mit entsprechenden Waffen. Wenn du mich fragst, dann kennt der wahrscheinlich sogar Leute, die ein Maschinengewehr im Keller haben.»

«Was uns nicht weiterhilft.» Conni leerte ihr Glas. «Solange wir die Identität des Toten nicht kennen, können wir nicht mal über einen Anfangsverdacht spekulieren. Ich kann nur hoffen, dass der Erkennungsdienst fündig wird.» Sie zückte ihr Portemonnaie und deutete Leif an aufzubrechen. «Wenn bis übermorgen nichts vorliegt, will Van Helsing die Öffentlichkeit informieren.»

Clubleben Gero hatte sich strikt an die Anweisungen gehalten, die Lena ihm mit auf den Weg gegeben hatte. Er hatte die Schnittstellen mit dem Fingernagel kontrolliert, um zu sehen, wie frisch die Ware war, und hatte die Stangen nach Farbe des Kopfes, Durchmesser und Wuchs sortiert. Bei dieser Qualität konnten zumindest die geraden Stangen an der Wurzel gar nicht dick genug sein. Auch galt es darauf zu achten, dass sich die Blätter am Kopf noch nicht gelöst hatten und keinen lila Schimmer aufwiesen. Das, so meinte Lena, wäre ein klassisches Indiz dafür, dass der Spargel bereits Sonnenlicht ausgesetzt gewesen war und daher eine leicht bittere Note haben könnte.

Knapp zwei Kilo frischer Ware hatte Gero beisammen. Nun stand er etwas hilflos mit den ausgesuchten Stangen in der Hand neben der Waage und überlegte, wie er die Plastiktüte von der Rolle bekam. Heimlich verfluchte er die Erfindung dieser immer verklebten und stets zu kleinen Tüten, in die sich besonders Spargel nur sehr widerwillig verfrachten ließ. Warum konnte man nicht wenigstens zur Spargelzeit auf die alten Papiertüten zurückgreifen? Wenn man hiesigen Spargel beim Bauern im Nachbardorf orderte, dann bekam man die bestellte Menge doch auch in feuchten Zeitungen oder Tüchern geliefert. Spätestens in zwei Wochen war auch im Lauenburgischen Anstich. Bis dahin musste er die begehrten Stangen wohl oder übel noch im Supermarkt kaufen.

Wie um diese Uhrzeit nicht anders zu erwarten, war von vier Kassen nur eine besetzt und die Schlange davor entsprechend lang. Das monotone Piepen des Scanners hinter dem Laufband veranschaulichte das gemächliche Arbeitstempo der Kassiererin auf absurde Weise, und Gero überlegte, ob es früher nicht zügiger gegangen war, als man Preis und Menge noch mittels Tastatur eingeben musste, zumal das Gerät heute, was zerknitterte Etiketten betraf, anscheinend besonders empfindlich war. Bei jeder dritten Tüte musste die Kassiererin den Barcode mit der Hand eintippen, was mangels Routine jedes Mal eine kleine Ewigkeit dauerte. Früher hatte Gero immer gestaunt, wie schnell die Finger blindlings über den Zahlenblock der Kasse gehuscht waren; so schnell, dass der Endbetrag meist feststand, bevor die Waren wieder im

Korb verstaut waren. Davon konnte wirklich keine Rede mehr sein, und Gero war sich sicher, dass es nicht mehr allzu lange dauern konnte, bis der nächste technische Entwicklungssprung das Personal an den Kassen der Supermärkte überflüssig machen würde.

Gero warf einen kontrollierenden Blick auf die Einkaufsliste und stellte zufrieden fest, dass er bis auf Brot und Schinken alles beisammenhatte. Den besten Katenschinken weit und breit gab es, auch weil noch mit dem Messer frisch aus der Pape geschnitten, bei der Landschlachterei Engels. Selbst das unwirsche und stets mürrische Grummeln, mit dem Schlachtermeister Engels seinen Kunden gegenübertrat, konnte die Qualität des Schinkens nicht schmälern. Den Brotkauf sparte sich Gero hingegen immer bis zum Schluss auf. Einerseits, weil die junge Verkäuferin, die dort seit einem halben Jahr arbeitete, das Brot immer mit einem eigentlich viel zu koketten Grinsen über den Tresen reichte, das allein schon für die erlittene Schmach der muffeligen Bedienung bei Engels entschädigte, doch vor allem, weil der Geruch frischer Backwaren im Auto bei Gero sofort das Bedürfnis nach einem dick mit salziger Butter bestrichenen Brot auslöste, das zu Hause einfach am besten schmeckte und in doppelter Ausführung dementsprechend häufig als Mittagessen herhalten musste.

So auch heute. Er schaffte es gerade noch rechtzeitig, das Haus zu verlassen, bevor Ruth anrauschte, um den anstehenden häuslichen Arbeiten beizukommen. Um drei Uhr hatte er den Termin bei Germany, und zuvor wollte er sich noch ein wenig im Club umsehen.

Die dichte Wolkendecke vom Vormittag war inzwischen aufgerissen, und ein kräftiger Wind aus Südwest schob die nun zu Haufen gebündelten Wolken in atemberaubender Geschwindigkeit vor sich her. Es war immer wieder erstaunlich, wie schnell das Wetter hier umschlagen konnte. Noch vor wenigen Stunden hätte man sich kaum ohne Regenjacke aus dem Haus getraut, und nun zeigte das kleine Thermometer am rechten Rückspiegel sommerliche 24 Grad an. Fast wäre Gero in Versuchung geraten, das Wagenfenster zu öffnen, aber in letzter Sekunde erinnerte er sich an den defekten Fensterheber, der sich immer noch weigerte, die Scheibe wieder zu schließen. Fast zwei Stunden hatte er im letzten Winter mit offener Scheibe bei starkem Schneetreiben auf der Autobahn im Stau gestanden und sich seither mindestens dreimal vorgenommen, den Mangel zu beseitigen. Himmel auch, der Wagen war eine einzige Baustelle!

Als er auf den Höhenweg der Alten Salzstraße einbog, huschten die langen Schatten der Windrotoren unheimlich vor ihm über den Asphalt. Die Wolken zeichneten einen scharfen Kontrast auf die Felder und Wiesen, und das leuchtende Gelb der Rapsfelder strahlte durch das noch zarte Grün der Bäume am Wegesrand. Von hier aus hatte man einen unvergleichlichen Blick über den Ratzeburger See, der sich der Länge nach neben dem Höhenweg ausbreitete. Es waren bereits einige Segler auf dem Wasser, und Gero konnte erkennen, wie die von der Sonne angestrahlten Segel langsam über das aufgewühlte, dunkle Grün des Sees wanderten.

Allein der Anblick war so ansteckend, dass es Gero bereits in den Fingern kribbelte. Das Boot ins Wasser zu bringen war längst überfällig. Eigentlich hatte er ja beschlossen, den alten Jollenkreuzer dieses Jahr im Winterlager zu lassen, da er letztes Jahr aus Zeitmangel höchstens sechsmal zum Segeln gekommen war, aber diese Entscheidung war in Absprache mit Lena an einem Winterabend vor dem Kamin getroffen worden. Da kam man schon mal auf solche verrückten Ideen. Jetzt sah die Welt doch ganz anders aus. Nein, das Boot musste ins Wasser. Am besten gleich nächste Woche. Vor allem, weil auch dieses Jahr noch nicht an Urlaub zu denken war. Wenn auch nach Dienstschluss nur selten Zeit für einen Schlag blieb – auch an den Wochenenden konnte man auf dem Boot hervorragend entspannen.

Blieb noch das Problem mit den Mitseglern. Geros Finger trommelten einen nervösen Rhythmus aufs Armaturenbrett. Lena hatte klar zu verstehen gegeben, dass sie ohne weiteres ein Jahr aufs Segeln verzichten könne, da ihr geruhsame Gartenarbeit mehr am Herzen läge und angenehmere Entspannung verschaffen würde. Charlotte war Wassersport schon immer suspekt gewesen, und Max zog es verständlicherweise vor, mit seinen Kameraden von der Ruderakademie aufs Wasser zu gehen. Leif war die Sache einfach zu anstrengend, wie er sich ausgedrückt hatte, und Jörg Bude war schon beim Anblick des Steges seekrank geworden. Aber das würde sich finden – erst einmal musste das Boot ins Wasser.

Das schöne Wetter hatte anscheinend auch in Krugstadt dafür gesorgt, dass zumindest diejenigen, die es sich erlauben konnten, an Werktagen um die Mittagszeit Sport zu treiben, sich auf der Clubanlage eingefunden hatten.

Das waren vornehmlich Frauen, wie Gero anhand der auf dem großen Parkplatz abgestellten Fahrzeuge erkennen konnte. Dort parkte die Armada klassischer Zweit- und Drittwagen einkommensstarker Familien. In der Mehrzahl große Geländewagen mit mindestens einem Kindersitz im Fond, der Rest fast ausnahmslos elegante Cabrios deutscher Hersteller sowie einige modische Kleinwagen, deren kapriziöses Design Geros Empfinden nach überhaupt nur ein feminines Formverständnis ansprechen konnte.

Seine Vermutung bestätigte sich, als er an den voll besetzten Tennisplätzen vorbei zum Clubhaus ging. Der flüchtige Blick durch den Maschendrahtzaun reichte auch aus, um das Alter der Spielerinnen einschätzen zu können, welches eindeutig durch das Verhältnis von weißer Stoffmenge zu brauner Haut bestimmt wurde. Was sich unterhalb der eigentlich zu knapp bemessenen Tennisröcke abzeichnete, war der einheitliche Farbton dezenter Bräune, der wohl zumindest bei den Frauen echt war, die keine schulpflichtigen Kinder hatten und die die Wintermonate offensichtlich in warmen und sonnigen Gefilden verbringen konnten. Die beiden Endvierzigerinnen mit den strohblond getönten Haaren und den akkurat epilierten Beinen, die Gero mit geschulterten Tennisschlägern entgegenkamen und ihn freundlich grüßten, gehörten sicherlich schon dazu, wie man am ewigen Lächeln erkennen konnte, zu dem sie wahrscheinlich aufgrund kleiner kosmetischer Eingriffe verdammt waren.

Von den überdachten Fahrradständern hinter den Tennisplätzen schlug Gero Hundegebell entgegen. Als er vorbeiging, erkannte er zwei Jack-Russell-Terrier und einen

Golden Retriever, die sich hoffnungslos in ihren Leinen verheddert hatten, was sie jedoch nicht davon abzuhalten schien, ihrer selbst gewählten Pflicht als Wachhund nachzukommen. Von dem Vorhaben, sie aus ihrer misslichen Lage zu befreien, nahm Gero jedenfalls Abstand, als ihm einer der Terrier knurrend die Zähne zeigte. Lebende Statussymbole schlagen halt manchmal aus der Art, dachte Gero und überlegte, welche Hunderasse wohl nach den Jack-Russell-Terriern bei der hiesigen Upperclass als standesgemäßer Vierbeiner gelten würde. Ihm zwängte sich förmlich die Frage auf, was aus den vielen West-Highlandern geworden war, die noch vor wenigen Jahren die Funktion einer vierbeinigen Rolex innegehabt hatten. Wahrscheinlich war ihr Schicksal ebenso besiegelt wie das ihrer Vorgänger, der Collies und Cockerspaniels aus den Siebzigern wie auch der permanent zitternden Yorkshire-Terrier, die während der achtziger Jahre als Modehunde schlechthin gegolten hatten. Immerhin hatte man den vorübergehend Ausgesetzten eine Schüssel mit Wasser hingestellt.

Das weitläufige Gelände der Clubanlage fiel nach Osten hin ab, und hinter dem mit großen Rhododendren umsäumten Weg mündete das Areal in die alte Kiesgrube, die dem Club seit vielen Jahren als Badesee zur Verfügung stand. Zur Linken erschien kurz darauf das Clubhaus, das seinerzeit, das hieß zur Gründungszeit des Clubs irgendwann in den zwanziger Jahren des letzten Jahrhunderts, von einem renommierten Hamburger Architekten ganz im Stil der klassischen Moderne errichtet worden war, den heutigen Anforderungen jedoch von seinen Ausmaßen her nur beengte Räumlichkeiten bot.

Wäre nicht irgendein übereifriger Denkmalpfleger vor geraumer Zeit auf die Idee gekommen, den Bau unter Schutz stellen zu lassen, der Club hätte das marode Gemäuer längst abreißen und durch einen größeren Neubau ersetzen lassen.

Wider Erwarten war die Gastronomie fast leer, und auch auf der Terrasse herrschte kein Betrieb. Nur zwei Tennisspielerinnen saßen im weißen Sportdress an der Theke und tranken einen dieser Energydrinks, deren Farbe Gero immer an Kartoffelwasser erinnerte. Er griff sich eins der Tennismagazine und setzte sich vor die große Panoramascheibe, auf der sich die Abdrücke unzähliger Kinderhände gegen das Sonnenlicht abzeichneten.

«Schauen Sie nicht so genau hin. Wir hatten gestern geschlossene Gesellschaft, und ich bin noch nicht zum Fensterputzen gekommen, weil Rosi sich krankgemeldet hat und ich hier heute alles alleine machen muss», entschuldigte sich Frau Kraft, die Gastronomin des Clubs, als sie zu Gero an den Tisch kam, um die Bestellung aufzunehmen. «Sie gehören zu den *Leeren Krügen*, nicht?»

Gero nickte. «Ja, aber um diese Uhrzeit bevorzuge ich Kaffee. Bitte schwarz.» Es wunderte ihn, dass die Wirtin ihn bereits einzuordnen vermochte, denn so häufig war er noch gar nicht hier gewesen. Die Trainingseinheiten konnte er an einer Hand abzählen, und an einem Heimspiel hatte er bislang noch nicht teilgenommen. Wahrscheinlich war es der Auftritt der *Leeren Krüge* nach dem Training am Tresen, der jeden noch so erfahrenen Gastronomen aus der Fassung bringen konnte. Dem Benehmen nach musste man annehmen, die Krugstädter Altherrenmannschaft rekrutiere sich aus einem Haufen trunksüchtiger Hooligans, so übertrieben lautstark ging es zur Sache. Nicht nur zur Mannschaftsbegrüßung auf dem Platz, sondern auch am Tresen brüllte man den Schlachtruf gleichfalls als Bestellung einer Runde Bier mit einem markerschütternden *Der-Krug-ist-leer*! Dabei hatte Gero noch nicht einmal das Aufnahmeritual der Mannschaft bestanden, wie man ihm nach dem letzten Training viel sagend mitgeteilt hatte.

«Einmal Kaffee, kommt sofort.» Frau Kraft blickte zur Uhr und schüttelte den Kopf. «Und jetzt lohnt es sich schon nicht mehr. In einer halben Stunde rücken hier die Gören an. Da brauch ich mit Fensterputzen gar nicht erst anzufangen. Was meinen Sie, was die hier für einen Dreck machen. Wenn ich allein an die Tennisschuhe denke … Dabei steht vor der Tür extra ein Schild.»

Die beiden Tennisspielerinnen am Tresen blickten kontrollierend auf ihre Schuhe und die Spuren aus roten Krümeln unter den Barhockern. Dann erhoben sie sich und verließen kichernd und dabei betont vorsichtig auftretend das Clubhaus.

«Muss ja mal gesagt werden!», meinte Frau Kraft lautstark, während sie dem Dreck mit Handfeger und Kehrblech zu Leibe rückte. «Einen halben Tennisplatz fege ich hier täglich raus!»

Während Gero die Wirtin beobachtete, blätterte er mechanisch durch das Magazin. Eigentlich war Frau Kraft aus dem Alter raus, in dem man bauchnabelfreie T-Shirts und knapp von den Hüften getragene Hosen trug. Außerdem war sie etwas zu rundlich für dieses Outfit gebaut. Anstelle einer Taille quoll ein stattliches Speckpolster über den Hosenbund, und während sie sich bückte, konnte man die Ansätze eines Tattoos auf den Lenden sehen. Gero war sich sicher, dass sie bestimmt auch ein Piercing im Bauchnabel hatte, was aufgrund einer tiefen Falte jedoch unsichtbar blieb. Er konnte nur hoffen, dass diese furchtbare Mode ganz schnell vorüberging, damit zumindest Charlotte von solchem Unfug verschont blieb. Vielleicht hatte sie sich bislang nur noch nicht zu fragen getraut, denn eigentlich war sie bereits im entsprechenden Alter für solche pubertären Eskapaden. Aber auch Lena, der Charlotte einen solchen Wunsch bestimmt zuerst mitgeteilt hätte, hatte ihm gegenüber noch nichts erwähnt. Frau Kraft war jedoch bestimmt Mitte dreißig, wie Gero schätzte, und von daher wirkte ihre Aufmachung ein wenig albern.

«Man könnte ja erwarten, dass die Mütter wenigstens ein Vorbild sind.» Frau Kraft stellte den Kaffee vor Gero ab und stützte sich mit beiden Händen auf die Tischplatte. «Aber die kümmern sich doch …» Sie kontrollierte mit einem raschen Blick, ob sie unter sich waren, dann fuhr sie mit gesenkter Stimme fort: «Auf gut Deutsch gesagt: einen Scheißdreck.»

Sie kniff die Lippen zusammen und schüttelte empört den Kopf. «Ich erlebe das hier Tag für Tag. Die Mütter tummeln sich den ganzen Vormittag auf dem Tennisplatz, haben eh nichts zu tun zu Hause, weil für alles jemand anders zuständig ist, ein Gärtner, eine Putzfrau, die Getränke werden so oder so angeliefert … Und wenn die Kinder aus der Schule kommen, dann nicht nach Haus, wie sich das gehört, sondern gleich in den Club. Mama ist ja auch schon da. Die rücken hier in voller Tennismontur an. Dann wird erst mal Mittagessen bestellt und danach direkt auf den Platz.» Frau Kraft machte einen schweren Atemzug, und nachdem Gero auffordernd einen Stuhl abgerückt hatte, nahm sie neben ihm Platz. «Ich meine, mir soll's ja recht sein. Fördert schließlich den Umsatz. Aber mal ehrlich – normal ist das doch nicht, oder? Gehen Sie mal am späten Nachmittag hinten in den Besprechungsraum. Da sitzen die dann und machen ihre Hausaufgaben.»

«Nun ja.» Gero machte eine beschwichtigende Handbewegung und nippte vorsichtig an seinem Kaffee. Die Wirtin war gerade dabei, sich in Rage zu reden, und er hatte eigentlich kein Interesse daran, als Nächstes auch noch irgendwelche aus der «Bild»-Zeitung übernommenen Erklärungen zu hören, warum es der Republik im Moment so schlecht ging. Natürlich hatte die Frau gewissermaßen Recht mit dem, was sie hier tagtäglich beobachtete. Eigentlich war er an ganz anderen Informationen interessiert. Und da sich ihr Redefluss beharrlich fortzusetzen schien, war er umso mehr überrascht, dass sie von sich aus das Thema streifte, dem sein Interesse galt.

«Die sind hier den ganzen Tag über bis auf die Trainingszeiten völlig unbeaufsichtigt. Ich kann nur hoffen, dass da im Sommer am See nicht irgendwann mal ein Unglück geschieht.»

«So etwas soll es vor kurzem doch gegeben haben.»

Frau Kraft nickte aufgeregt. «Ja, ja. Ganz furchtbar. Aber das war kein Kind.»

«Was die Sache nicht schmälert», entfuhr es Gero automatisch. «Ich habe nur flüchtig davon gehört, dass jemand ertrunken sein soll. Das war vor meiner Zeit. Ich bin ja noch nicht so lange dabei …»

«Jeder versucht das hier so schnell wie möglich zu vergessen. Das Unglück geschah übrigens während einer Feier Ihrer Mannschaft.»

Gero gab sich Mühe, ein verdutztes Gesicht zu machen. «Jemand von den *Leeren Krügen*? Da hat mir niemand was von erzählt.»

«Nein, ein Hockeyspieler aus Berlin war es. Wundert mich aber nicht, dass man Ihnen keine Details verraten hat. Der Vorfall ist natürlich allen sehr unangenehm. Sie wissen ja bestimmt selbst, wie es auf solchen Feiern rundgeht und was da getrunken wird. Gesoffen, genauer gesagt – bis zum Verlust der Muttersprache. Na ja, und der ist wohl in volltrunkenem Zustand schwimmen gegangen und dann abgesoffen.»

«Ganz allein?»

Frau Kraft nickte stumm.

«Das gibt's doch gar nicht. Ich meine, auf solche Ideen kommt man doch nur in einer Gruppe. Haben wir doch schließlich früher auch gemacht. Durchgeschwitzt von einer Party nachts irgendwo über den Zaun einer Badeanstalt und dann abgekühlt. Aber da waren immer viele Freunde und eine Menge Mädels dabei, denen man auch ein wenig imponieren wollte. Und dann ist man natürlich nackt geschwommen, schließlich nimmt man keine Schwimmsachen mit in die Disco …»

Die Wirtin zwinkerte Gero wissend zu. «Schon mal ein bisschen gucken, wen man sich angeln soll, nicht? Ja, das kenn ich natürlich auch.» Dann beugte sie sich vertrauensvoll vor. «Der aber bestimmt nicht. Der Typ stand nicht auf Frauen. Merkt man ja gleich, so was …»

«Na, dann vielleicht mit einem Mann?»

«Schon eher. Aber bei den Temperaturen?»

«Hatte er denn einen Freund dabei, oder woher wissen Sie, dass er nicht auf Frauen stand?»

«Ach!» Frau Kraft machte eine beiläufige Handbewegung und lachte Gero an. «So was hat man im Gefühl. Außerdem bekommt man bei meinem Job einen Blick dafür, ob einer schwul ist oder nicht. Das sind so Kleinigkeiten, wie jemand einen anschaut, die Gesten, die Sprache. Vor allem das Lachen. Selbst wie jemand sein Bierglas hält … Alles ein bisschen weibisch eben, wenn Sie wissen, was ich meine.»

Gero wusste, was sie meinte. Allerdings bezweifelte er, dass sie anhand der aufgezählten Verhaltensmuster erkennen konnte, ob jemand schwul war oder nicht. Da waren die Facetten doch etwas vielfältiger gestrickt. Nicht jeder Schwule benahm sich in Gesellschaft wie eine Tunte. Während seiner Zeit in Hamburg hatte er bei Razzien in Schwulenbars ganz andere Kaliber kennen gelernt. Aber er war nicht hier, um die Menschenkenntnis und das Weltbild von Frau Kraft zu korrigieren. Außerdem hatte sie ja Recht mit ihrer Annahme, Möller sei schwul gewesen. Ihn interessierte viel mehr, wie dieser sich hier verhalten hatte und ob es unter den hiesigen Hockeyspielern tatsächlich jemanden gab, den Möller von früher her gekannt hatte. Dabei fiel ihm ein, dass er immer noch nicht mit Malte Herzog gesprochen hatte. Dessen Aussage lag ihm bislang nur aus zweiter Hand vor. Was war, wenn Möller seinem Lebensgefährten einfach Humbug erzählt hatte, um ihn eifersüchtig zu machen? Er musste dringend einen Termin mit Herzog vereinbaren.

«Also hat er hier mit jemandem geturtelt?»

«Nun …» Frau Kraft wiegte unschlüssig den Kopf. «Geturtelt kann man nicht sagen. Während des Essens hat er ja neben Hans, also das ist der Herr Gehrmann aus Ihrer Mannschaft, gesessen. Aber der … also der steht nicht auf Männer, wissen Sie. Ganz und gar nicht.» Frau Kraft bekam einen roten Kopf und rutschte unruhig auf dem Stuhl hin und her. So, wie sie es betont hatte, lag es förmlich auf der Hand, dass sie die Vorlieben von Germany nicht nur vom Hörensagen her kannte. «Aber dem Herrn von Schomburg hat er am Abend dann schon schöne Augen gemacht.»

«Gerrit von Schomburg?»

Sie legte den Zeigefinger auf die Lippen. «Also von mir haben Sie das aber nicht.»

Gero schüttelte vehement den Kopf und trank seinen Kaffee aus. Dass Möller an dem Abend lange mit Keule zusammengesessen hatte, hatte er ja bereits von Jo erfahren. Wenn Gerrit schwul war, dann hielt er das der Mannschaft gegenüber jedenfalls geheim. Seine Sprüche am Tresen waren doch eher die eines Chauvinisten, aber das konnte natürlich auch Tarnung sein. Keule sah ziemlich gut aus, legte Wert auf ein elegantes Äußeres, war unverheiratet und fuhr einen sündhaft teuren Maserati. Mehr wusste er bislang nicht über den Vermögensberater, und es war einigermaßen abwegig, jemanden als schwul einzuordnen, nur weil er gut aussah und gerne Geld ausgab. Außerdem konnte sich Gero nicht vorstellen, dass Gerrit das Risiko eingegangen wäre, sich an besagtem Abend vor seiner Mannschaft durch einen Flirt mit dem Gast aus Berlin als schwul zu outen.

«Und wer hat ihn gefunden?», fragte er.

«Ich weiß nicht mehr so genau. Irgendeine Spielerin von den Ersten Damen, glaube ich. Zumindest kam Rosi irgendwann zu mir und rief ganz entsetzt, dass da jemand kopfunter im See treiben würde. Ich hab natürlich sofort den Krankenwagen angerufen.» Sie zuckte mit den Schultern. «Also mit runter zum Wasser bin ich nicht. So was muss ich nicht haben …»

Als die gläserne Schwingtür aufgestoßen wurde, erhob sich die Wirtin.

«Kann ich verstehen …» Gero schob die Tennis-Zeitung beiseite und zückte sein Portemonnaie. Nachdem er bezahlt hatte, ging er runter zum See. Er war zwar schon mehrfach dort gewesen, aber immer bei Dunkelheit. Ein schmaler Kiesstreifen kennzeichnete den einzigen Zugang zum Wasser. Die Böschung zu beiden Seiten der Badestelle glich einem undurchdringlichen Dickicht aus Brombeersträuchern. Der Wind hatte sich inzwischen gelegt, und die Sonne spiegelte sich auf dem glatten Wasser. Das Ufer war seicht abfallend, sodass man den steinigen Untergrund durch das klare Wasser bis zu den ersten Lichtreflexen deutlich erkennen konnte. Gero setzte sich auf die alte Bank, deren Bretter von tiefen Furchen durchzogen waren, und blickte nachdenklich auf den See.

Als Gero eine gute Stunde später das Maklerbüro von Hans Gehrmann verließ, hatte er nur wenig Neues über die Mitglieder seiner Mannschaft in Erfahrung bringen können. Natürlich hatte er sich vor allem ein paar Informationen über Gerrit von Schomburg erhofft, aber Germany war, was die Mannschaftskameraden betraf, nicht sehr mitteilsam gewesen. Für ihn hatte allein das berufliche Interesse bei dieser Zusammenkunft im Vordergrund gestanden, und er hatte jeden Versuch einer persönlichen Plauderei von Gero rigoros abgeblockt. Dabei hatte er selbst keine Gelegenheit ungenutzt gelassen, um alle von ihm erfolgreich vermakelten Immobilien aufzuzählen und etwas plump zu betonen, dass die Vermittlung nur aufgrund seiner außerordentlich großen Marktkenntnisse möglich gewesen sei.

Gero war er unsympathisch, was vor allem daran lag, dass der hochnäsige Auftritt von Germany in lächerlichem Widerspruch zu den örtlichen Gegebenheiten stand. Hans Gehrmann wohnte in einem etwas spießig anmutenden Haus, das allein schon von seinen bescheidenen Ausmaßen her mit den riesigen Grundstücken und prächtigen Villen im Straßenzug nicht konkurrieren konnte. Es war ein typischer Bungalow aus den fünfziger Jahren mit hohem Walmdach und dunkelgrauen Dachpfannen. Die Fenster zierten schmiedeeiserne Gitter, und rechts neben der massiven Eingangstür aus lackiertem Holz glänzte eine Wand aus gelben Glasbausteinen, die nur verschwommen Einblick gewährte. Das mühsam geharkte Beet mit halb verblühten Tulpen und der immergrüne Nadelbewuchs neben den roten Sandsteinplatten des Gehwegs legten den Schluss nahe, dass das Haus noch von mindestens einer weiteren Generation bewohnt wurde. Hierin lag wohl auch der Grund, warum der Makler mit seinem Büro in einer umgebauten Garage residierte. Zusammen mit dem aus Feldsteinen gemauerten Schornstein, der sich entlang der grau verputzten Fassade nach oben hin deutlich verjüngte, hätte das ganze Ensemble einem Faller-Modellbauhaus als stilechte Vorlage dienen können.

Germany war etwas jünger als Gero. Er trug einen leger geschnittenen, modischen Zweireiher aus glänzendem Zwirn, der ihm zwar mindestens eine Nummer zu groß war, aber zusammen mit den klobig-eckigen Schuhen und dem leicht gegelten Haar ein stimmiges Gesamtbild hinterließ. Wenn er die Hände nicht in den Hosentaschen hatte, kaute Germany nervös an den Fingerkuppen, deren Haut zu den Nägeln hin schon völlig verhornt war, wie Gero erkennen konnte. Am meisten hatte ihn jedoch das permanente Telefonieren gestört. Alle zehn Minuten hatte der Makler zum Handy gegriffen, um, wie er wichtigtuerisch betonte, termingebundene Dinge erledigen zu müssen. Die Gespräche, deren Inhalte Gero dann zumindest einseitig zu Ohren gekommen waren, hatten hingegen eher lapidare Inhalte gehabt. Spätestens nach dem sechsten Telefonat war ihm seine Anwesenheit fast peinlich gewesen.

Als Gero ihm die Bilder von seinem Elternhaus vorlegte, das er in nächster Zeit angeblich verkaufen wolle, hatte Germany einen skeptischen Blick auf die Fotos geworfen, seine Enttäuschung auf ein lukratives Geschäft allerdings nicht verbergen können. Die spöttische Frage: *Und da bist du aufgewachsen?,* stand ihm förmlich ins Gesicht geschrieben. Das wäre nicht gerade eine attraktive Lage, nichts Besonderes, wie Germany es formuliert hatte. Wann das Haus denn zum Verkauf stehen würde und was Gero für preisliche Vorstellungen hätte? Um das zu erfahren, sei er schließlich hier, hatte Gero geantwortet, woraufhin Germany nur gemeint hatte, ein Haus in ehemaliger Zonenrandlage ließe sich nur sehr schwer zu einem vernünftigen Preis vermitteln. In der Gegend würden zurzeit deutlich mehr Angebote als Gesuche vorliegen. Als er schließlich meinte, eine Besichtigung vor Ort wäre erst mal nicht notwendig, er würde sich aber dennoch umhören, war klar, dass er kein Interesse an dem Objekt hatte, was Gero natürlich nur recht sein konnte.

Über besagten Abend war nur wenig aus Germany herauszubekommen. Er hätte Möller jedenfalls vorher nicht gekannt, wie er betonte, und hätte auch nur zufällig neben ihm gesessen. Die Gespräche am Tisch hätten sich vorrangig um das Spiel gedreht und darum, wer aus beiden Mannschaften schon wie lange Hockey spielen würde und dass man es ja sofort merken würde, wer ein Späteinsteiger war und wer schon als Kind gespielt hatte. Klar wäre ihm aufgefallen, dass Möller schwul war, aber da habe er kein Problem mit, wie Germany betont hatte.

Der Rest des Gespräches hatte sich wieder um Immobilien gedreht, vor allem hier in Krugstadt, wo Germany hauptsächlich tätig war. Dabei war auch zur Sprache gekommen, wem alles aus der Mannschaft er bereits ein Haus vermittelt hatte. Das waren natürlich in erster Linie die Zugezogenen, deren Familien hier nicht ortsansässig waren: Erich von Ritzek beispielsweise, der vor etwa zehn Jahren die riesige Villa am Jungbrunnen erworben hatte, Holle, dem Germany das ehemalige Haus Rosenberg am Erlengrund vermitteln konnte, weil der reiche Ossi, wie Germany ihn nannte, schnell eine repräsentative Villa gesucht hatte, die genug Platz zum Wohnen und für die Praxis haben sollte, und schließlich Ludwig Roland, der seit zwei Jahren eine großzügig geschnittene Eigentumswohnung im Stadtpalais hinter den Wiesen bewohnte, für deren Verkauf der Bauherr Germany zuvor die Exklusivrechte übertragen hatte.

Bei den Preisen hatte Gero schlucken müssen. Die Villen aus der Gründerzeit wurden teilweise im zweistelligen Millionenbereich gehandelt. Kein Wunder, dass es sich von einer Maklercourtage gut leben ließ, auch wenn man nur ein Objekt im Jahr an den Mann brachte. Da warf ein Häuschen im ehemaligen Zonenrandgebiet natürlich nichts ab. Wie Gero erfahren hatte, wohnte der Rest der Mannschaft entweder etwas weiter draußen oder bewohnte inzwischen die Häuser der Eltern. So auch Pupille, bei dem er in zehn Minuten einen Termin hatte und dessen Haus nur wenige hundert Meter entfernt stand.

Je mehr sich Gero auf der alten Allee in Richtung Westen bewegte, umso größer wurden die Grundstücke und umso repräsentativer die Häuser. Das Haus von Alfons befand sich ganz am Ende der Straße, wo sich die Kronen der alten Kastanien bereits über der Fahrbahn geschlossen hatten. Es war eine dieser riesigen Villen, dessen Erbauer sich im ersten Viertel des letzten Jahrhunderts nicht zwischen Jugendstil, Fachwerk und historisierenden Türmchen hatte entscheiden können. Die geschwungene Freitreppe zur Straßenseite hätte einer Residenz zur Ehre gereicht. *Professor Blanck, Augenarzt. Termine nach Vereinbarung,* las Gero auf einem altmodischen Emailleschild. Daneben wachte das gläserne Auge einer Videokamera. Der Arzt holte Gero persönlich an der Tür ab und begleitete ihn in die Praxisräume, die im Souterrain des Gebäudes untergebracht waren.

Wider Erwarten glich das Behandlungszimmer, in das sie eintraten, weniger einer hochmodernen Arztpraxis als vielmehr einer Bibliothek. Deckenhohe Regale mit unendlichen Reihen von in Leder gebundenen Buchrücken und solchen im wohl bekannten Blauweiß medizinischer Fachliteratur zierten die Wände. Der Rest des Raumes war mit schwülstigen Sesseln und einem riesigen Schreibtisch im Format eines Billardtisches eingerichtet. Ganz am Ende des Zimmers standen ein altertümlicher Behandlungsstuhl sowie eine Ansammlung antiquarisch anmutender Gerätschaften; Erbstücke seines Vaters, der auch Augenarzt gewesen sei, wie Alfons erklärte, deren Funktion aber immer noch ausreiche, um einen Großteil mechanischer und altersbedingter Fehlsichtigkeiten deuten und diagnostizieren zu können. Natürlich bediente sich Alfons auch modernsten Untersuchungsgeräts, das verborgen hinter massiven Eichentüren versteckt war, aber in der Hauptsache, so betonte der Arzt, während er an einem schmiedeeisernen Kartenständer ein Rollo mit aufgedruckten Buchstaben unterschiedlicher Größe abrollte, würde er auf die bewährte Einsteckbrille zurückgreifen.

Wie Gero es im Stillen erhofft hatte, fand Alfons nichts Beunruhigendes. Abgesehen von einer leichten Verschiebung um ein viertel Dioptrie auf einem Auge, die nach Alfons' Meinung aber zu vernachlässigen sei, da allein der über den Tag wechselnde Augendruck stärkere Auswirkungen auf die Sehkraft haben würde, hatten sich Geros Werte nicht verändert.

«Von deinen Werten kann ich nur träumen.» Alfons erhob sich von dem kleinen Rollhocker und nahm hinter dem großen Schreibtisch Platz. «Und was deine befürchtete Nachtblindheit betrifft, kann ich dich beruhigen. Das ist normal. Du hast den Zenit schließlich auch schon überschritten …» Er zwinkerte Gero schelmisch zu, während er sich auf einer Karteikarte ein paar Notizen machte. «Fahr im Dunkeln eben ein wenig umsichtiger.»

Gero nahm auf dem abgewetzten Ledersessel auf der gegenüberliegenden Seite des Schreibtisches Platz. Er fragte sich begründet, ob Pupille wohl ahnte, dass der Termin ihm nur als Vorwand diente. Wenn dem so war, dann ließ er es sich zumindest nicht anmerken.

«Solange du die Hockeykugel noch erkennen kannst, brauchst du dir keine Sorgen zu machen.»

«Erkennen kann ich sie.» Gero schmunzelte. «Treffen und Stoppen sind das Problem. Ich komme nicht mehr so schnell runter.»

«Nun, als Augenarzt ist das nicht gerade mein Fachgebiet.» Alfons steckte die Karte in einen hölzernen Karteikasten und rückte seine Halbbrille zurecht. «Wie gefällt es dir eigentlich bei den *Leeren Krügen*?»

«Bisher ganz gut. Eigentlich seid ihr ja auch lustige Gesellen.»

«Eigentlich?»

«Bunt gemischt eben. Na ja, ich bin noch nicht lange genug dabei, um mir ein genaues Bild machen zu können.»

«Sind schon ein paar schräge Vögel dabei, wolltest du sagen. Ja, da kann ich dir zustimmen. Vor allem unter Alkoholeinfluss verhalten sich die seriösen Herrn dann, als gälte es, mit einem Studentenchor in Konkurrenz zu treten. Du meine Güte. Wenn ich da an unser letztes großes Turnier in Antwerpen denke. Da ist die gesamte Mannschaft aus dem Hotel geflogen, weil einige sich nicht damit abfinden wollten, dass der Barmixer Feierabend gemacht hatte. Tja, da war dann Selbstbedienung angesagt, und letztendlich ist kein Glas heil geblieben. Meine Güte, war das eine Sauerei. Apropos Alkohol. Kann ich dir einen Sherry anbieten?»

«Ja, gerne.» Gero blickte prüfend zur Uhr. Es war inzwischen bereits halb sechs, und er hatte Lena versprochen, zum Abendessen zu Hause zu sein.

Alfons erhob sich und deutete zur Tür. «Aber nicht hier. Komm, wir gehen hoch ins Kaminzimmer. Da plaudert es sich gemütlicher.»

Als sie durch die mit dunklem Holz getäfelte Eingangshalle gingen, fiel Gero einer dieser seltsamen Treppenlifte für Rollstuhlfahrer auf, dessen stählerne Schiene sich am Geländer einer großen Treppe emporschlängelte. Der Lift wirkte inmitten der düsteren Halle, von deren Decke ein riesiger Leuchter herabhing und deren Wände mit überlebensgroßen Ölporträts voll gehängt waren, wie ein Fremdkörper.

Alfons hatte Geros Interesse bereits bemerkt und kam seiner Frage zuvor. «Der ist für meine Frau.» Er kniff bedeutungsvoll die Lippen zusammen und blickte Gero in die Augen. «Das heißt, er war für sie gedacht. Magdalena hat MS. Seit einem Jahr geht es jedoch rapide mit ihr bergab. Sie verlässt kaum noch das Bett. Eigentlich kann ich ihn wieder abbauen lassen.»

«Das tut mir Leid. MS ist unheilbar, nicht wahr?»

Alfons nickte betrübt. «Ein Tod auf Raten.» Er wandte sich der großen zweiflügeligen Tür zu, neben der eine ausgestopfte Antilope stand. «So, wie es aussieht, wird sie den Winter nicht mehr erleben.» Er strich dem toten Tier zaghaft über den Rücken. «Den Lebensabend hatten wir uns auch anders vorgestellt. Da schuftet man ein Leben lang, um im Alter sorglos zu sein ...» Er zuckte mit den Schultern. «Und dann kommt so etwas. Ein qualvoller Tod. Irgendwann wird auch die Atemmuskulatur gelähmt, und man erstickt langsam. Kein schönes Ende. Da haben die es leichter ...» Er strich der Antilope erneut über den Rücken, dann blickte er Gero an. «Schnell und schmerzlos. Nicht einmal den Schuss hören sie mehr, so schnell sind sie tot.»

Obwohl natürlich bittere Realität, empfand Gero Pupilles Äußerung im Zusammenhang mit dessen sterbenskranker Frau als makaber. Dabei erschien es ihm fast geschmacklos, das tote Tier auch noch zu streicheln. Natürlich standen Ärzte dem Tod in der Regel anders gegenüber als medizinisch unbelastete Menschen, denen solche Äußerungen gefühlskalt und herzlos vorkommen mussten, aber Pupille war Augenarzt, und die blickten dem Tod beruflich doch eher selten ins Angesicht. Es war sicher verständlich, dass Alfons in Anbetracht des nahen Todes seiner Frau verbittert und enttäuscht war, andererseits hatte er den letzten Satz mit einer solch nüchternen Rationalität und Kälte ausgesprochen, dass sich Gero unweigerlich fragte, ob der Arzt seiner Frau mit den ihm beruflich zur Verfügung stehenden Möglichkeiten einen qualvollen Tod ersparen wollte oder wie seine Worte sonst zu verstehen waren.

Als Gero den Raum betrat, beantwortete sich seine Frage von selbst. Schlagartig wurde ihm klar, dass Pupille nicht nur dem Tod an sich, sondern auch dem Töten anders gegenüberstehen musste als normal Sterbliche. Die ausgestopfte Antilope in der Eingangshalle war nur ein kleiner Vorgeschmack dessen gewesen, was den Besucher im so genannten Kaminzimmer erwartete. Der Raum war voll gestopft mit toten Tieren. An den Wänden hingen Geweihe und riesige Panzer exotischer Schildkröten, Köpfe unterschiedlicher Raubtiere sowie zahlreiche Holzspeere und afrikanische Masken. Auf dem Boden waren diverse Felle ausgebreitet, an denen teilweise noch die Köpfe der Tiere hingen. Vor dem Kamin lagen zwei Bärenfelle in symmetrischer Eintracht ausgebreitet, davor ruhte ein Tiger, der seine riesigen Pranken symbolisch dem gestreiften Fell eines Zebras entgegenstreckte. Über dem Kamin blickte der Rest eines enthaupteten Löwen grimmig und mit weit aufgerissenem Maul auf den Besucher herab. Daneben hingen die mächtigen Stoßzähne eines Elefanten. Gero war sprachlos.

Nachdem ihnen Alfons aus einer gläsernen Karaffe eingeschenkt hatte, wies er Gero an, am runden Tisch in der Mitte des Raumes Platz zu nehmen, dessen mit Schildpatt belegte Platte auf einem abgesägten Elefantenfuß ruhte. Bevor sich Gero auf einem der mit Silber beschlagenen Kamelsättel am Tisch niederließ, betrachtete er zuvor mit Interesse die kleinen Fotos, die zwischen den Speeren und Blasrohren an der Wand hingen. Sie waren teilweise schon etwas verblichen, und er fragte sich, ob das tatsächlich Alfons war, der immer wieder inmitten unterschiedlicher Jagdgesellschaften und erlegter Tiere abgebildet war, oder vielleicht dessen Vater.

«Sind das alles deine Jagdtrophäen, oder hast du den Krempel geerbt?» Gero erhob das Glas und prostete Alfons zu. Er hatte bewusst das Wort *Krempel* benutzt, um vorbeugend und gleichfalls unmissverständlich zum Ausdruck zu bringen, was er davon hielt, zusammen mit den Überresten toter Tiere zu leben. Was er von der Jagd an sich hielt, behielt er in diesem Augenblick so oder so besser für sich. Am liebsten wäre er auf der Stelle gegangen.

Alfons nickte. «Na ja, mehr Erinnerungsstücke. Früher war das meine große Leidenschaft, aber ich bin schon seit zehn Jahren nicht mehr zur Jagd gefahren.» Er deutete auf die Fotos. «Damals habe ich noch Vollbart getragen. Ich bin der mit der weißen Weste …»

Gero ignorierte die Wortspielerei und studierte aufmerksam die Bilder. Mit etwas Phantasie konnte man in dem dicklichen Mann mit dem Vollbart, der auf allen Fotos den Kopf immer etwas schief hielt und meistens etwas abseits stand, Pupille wieder erkennen, obwohl er inzwischen bestimmt nur noch die Hälfte wog und eben keinen Bart mehr hatte.

Alfons stellte sich neben Gero und tippte auf eines der Bilder. «Zusammen mit dem kanadischen Premier. Und hier …», er zeigte auf ein weiteres Foto, «in Butu-Land, 1968, mit allen Stammeshäuptlingen. Das war der Anfang meiner Leidenschaft.»

Gero beugte sich vor. «Den Dicken kenne ich irgendwoher.»

«Kein Wunder. Das ist Idi Amin Dada, drei Jahre bevor er in Uganda mit seinem Putsch zu trauriger Berühmtheit gelangte. Damals noch nicht ganz so fett!», bemerkte Alfons mit spöttischem Unterton.

Gero machte unwillkürlich einen Schritt zurück. «Du

bist mit Idi Amin zur Jagd gegangen?», fragte er empört. Jetzt schlug es doch dreizehn. Alfons tat die Sache ab, als wäre Idi Amin ein gewöhnlicher Kleinkrimineller gewesen. Idi Amin! Allein der Name ließ Gero erschaudern. Die Berichte aus Uganda, die er als Jugendlicher im Fernsehen verfolgt hatte, waren noch allzu präsent. Amin war für ihn gleichzusetzen mit einem Monster in Menschengestalt. Seinem Terrorregime war vermutlich mehr als eine viertel Million Menschen zum Opfer gefallen, und Alfons tat, als wäre es die natürlichste Sache der Welt, mit einem solchen Ungeheuer zusammen zur Jagd zu gehen.

«Ach komm, Gero!» Alfons machte eine abwertende Handbewegung. «Ich habe mit dem doch keine Geschäfte gemacht. Das ist ungefähr so, als wenn jemand aus der Mannschaft in fünf Jahren aus welchem Grund auch immer den Bundespräsidenten erschießt und man dir dann vorwerfen würde, dass du zusammen mit ihm Hockey gespielt hast.»

Gero biss sich auf die Unterlippe. Er hatte eine ungeheure Wut im Bauch. Nicht nur, dass es seiner Meinung nach einen eklatanten Unterschied machte, ob man gemeinsam Sport trieb oder zusammen Tiere abschlachtete – als etwas anderes konnte er die Großwildjägerei nicht bezeichnen –, viel mehr noch ärgerte ihn, dass er Alfons völlig falsch eingeschätzt hatte. Wenn er dieses Zimmer nicht betreten hätte, würde er Pupille wahrscheinlich immer noch für den friedfertigsten Menschen auf Erden halten.

«Weißt du, bei solchen Jagden ist die Prominenz meistens nicht fern. Es war ja wirklich so, dass ich als Mediziner relativ schnell zu einem gewissen Ansehen gekommen bin. Ich habe mich eben nicht auf die faule Haut gelegt und nur das sichere Einkommen aus der väterlichen Praxis vor Augen gehabt, sondern bin meine eigenen Wege gegangen. Dazu gehörte auch der Austausch mit Kollegen in anderen Ländern. Vor allem im Ostblock waren die Augenärzte damals viel weiter als in Deutschland. Ich habe eben auch die Menschen anderer Länder von meinem Wissen und meinen Erfahrungen profitieren lassen. Schau mal hier.» Alfons zeigte auf eine etwas größere Fotografie in einem aufwändigen Silberrahmen. «Das wurde 1978 während einer Bärenjagd in den Karpaten aufgenommen. Natürlich ist der Staatspräsident auch mit auf dem Bild – er hatte die Jagd schließlich uns zu Ehren ausgerichtet.»

Gero konnte inmitten einer großen Jagdgesellschaft, deren Teilnehmer stolz hinter den von ihnen erlegten Bären posierten, den ehemaligen rumänischen Staatspräsidenten Ceauşescu erkennen. Gero biss krampfartig die Zähne zusammen und wendete sich ab. «Tut mir Leid», meinte er schließlich und machte einen schweren Atemzug. «Sei mir nicht böse, aber der Jagd konnte ich noch nie etwas abgewinnen. Selbst Waffen gegenüber habe ich ein etwas zwiespältiges Verhältnis. Aber was ich mir bei den Bildern nicht verkneifen kann ... Wie alt bist du eigentlich?»

«Ich bin gerade vierundsechzig geworden.»

«Das sieht man dir nun wirklich nicht an. Und auf dem Spielfeld schon gar nicht.»

«Danke. Ich gebe mir Mühe.» Alfons deutete auf den Tisch. «Setzen wir uns doch. Wo waren wir vorhin stehen geblieben?»

«Bei den *Leeren Krügen* …»

«Bei den schrägen Vögeln, stimmt! Also, was ich vorhin sagen wollte, war, dass sich die meisten im Club doch von Kindesbeinen auf kennen. Viele haben schon als Knaben zusammen gespielt. Das stärkt natürlich das Zusammengehörigkeitsgefühl, wobei man jedoch nicht vergessen sollte, dass es eine Freizeitbeschäftigung ist, der man gemeinsam nachgeht – nicht mehr und nicht weniger. Deswegen spielt es auch keine Rolle, dass sich die Menschen, aus denen sich unsere Mannschaft zusammensetzt, in anderen Bereichen, etwa im Berufsleben, niemals begegnen würden. Es sind zwar keine Hilfsarbeiter unter uns, aber die Biographien und Karrieren der Mitspieler lesen sich, allein, was ihre Herkunft betrifft, doch sehr unterschiedlich. Von daher ist es gut, dass wir uns ohne Neid und Konkurrenzdenken beim Sport zusammenfinden. Wer im Beruf Erfolg hat, ist nicht automatisch der beste Spieler.»

«Umgekehrt ist es aber wohl auch nicht.»

«Richtig.» Alfons nippte an seinem Sherryglas. «Natürlich sind ein paar traurige Schicksale dabei. Wenn ich etwa an Germany denke … Dessen Laufbahn hat sich schon abgezeichnet, als er damals die Schule geschmissen hat. Kurzfristig hat er dann die Luft der großen weiten Welt eingeatmet, aber sein Traum ist zusammengefallen wie ein Kartenhaus. Sein Immobilienbüro dient ihm mehr als Vorwand, um den Kontakt zu einer bestimmten Klientel nicht zu verlieren. Und dann diese ständigen Weibergeschichten. Und das mit über vierzig, als wenn er nie aus der Pubertät rausgekommen wäre. Tja, und in Wirklichkeit lebt er vom Vermögen seiner Eltern. Das er im Übrigen bald aufgebraucht haben müsste.» Alfons schüttelte verständnislos den Kopf und schenkte sich nach. «Oder guck dir Jo mit seinem Laden an. Das arme Würstchen backt doch ganz kleine Brötchen. Im wahrsten Sinne des Wortes übrigens.» Er lächelte amüsiert. «Sein Geschäft beherbergte früher mal die Bäckerei von seinem Vater. Wenn er für die Räumlichkeiten Miete bezahlen müsste, glaub mir, er hätte längst dichtgemacht. Noch schlimmer steht es mit Latte. Soweit ich weiß, ist der seit mehr als zehn Jahren arbeitslos und lebt vom Einkommen seiner Frau. Aber über so etwas spricht man eben nicht beim Sport. Da zählt anderes.»

«Aber du weißt es trotzdem … Kannst du das trennen? Das Hintergrundwissen und das Auftreten einzelner Spieler, von dem du doch weißt, dass es vielleicht nur eine aufgesetzte Maske ist, mit der man versucht, die eigenen Unzulänglichkeiten zu überspielen?»

«Klar. Das darf man nicht vermischen. Auf dem Hockeyplatz würde ich nie auf die Idee kommen, das Verhalten meiner Mitspieler so zu hinterfragen. Der Sport ist doch für uns alle eine Form der Kompensation, und das Tamtam in der dritten Halbzeit erst recht. Schau mich an mit meinen vierundsechzig! Ich gehöre ja schon zum alten Eisen, bin sozusagen das letzte erhaltene Gründungsmitglied der *Leeren Krüge*. Die meisten aus meiner Generation haben in den letzten Jahren aufgehört, aus gesundheitlichen Gründen, wie sie gesagt haben. Obwohl ich das bezweifeln möchte, schließlich sieht man den einen oder anderen noch auf dem Golfplatz. Nach und nach sind dann ein paar von den zweiten Herren zu uns gewechselt. Und dann die Späteinsteiger. Aber das wirst du ja gemerkt haben. Du spielst doch auch schon länger?»

«Seit meinem achten Lebensjahr. Aber ich habe eine längere Pause gemacht. In den letzten zwanzig Jahren hat sich da eine Menge verändert. Als ich mit Hockey aufhörte, gab's noch die Abseitsregel. Die Bälle waren noch aus gepresstem Kork oder Leder, und man durfte sich mit dem Stock nicht um die eigene Achse drehen. Das werde ich wohl auch nicht mehr lernen. Bei bestimmten Bewegungsabläufen sperrt sich etwas bei mir.»

Alfons lächelte. «Das kenne ich», bestätigte er. «Von den harten Schlägern und dem Kunstrasen wollen wir lieber erst gar nicht sprechen ... Aber es gibt eben auch diejenigen, die nichts anderes kennen und es trotzdem nie lernen werden. Was nicht heißen soll, dass sie bei den *Leeren Krügen* nicht trotzdem willkommen sind!»

«Hauptsache, man ist trinkfest?»

«Genau. Nein, im Ernst. Das merkt jeder sofort selbst, ob er zu uns passt oder nicht. Wir hatten schon viele Interessenten, die ein wenig beim Training geschnuppert haben und dann nie wiedergekommen sind.»

Alfons deutete an, noch Sherry nachzuschenken, aber Gero hielt die Hand über das Glas. «Vielen Dank, aber ich muss noch fahren.» Er blickte kontrollierend zur Uhr. Langsam wurde es Zeit, aufzubrechen.

«Was hat es eigentlich mit dem Unfall auf sich? Ich habe gehört, da soll jemand ertrunken sein?»

«Unschöne Geschichte, ja. Ein Hockeyspieler aus Berlin. Er gehörte zu einer Gastmannschaft und ist während einer Party, die wir im Clubhaus hatten, auf die verrückte Idee gekommen, nachts im See schwimmen zu gehen. Bei

15 Grad Wassertemperatur! Wahrscheinlich ist sein Kreislauf bei der Temperatur kollabiert. Angeblich soll er auch ziemlich betrunken gewesen sein. Da passiert so etwas schon mal.»

Alfons zuckte teilnahmslos mit den Schultern. Da war sie wieder, diese vermeintliche Gleichgültigkeit, als wenn der Tod eines Menschen für ihn nur eine Laune der Natur war, ein festgelegter Mechanismus einer immer noch voranschreitenden Evolution, die das Schwache vom Starken zu trennen gedachte. «Aber ich weiß das auch nur vom Hörensagen. Kurz nach dem Essen bin ich nach Hause gefahren. Na ja, bin halt nicht mehr der Jüngste …»

Gero hielt sich streng an die erlaubte Höchstgeschwindigkeit. In den dunklen Waldabschnitten musste man auch um diese Jahreszeit noch mit Wildwechsel rechnen, und in den letzten fünf Jahren war es schon zu überdurchschnittlich vielen Begegnungen mit vor den Wagen springenden Rehen gekommen, die allesamt glimpflich ausgegangen waren, sodass er die Statistik nicht unnötig herausfordern wollte. Er verspürte einen unangenehmen Druck in der Magengegend. Die menschlichen Abgründe, die sich ihm im Haus von Alfons Blanck aufgetan hatten, beschäftigten Gero mehr, als er sich eingestehen wollte. Er hatte bezüglich seines eigentlichen Anliegens nur wenig Neues erfahren. Und selbst der Verdacht, dass Gerrit von Schomburg möglicherweise schwul war und Möller gekannt haben könnte, obwohl man diese Vermutung nicht unüberprüft im Raum stehen lassen durfte, wurde im Moment von wirren Gedanken über die Gebaren und Charaktere von Großwildjägern verdrängt. Im Dunkel der Straße huschten imaginäre Diktatoren und despotische Staatspräsidenten wie zum Abschuss freigegebenes Wild vor den Lichtkegeln der Scheinwerfer über die Fahrbahn.

Erst die kurzen Zündaussetzer, mit denen der Motor zu stottern anfing, rissen Gero aus seinen Gedanken. Auf Höhe der Autobahnbrücke ging der Motor kurz darauf aus, und Gero schaffte es mit getretenem Kupplungspedal gerade noch, den Wagen auf einen der großen Schotterplätze rollen zu lassen, die entlang der Berliner Autobahn für die Baufahrzeuge der neuerlichen Asphaltierungsarbeiten eingerichtet worden waren. Nach zwei vergeblichen Versuchen, den Motor wieder zum Anspringen zu bewegen, gab Gero auf. Mit ziemlicher Sicherheit hatte die Benzinpumpe ihren Geist aufgegeben, denn der Anlasser orgelte vergnügt vor sich hin. Gero zwang sich, das Auto nicht zu verfluchen. Natürlich war die Reparatur nur eine Kleinigkeit, aber auch Saabfahrer fuhren nur selten mit einer neuen Benzinpumpe im Handschuhfach durch die Gegend, und selbst dann hätte er wenig Lust verspürt, den Defekt hier im Dunkeln zu beheben. Es gab kaum einsamere Plätze, als nachts an einer Autobahn zu stehen.

Nachdem er sich davon überzeugt hatte, dass die alte Großschot noch im Kofferraum lag, die er bereits im letzten Jahr als Abschleppseil ausgemustert hatte, verständigte er Lena per Handy und erklärte ihr, wo er liegen geblieben war. Dann machte er es sich im Wagen bequem und musterte die Baumaschinen vor sich auf dem Platz. Wie inzwischen allgemein üblich, wurden diese Plätze nahe der Autobahn auch als wilde Parkplätze genutzt. Vor allem Handwerker aus den benachbarten Regionen, die in Hamburg auf Montage arbeiteten, nutzten die Plätze gerne zum Parken ihrer Privatwagen, wenn sie sich zu Fahrgemeinschaften zusammengeschlossen hatten. Obwohl natürlich verboten, wurde die Praxis vonseiten der Polizei zumindest geduldet, solange keine Beschwerden von der zuständigen Autobahnmeisterei vorlagen. Gero studierte die Kennzeichen der Wagen. Sie kamen fast alle aus den neuen Bundesländern, was aufgrund der dortigen Arbeitsmarktlage nur zu verständlich war. Bis auf ein Fahrzeug trugen alle abgestellten Wagen Kennzeichen der Landkreise Ludwigslust und Parchim. Die Ziffern MOL hatte Gero allerdings noch nie gesehen, und ihm fiel auch kein Kreis ein, der mit den Buchstaben passend abzukürzen war. Neugierig stieg er aus und inspizierte das Nummernschild. MOL stand für Märkisch-Oderland. Das lag irgendwo an der polnischen Grenze und war deutlich zu weit zum Pendeln. Außerdem klebte eine dicke Staubschicht auf dem Wagen.

Gero steckte die Taschenlampe zurück hinter den Fahrersitz und wählte die Nummer der Leitstelle. «Bist du das, Ronni? Hier ist Gero Herbst. Ich bräuchte mal eine Kennzeichenprüfung.»

«Dann schieß mal los.»

Es dauerte nur wenige Minuten, bis die Überprüfung abgeschlossen war. Über den Halter, einen gewissen Peter Benecke aus Wriezen, das lag irgendwo zwischen Bad Freienwalde und der polnischen Grenze, lagen keine Eintragungen vor. Der Wagen war nicht als gestohlen gemeldet, und bisher gab es auch keine polizeiinterne Abfrage, wie Ronni erklärt hatte. Der Wagen war also noch nicht überprüft worden.

«Tust du mir bitte einen Gefallen, Ronni?»

«Na klar. Immer doch.»

Gero überlegte einen Moment, ob es Sinn machte, seinem Verdacht heute noch nachzugehen. Aber das zu entscheiden war nicht seine Aufgabe. «Fax die Personalien doch bitte an meine Dienststelle. Der Anschluss …»

«Kenn ich doch!», unterbrach Ronni.

«Nee, ist nicht für mich», erklärte Gero. «Cornelia Sonntag.»

«Der neue Feger?»

Als Lenas Gesicht neben der Scheibe auftauchte, wollte Gero schon vorsorglich um Funkdisziplin bitten, da fiel ihm ein, dass er ja mit dem Handy telefonierte und niemand mithören konnte. «Frau Oberkommissarin Cornelia Sonntag!», korrigierte er nachdrücklich und fügte hinzu: «Schreib ihr einen schönen Gruß von mir dazu, und sie möchte die Personalien bitte überprüfen. Sie wird dann schon wissen, was gemeint ist!»

Im Osten Als der Fahrer des Mercedes im Rückspiegel mit einem kurzen Lichtsignal zu verstehen gab, dass ihm der Überholvorgang zu lange dauerte, beschleunigte Leif den Passat mühsam und zwängte sich in die nächste Lücke, die sich ihm zwischen den LKWs auf der rechten Spur bot, bremste ab, um die schwarze Limousine vorbeizulassen, und wechselte danach wieder auf die Überholspur. Im Stillen verfluchte er seine Entscheidung, nicht den Privatwagen genommen zu haben. Außer der dichten Kolonne von Lastwagen und einigen eiligen Geschäftsleuten war die Autobahn leer, und sie hätten sicherlich eine Menge Zeit gespart. Aber mit dem neuen Porsche bis kurz vor die polnische Grenze zu fahren war ihm dann doch zu heikel gewesen. Außerdem hatte er Conni versprochen, die Fahrt geruhsam anzugehen. So hatte er etwa drei Stunden Fahrzeit eingeplant. Mit etwas Glück waren sie noch vor drei Uhr in Wriezen.

Wenn es nach ihm gegangen wäre, dann hätte er die Fahrt am liebsten auf morgen verschoben, vor allem, weil bis dahin die Ergebnisse der Spurensicherung vorgelegen hätten. Das Trüffelschwein hatte zwar wie immer versprochen, alles andere links liegen zu lassen und sich ausschließlich um den Wagen zu kümmern, aber erst einmal musste das Fahrzeug zur Kriminaltechnik geschafft werden. Wie Conni es erreicht hatte, bei Van Helsing Gefahr im Verzug geltend zu machen, um die vorläufige Beschlagnahmung des Fahrzeugs durchzusetzen, war ohnehin schon bemerkenswert. Für gewöhnlich hatte Van Helsing bei solchen Dingen ein ziemlich dickes Fell und verschanzte sich gerne hinter seinen Paragraphen. Genauso erstaunlich war es, wie schnell Conni die Kollegen aus Brandenburg von der Dringlichkeit in diesem Fall überzeugen konnte. Sie hatte den ganzen Vormittag am Telefon verbracht und nach noch nicht einmal zwei Stunden so viele Informationen zusammengehabt, dass sich der Verdacht, bei dem Toten könne es sich tatsächlich um Peter Benecke aus Wriezen handeln, zumindest so weit erhärtet hatte, dass sie sich um vier Uhr nachmittags mit den Brandenburger Kollegen vor Ort verabredet hatte.

Leif konnte sich zwar Spannenderes vorstellen, als das Wochenende in Wriezen zu verbringen, aber als Alternative hätte ein Besuch im Hansapark angestanden, und das entsprach eigentlich noch weniger seinen Vorstellungen. Mit Genugtuung hatte er Miriam also mitgeteilt, dass er wider Erwarten in diesem Fall auf Dienstreise müsse und sich an diesem Wochenende nicht wie verabredet um die Kinder kümmern könne. Finn war natürlich etwas enttäuscht gewesen, aber als er ihm versprochen hatte, als Entschädigung nächste Woche mit ihm auf eine Kartbahn zu fahren, war die Welt für seinen Ältesten wieder in Ordnung gewesen.

«Hat Peter Schweim gesagt, wann wir mit den Fingerabdrücken rechnen können?» Conni hatte sich die Lehne des Beifahrersitzes etwas heruntergedreht und es sich mit im Nacken verschränkten Armen gemütlich gemacht.

«Mit etwas Glück bekommen wir das Ergebnis noch, bevor wir vor Ort sind. Peter ruft sofort an, wenn er etwas gefunden hat. Was hast du den Kollegen in Brandenburg erzählt?»

«Das, was wir wissen – also nicht viel. Nur, dass wir vermuten, dass Benecke einem Verbrechen zum Opfer gefallen ist. Im Computer war bis auf die Meldedaten nichts gespeichert: Name, Familienstand, Geburtsdatum und Wohnort. Benecke wurde 1968 in Bernau geboren. Vom Alter her könnte das also unser Mann sein. Die Nachbarn haben angegeben, er sei seit etwa einer Woche nicht mehr zu Hause gewesen. Zumindest hat ihn niemand gesehen, und sein Wagen habe auch nicht vor der Tür gestanden. Auch das kommt also hin.»

«Sonst nichts? Waren die Jungs denn schon in seiner Wohnung?»

«Nein. Keine Veranlassung, wie man mir gesagt hat. Ohne richterliche Verfügung … Na ja, du weißt ja selbst. Ich habe daraufhin nochmal mit Staatsanwalt Hellsink telefoniert, und er hat mir versprochen, sich so schnell wie möglich mit dem zuständigen Amtsgericht in Verbindung zu setzen. Also mit etwas Glück …»

«Oder wir stehen da wie die Ochsen vor dem Tor. Du kennst Van Helsing nicht.»

Conni grinste ihn an und lehnte sich entspannt zurück. «Sehen wir dann ja …»

Als Leif auf Höhe Blumberg vom Berliner Ring auf die Landstraße in Richtung Bad Freienwalde wechselte, rief Peter Schweim an und bestätigte, was sie vermutet hatten. Genau genommen klärte das Ergebnis zwar immer noch nicht die Identität des Toten, aber Fingerabdrücke und Faserspuren des Toten stimmten mit den im Wagen gefundenen Proben exakt überein. Auch wenn Halter und Fahrer des Fahrzeugs nicht unbedingt identisch sein mussten, entschied Leif, diese Variante zu vernachlässigen, und wählte die Nummer der Staatsanwaltschaft, um sich grünes Licht für eine Haussuchung bei Benecke zu holen. Doch der Anruf war überflüssig, wie er sich eingestehen musste. Van Helsing selbst war am Apparat und klärte ihn darüber auf, dass er persönlich bei den örtlichen Behörden bereits alles Notwendige in die Wege geleitet habe und man sie erwarte. Für Conni hatte das anscheinend nie in Frage gestanden, wie er ihrem siegesgewissen Schmunzeln entnahm. Dabei war der Mann für gewöhnlich so zugänglich wie ein Gerichtsvollzieher. Wie sie es geschafft hatte, Van Helsing um den Finger zu wickeln, war ihm ein Rätsel – oder auch nicht. Nicht nur, dass sie umwerfend aussah, anscheinend hatte sie auch noch das richtige Gespür im Umgang mit Menschen. Gero hatte wirklich Glück gehabt mit seiner Wahl.

Die verabredete Zeit konnten sie nicht einhalten. Mehrfach mussten sie anhalten, um nach dem Weg zu fragen, was gar nicht so leicht war, seit sie den Ortskern von Wriezen hinter sich gelassen hatten. Die ganze Gegend war so gut wie ausgestorben, und wen auch immer sie ansprachen, der verstand entweder kein Deutsch oder kannte sich nicht aus. Nachdem sie eine halbe Stunde durch eine abbruchreife Plattensiedlung geirrt waren, die dem Anschein nach unbewohnt war, worauf zumindest die halb demontierten Autowracks in den Straßen hindeuteten, konnte Leif sich nicht mehr zurückhalten. «Meine Fresse, sieht das hier aus!», fluchte er unbeherrscht. «So hab ich mir das hier nicht vorgestellt. Man könnte meinen, man ist irgendwo im Kosovo! Unglaublich! Ist ja wirklich fies, die Ecke! Kein Wunder, dass die hier alle braun wählen!»

«Die Kollegen, die hier Dienst schieben müssen, sind nicht zu beneiden. Etwas mehr als zehn Jahre haben ausgereicht, um den ehemaligen Stolz der Republik in eine Müllhalde zu verwandeln.»

«Stolz der Republik?»

«Du vergisst, ich bin ein Ossi!» Conni quälte sich ein Grinsen ab. «Wer in der Platte wohnen durfte, hatte es geschafft. Sauber und ordentlich, keine Arbeitslosigkeit, liebevoll gepflegte Rennpappen vor der Tür, hin und wieder auch mal ein Wartburg …»

«Das meinst du jetzt nicht im Ernst?»

«Doch, das ist mein völliger Ernst. Die Plattenbauten – ich glaube, das war wirklich eine Erfindung des Sozialismus –, die waren so gut und gleichzeitig preiswert, dass der Westen nichts Besseres zu tun hatte, als das Ganze so schnell wie möglich zu kopieren. Denk mal an die Trabantenstädte westdeutscher Großstädte. Alles Platte!»

Leif guckte Conni verblüfft an. «Findest du also geil hier, oder was?»

«Quatsch!» Sie zuckte mit den Schultern. «Aber ich kenne es halt auch anders. Das ist doch eine Kettenreaktion. Wenn man keine Arbeit hat, haut man ab. Alle sind weg Richtung Westen, und dann hat sich niemand mehr drum gekümmert. Welchen Anreiz bietet die Gegend auch schon ohne Arbeitsplätze. Der Aufbau Ost ist an dieser Gegend jedenfalls vorbeigezogen.»

«Klar ist die Ecke hier nicht gerade das Eldorado für Investoren. Und wenn ich mich umschaue, dann ist der Dampfer wohl auch abgefahren. Aber warum eigentlich? Es macht doch keinen Sinn, sich hinzusetzen und darauf zu warten, dass Arbeit vorbeikommt. Da wäre doch wohl auch ein klein wenig Eigeninitiative angebracht, oder sehe ich das verkehrt?»

Conni schüttelte energisch den Kopf. «Für die Menschen hier bedeutete Sozialismus auch, dass sich der Staat um alles gekümmert hat – alles bis hin zur Arbeit. Du kannst es ihnen nicht übel nehmen, dass sie diese Selbständigkeit oder, wie du es genannt hast, Selbstinitiative nie gelernt haben. Und genau diese Menschen bekommen jetzt ganz offiziell vom Staat zu hören: Es gibt keine Arbeit für euch. Da bleiben dann nur zwei Möglichkeiten. Entweder abhauen und woanders Arbeit suchen oder hier bleiben und Stütze kassieren. Das reicht zumindest zum Überleben.»

Leif blickte sich um. Das Wort *Überleben* traf den Zustand der Umgebung ziemlich genau, wie er fand. Etwas Ähnliches hatte er schon lange nicht mehr gesehen. Eingeschlagene Fensterscheiben, fehlende Haustüren, ausgebrannte Autowracks neben Halden von Müll und Unrat. Es sah aus wie die Kulisse zu einem amerikanischen Endzeitfilm. Er fragte sich, ob hier tatsächlich noch jemand wohnte. Eigentlich gab es keine Anzeichen mehr dafür zu entdecken, und er hatte wenig Lust auszusteigen, um es zu überprüfen. Es war ihm absolut schleierhaft, wie eine Siedlung so verwahrlosen konnte. Als er damals nach Öffnung der Grenze nach Berlin gefahren war, hatte er schon gestaunt, in welch heruntergekommenem Zustand ganze Stadtteile, etwa das heute so hübsch renovierte Quartier am Prenzlauer Berg, gewesen waren. Jahrzehntelang hatte man dort inmitten zerschossener Fassaden und zwischen abgestürzten Balkons gelebt, die auf den Fußwegen lagen und teilweise als Depots für Kohle umfunktioniert worden waren. Es hatte ausgesehen, als wenn der Sturm auf Berlin gerade einige Monate her gewesen war, und es schien niemanden wirklich gestört zu haben. DDR, du schöne Scheinwelt. Aber das hier übertraf alles noch bei weitem. Vor allem, weil es die DDR längst nicht mehr gab. Zumindest auf dem Papier nicht mehr. Was er sah, war für Leif ein Indiz dafür, dass sich in den Köpfen der Menschen eigentlich nur wenig verändert haben konnte. Es musste damit zusammenhängen, dass man eigentlich nie etwas richtig besessen und deswegen auch niemals gelernt hatte, Verantwortung für dessen Erhalt zu übernehmen. Ihm fielen zig Argumente ein, die Connis Erklärungsmuster einer existenziellen Flucht in Frage gestellt hätten. War es nicht beispielsweise genauso wichtig, für den Erhalt einer Heimat zu kämpfen, wie andere für die Freiheit gekämpft hatten? Oder hatte es für die Menschen im Osten nie so etwas wie eine wirkliche Heimat gegeben? Wofür hatte er jahrelang einen Solidaritätsbeitrag geleistet? Eigentlich hatte Leif erwartet, dass die Menschen im Osten der erlangten Freiheit auch eine entsprechende Gestalt geben würden. Dagegen war es für viele anscheinend einfacher gewesen, den Lebensraum kurzerhand zu wechseln.

Leif ließ den Blick noch einmal über die Trümmerlandschaft gleiten, dann wendete er den Wagen. Vor einer solchen Kulisse hatte er keine Lust auf eine politische Debatte. «Okay», meinte er schließlich resignierend. «Fahren wir zurück ins Zentrum und besorgen uns einen Stadtplan – wenn es hier so etwas gibt.»

«Nur weil du dein Navigationssystem nicht dabeihast?» Conni schüttelte den Kopf. «Ich finde, wir sollten die Ausfallstraße noch etwas weiterfahren. Der Mann an der Tankstelle meinte etwas von Ortsteil Plöten oder so.»

«Also gut. Bis zum Ortsschild. Dann drehen wir aber um.»

Conni hatte den richtigen Riecher gehabt. Nachdem sie die Plattensiedlung hinter sich gelassen hatten, änderte sich die Infrastruktur abrupt, und kurz vor dem Ortsausgangsschild, wo Wriezen inzwischen zu einem dünn besiedelten Straßendorf geworden war, zweigte tatsächlich die gesuchte Straße ab. Aber auch hier wirkte der Ort nicht weniger verlassen. Leif steuerte den Wagen behutsam über die von Gras durchwachsenen Betonplatten, die sich stellenweise gefährlich gesenkt hatten.

«Hat ja auch sein Gutes», bemerkte er zynisch. «Ist zumindest eine kostengünstige Verkehrsberuhigung. Andere Gemeinden geben für Poller und hässliche Blumenkübel ein Vermögen aus.» Rechts und links der Straße standen zum größten Teil mit Brettern vernagelte Doppelhäuschen in Reih und Glied, deren Fassaden oftmals nur noch an wenigen Stellen Putzreste aufwiesen.

Conni erwiderte nichts. Ihre Augen suchten die Straße vergeblich nach Hausnummern ab.

«Genau so habe ich mir das vorgestellt.» Leif deutete auf eine Gebäudeansammlung, die wenige Meter weiter auf der rechten Seite lag. Zur Straße hin war das Gelände mit einem verrosteten Maschendrahtzaun und an geknickten Betonpfeilern befestigtem Stacheldraht eingezäunt. Die gebogenen Laternen dahinter erinnerten ihn an eine militärische Anlage, aber die Form der Gebäude verriet, dass es sich um einen ehemaligen Schweinemastbetrieb handeln musste. «Mitten im Wohngebiet! Lieber nicht daran denken, wie das gestunken haben muss.» Er rümpfte angeekelt die Nase.

«Da ist es!», rief Conni und zeigte auf ein etwas größeres Haus, das leicht versetzt hinter den verwahrlosten Vorgärten der schmalen Landarbeiterhäuser an der Straße zum Vorschein kam.

In der Auffahrt parkte ein Streifenwagen. Davor standen zwei uniformierte Kollegen und ein Zivilbeamter, wie aufgrund der betont unauffälligen und sportlichen Kleidung sofort zu erkennen war. Sie unterhielten sich mit einer jungen Frau, die immer wieder auf das Haus deutete.

Sven Hofer, der Kollege von der Brandenburger Kripo, machte einen gelangweilten Eindruck. Er war eigentlich noch zu jung für den Dienstgrad eines Kommissars, wie Leif fand. Die Haare trug er raspelkurz, und der schmale Oberlippenbart sowie der goldene Ohrring signalisierten ziemlich deutlich, welcher Gesellschaft Hofer nach Dienstschluss den Vorzug gab. Seine schwarze Lederjacke unterstrich diesen Eindruck umso mehr. Ein Nicken war alles, was er zur Begrüßung von sich gab. Nicht einmal die Hände hatte Hofer aus den Hosentaschen genommen. Während Leif ihr Anliegen beschrieb, kaute er unentwegt auf einem Kaugummi, und selbst die Tatsache, dass man in einem Mordfall ermittelte, schien ihn nicht sonderlich zu beeindrucken. Conni war sichtlich bemüht, gute Miene zum bösen Spiel zu machen. Auch ihr schien der Kerl mit seinem lässigen Gehabe auf die Nerven zu gehen.

Hofer würdigte sie nicht eines Blickes, als er Leif erklärte, was es mit der jungen Frau auf sich hatte. Sie hieß Nadine Szepinski, war 23 Jahre alt und wohnte im hinteren Teil des Hauses von Benecke zur Miete. Man hatte sie hierher bestellt, weil sie einen Schlüssel zum vorderen Teil des Hauses besaß. Für Notfälle, wie sie erklärte, und weil Benecke sie darum gebeten habe, bei ihm nach dem Rechten zu sehen und die Blumen zu gießen, wenn er auf einer seiner Reisen war.

«Kam das häufiger vor?», fragte Leif.

«Was?», fragte sie und gab einen schmatzenden Laut von sich. Zuerst glaubte Leif, sie lispele oder würde ebenfalls ein Kaugummi kauen, aber dann blitzte es silbern in ihrem Mund auf, und man konnte ein martialisches Zungenpiercing erkennen.

«Na, dass er verreiste», präzisierte Leif, obwohl ihm seine Frage eigentlich recht eindeutig vorgekommen war.

«Ja, so irgendwie alle zwei Monate mal. Manchmal auch öfter.»

«Hat er Ihnen gesagt, wohin er fuhr?», fragte Conni, die sich bislang zurückgehalten hatte.

«Nö!» Wieder erklang das schmatzende Schnalzen, als sie den Mund öffnete. Dann blickte sie Hofer an. «Ich muss aber jetzt mal wieder auf die Arbeit, nich? Der Chef hat gesagt, mehr als eine Stunde is nich. Und die is ja nu vorbei.»

«Es tut mir Leid, Frau Szepinski ...» Conni trat etwas vor und musterte die junge Frau mit den streng zurückgekämmten Haaren und dem langen Pferdeschwanz. «Ihre Anwesenheit ist leider notwendig. Aber vielleicht gehen wir erst mal ins Haus, ja? Wenn Sie so freundlich wären?»

Sie deutete auf die Eingangstür, die dem Anschein nach erst vor kurzem erneuert worden war. Die Mörtelreste zwischen den abwechselnd braunen und grauen Betonsteinen, die unter dem abgeblätterten Putz zum Vorschein kamen, waren noch recht frisch. «Und das mit Ihrer Arbeit überlassen Sie mal ganz uns. Wenn es Probleme geben sollte, dann sprechen wir mit Ihrem Chef. Wo arbeiten Sie denn?»

«Auffer Tanke hinten inner Stadt. Als Aushilfe. Und auch erst auf Probe.» Wieder erklang das schmatzende Geschnalze. «Können ruhich Naddi sagen.»

«Können wir dann?» Conni deutete erneut zur Haustür.

«Klar, ey!» Nadine Szepinski kramte umständlich ein Schlüsselbund aus der viel zu engen Jeans, wobei sie vor allem ihre langen, weiß lackierten Fingernägel behinderten. Dann ging sie mit staksigen Schritten voran.

Leif wäre jede Wette eingegangen, dass sie vor kurzem noch Plateausohlen getragen hatte. Dem Anschein nach hatte sie sich noch nicht an die weichen Sohlen der Boxer-Turnschuhe gewöhnt, welche die Plateauschuhe als modisches Erkennungszeichen bei Jugendlichen einer bestimmten sozialen Schicht noch nicht lange abgelöst hatten. Hofer und die beiden Streifenbeamten folgten ihnen in gebührendem Abstand, als ginge sie die ganze Sache nichts an.

«Was war der Herr Benecke denn so für ein Typ?», fragte Conni, nachdem Nadine Szepinski aufgeschlossen hatte.

«Mann, ey, was soll ich da groß erzählen. Ich wohn hier erst seit 'nem guten Jahr, und der Peter war meistens wech. Auf Arbeit in Berlin oder so.»

«Wo hat er denn gearbeitet?»

«Ich glaub, als Busfahrer. Aber nicht fest. Nur so manchmal als Aushilfsfahrer für 'ne Reisefirma, wenn Sie verstehen.»

Leif öffnete die Tür hinter dem Windfang. «Klar, verstehe ich. Aber Sie haben sich geduzt.»

Nadine Szepinski zögerte, Leif und Conni in die Wohnräume zu folgen. «Is doch normal, ey, oder? Aber ich hatte nix mit dem, wenn Sie das glauben. Nee, nee. Das war nicht mein Fall. Klar hat er mir immer auf die Titten geglotzt, wenn ich vom Laufen gekommen bin oder hinten im Garten gelegen habe.» Sie rückte ihren Körper auffallend in Positur. «Aber sonst? Nee, nee. Das war doch 'n Spinner, wenn Sie mich fragen. Hat immer gesagt, demnächst bekommt er viel Geld – konkret viel Geld. Aber ich sag mal, da wollt er sich nur wichtig machen. Von wegen so 'n bisschen den Macker raushängen. Immer wenn er so 'n klein wenig zusammen hatte, dann isser doch verreist.»

«Und er hat Ihnen nie erzählt, wohin?»

«Weiß nich. Bestimmt nicht weit. Hier in Europa eben.» Sie zuckte verlegen mit den Schultern.

Wahrscheinlich hatte sie die Orte geographisch nur nicht einordnen können, vermutete Leif. Einen besonders hellen Eindruck machte sie jedenfalls nicht auf ihn.

Das Haus war übersichtlicher, als man von außen vermutet hätte. Vom Windfang aus gelangte man in einen kurzen, schmalen Flur, von dem aus Küche, Bad, eine Abstellkammer und schließlich ein großes Wohnzimmer abzweigten. Von der Stube aus führte nochmal eine Tür ins Schlafzimmer, in dem nur eine schmale Schlafcouch stand. Die Zimmer waren einfach und schlicht eingerichtet. Alles wirkte aufgeräumt und sauber, wenn auch ein wenig verwohnt. In einer Ecke des Wohnzimmers, das von einem riesigen Blumenfenster beherrscht wurde, stand ein großer Esstisch, den Benecke als Büro umfunktioniert hatte. Zumindest stapelten sich an der Wand Dutzende von Ordnern und Unterlagen, und auf der Tischplatte herrschte ein heilloses Durcheinander von Papierbögen, Kontoauszügen, Prospekten und Notizzetteln.

Leif zog einige Fotografien aus der Jackentasche, während Conni die Sachen auf dem Arbeitstisch inspizierte. «Frau Szepinski, können Sie mir sagen, ob Sie die Sachen auf den Fotos wiedererkennen? Also, ob sie Peter Benecke gehört haben?»

Nadine Szepinski betrachtete die Bilder und nickte. «Die Uhr is seine. Die erkenn ich wieder. Hat mir erzählt, dass das 'n richtig teurer Wecker is. Aber die Sachen? Ich weiß nich, der trug immer so komische Sachen, da hab ich nich so drauf geachtet.»

«Peter Benecke wurde in der Nähe von Hamburg erschossen. Hat er Ihnen gegenüber erwähnt, ob er sich dort mit jemandem treffen wollte, oder hat er sonst irgendetwas über die Fahrt erzählt?»

«Nee, gar nix!»

«Wissen Sie, ob er Freunde oder Verwandte in Hamburg hatte?»

Sie schüttelte den Kopf. «Der hatte keine Freunde. Hier war jedenfalls nie jemand zu Besuch oder so. Auch keine Frauen. Nich ma 'ne Freundin hat der gehabt. Am Anfang dachte ich, der steht vielleicht auf Typen. Aber nachdem ich dann mitbekommen hab, wie der mich immer anglotzt, wenn ich im Garten liege … Also ich sag ma, der wusste schon, wo's langgeht. Und seine Reisen … kann mir vorstellen, dass der vielleicht so Clubs aufgesucht hat …»

Hofer und einer der beiden Streifenpolizisten waren ins Zimmer gekommen. «Also, wenn wir hier nicht mehr gebraucht werden … Sieht ja so aus, als wenn Sie alleine zurechtkommen. Dann machen wir uns mal wieder auf den Weg. Oder wenn noch Fragen sein sollten?»

Conni drehte sich Hofer zu. «Wie stellen Sie sich das vor? Wenn wir hier fertig sind, muss das Haus versiegelt werden. Ich habe natürlich nur entsprechendes Material aus Schleswig-Holstein dabei. Außerdem müssen wir vielleicht doch das eine oder andere mitnehmen.»

«Ich gebe Ihnen die Befugnis.» Hofer reichte ihr lächelnd ein Siegel aus seiner Brieftasche. «Hier. Pappen Sie einfach den Adler aufs Türschloss, wenn Sie fertig sind. Mitnehmen können Sie, was immer Sie wollen. Machen Sie einfach eine Aufstellung. Wie mir mein Chef gesagt hat, ist das hier nicht unser Ding. Und wenn Sie der Meinung sind, dass die Spurensicherung anrücken sollte …» Er hielt ihr mit zwei Fingern eine Visitenkarte entgegen. «Schicke ich sofort vorbei.»

Conni blickte Leif Hilfe suchend an und zuckte ratlos mit den Schultern. «Wenn das hier so üblich ist.» Dann wandte sie sich Nadine Szepinski zu. «Wir bräuchten ein Foto von Benecke.»

«Also ich hab bestimmt keins. Wär ja wohl noch schöner, wie?» Sie tippte dem Streifenbeamten auf die Schulter. «Kannst du mich rumfahren, Tom?»

Dem Beamten war es vor Conni und Leif sichtlich peinlich, dass Nadine Szepinski ihn duzte. «Wenn du hier nicht mehr benötigt wirst», erwiderte er ebenso vertraut und blickte Leif fragend an.

«Kommen Sie doch bitte kurz her, und werfen Sie einen Blick auf die Sachen hier», meinte Conni zu Nadine Szepinski. «Da sind ein paar Fotos dabei. Wir müssen wissen, wie Peter Benecke ausgesehen hat. Dann können Sie meinetwegen los.»

Nadine Szepinski schaute sich die Bilder auf dem Tisch an und tippte schließlich auf eine Fotografie, die einen schlaksigen Mann mit kantigem Gesicht zeigte. Conni reichte Leif das Bild. Auf der Rückseite war das Datum des Abzugs zu erkennen. Das Foto war zwar mehr als zwei Jahre alt, aber Nadine Szepinski erklärte, Benecke hätte immer noch genauso ausgesehen.

Als die Polizisten zusammen mit Nadine Szepinski aufgebrochen waren, machte sich Leif daran, einige Haarproben von einer Bürste im Bad zu nehmen und einzutüten. Ebenso verfuhr er mit dem Inhalt des Elektrorasierers. Auch wenn man sich ziemlich sicher sein konnte, dass der Tote auf dem Hochsitz Benecke war: Juristisch gesehen war die Identifikation in diesem Fall so lange offen, bis eine DNA-Analyse vorlag.

«Sag mal, der hat doch einen an der Marmel, der Hofer. Oder was sagst du?», rief Conni, die weiter die Unterlagen auf dem Schreibtisch studierte.

«Wenn du mich fragst, die gebärden sich hier alle ein bisschen merkwürdig. Kollege Hofer schien jedenfalls überhaupt kein Interesse an der ganzen Sache zu haben. Hast du gesehen, wie der mit den Mundwinkeln gezuckt hat, als er meinte, sein Chef hätte gesagt, das wäre nicht ihr Fall hier? Also entweder hat er einen auf beleidigte Leberwurst gemacht, oder es gab eindeutige Direktiven. Da kommt man sich fast vor wie die Kollegen vom BKA – Sonderermittlung, äußerste Priorität, volle Unterstützung, absoluter Vorrang … Ich kann mir schon vorstellen, was Van Helsing denen ins Ohr geflüstert hat.»

«Hoffentlich finden wir einen Hinweis darauf, was Benecke im Lauenburgischen zu suchen hatte, ob er jemanden besuchen wollte. Die Unterlagen hier sind anscheinend die einzigen Dokumente im Haus. Am liebsten würde ich das alles in Umzugskartons packen und mitnehmen – Bingo! Ich habe seinen Reisepass!», rief sie triumphierend.

«Und?», fragte Leif, als er ins Wohnzimmer kam.

Conni blätterte durch das Dokument. «Peter Leonid Nikolaus Benecke – die Stempel im Pass sprechen Bände. Wo der überall gewesen ist, Mannomann.» Sie reichte Leif den Pass. «Fällt dir etwas auf?»

Leif studierte die Eintragungen. Fast jedes Land auf dem Kontinent, bei dem man einen Reisepass mitzuführen hatte, war mit entsprechenden Eintragungen vertreten. Es gab aber auch Visa-Vermerke aus den Vereinigten Staaten sowie südafrikanischen und asiatischen Ländern. «Immer nur für ein oder zwei Tage. Merkwürdig. Sieht jedenfalls nicht nach Urlaub oder so aus.»

«Und Geschäftsreisen können wir bei einem Busfahrer wohl ausschließen. Also wenn du mich fragst …» Conni wurde vom Klingeln der Türglocke unterbrochen.

Leif hielt seinen Dienstausweis sicherheitshalber griffbereit, als er die Haustür öffnete. Vor ihm stand eine ältere Dame, die ihn mit großen Augen anblickte. «Ist irgendwas passiert?», fragte sie neugierig. «Ich hab den Polizeiwagen gesehen und dachte mir, ich schau mal besser nach.» Sie zeigte auf das Nachbarhaus. «Ich wohne dort nebenan; Marta Seibold ist mein Name. Ist denn was mit dem Peterchen passiert?»

Marta Seibold vergrub das Gesicht in den Händen. «Das ist ja schrecklich», stammelte sie entsetzt, als Leif sie über den Grund ihrer Anwesenheit aufgeklärt hatte. «Das arme Peterchen. Ein Schicksalsschlag nach dem anderen – und nun das.»

«Sie kannten Peter Benecke gut, oder?», fragte Leif und reichte Frau Seibold ein Glas Wasser, das Conni aus der Küche geholt hatte. Die siebzig hatte sie bestimmt schon überschritten, wie Leif schätzte; dennoch machte sie einen rüstigen Eindruck. Marta Seibold entsprach ziemlich genau dem Abbild einer Frau, die ihr Leben ausschließlich auf dem Land zugebracht und dabei alle Höhen und Tiefen durchlaufen hatte. Sie hatte eine untersetzte Statur und trug einen blauen Kittel mit einer geblümten Schürze darüber, und Leif hätte wetten mögen, dass sie irgendwo in der Tasche des Kittels versteckt ein kleines Messer zum Kartoffelschälen und Gemüseputzen bei sich trug. Die Haut ihres rotwangigen Gesichts war vom Wetter gegerbt, und die langjährige Arbeit mit Waschlauge und Kernseife hatte Spuren an den Händen hinterlassen. Die Haut war spröde, und die Poren zwischen den Altersflecken waren von dunklen Riefen durchwachsen.

Marta Seibold nickte. «Wie man's nimmt. Ich kannte ihn schon als kleinen Jungen. Das ist hier ja das Haus seiner Eltern. Aber Peter hat nach dem Tod seiner Mutter sehr zurückgezogen gelebt.»

«Erzählen Sie uns ein bisschen.» Conni setzte sich zu Leif neben die alte Frau, die sich mit einem Taschentuch die Augen trocken tupfte. «Was hat er auf seinen vielen Reisen gemacht. Wissen Sie davon?»

«Er hat ihn gesucht.»

«Wen?», fragten Conni und Leif wie aus einem Munde.

«Na, seinen Vater. Willy. Er hat doch immer noch geglaubt, dass sie Willy ins Ausland abgeschoben haben.» Marta Seibold schlug tragisch die Hände vor dem Gesicht zusammen. «Der Arme», seufzte sie. «Es tut mir so unendlich Leid.»

«Also vielleicht erzählen Sie einfach mal von Anfang an», bat Leif, der sich noch keinen Reim auf die Sache machen konnte. «Wer ist *sie*? Die DDR? Der Staat?»

Marta Seibold rückte unruhig auf dem Stuhl hin und her. «Willy war Peters Vater. Er war Hauptmann bei der Volksarmee. Nach einem Autounfall blieb sein Bein steif. Da hat man ihn dann ins *Innere* versetzt. Damit nahm das Unheil seinen Lauf ...»

«Ins *Innere*?», fragte Leif.

«Staatssicherheit», erklärte Conni wissend. «Kurz: Stasi!»

«Ja.» Marta Seibold nickte. «Natürlich wurde da nicht offiziell drüber gesprochen, aber alle hier wussten das. Wie's eben war in der DDR. Alle wussten alles, und alle hielten die Schnauze. War eben am gesündesten so.»

«Und was ist dann passiert? Sie sprachen von einem Unheil.»

«Das war Ende der Siebziger, das mit dem Unfall. Ich weiß es genau – da lebte mein Otto noch. Ja, und dann hat man ihn von heute auf morgen verhaftet. Das weiß ich von Elli, seiner Frau. Es war im Sommer 1987. Sie kam rüber zu mir und war ganz aufgelöst. Meinte nur, sie hätte gerade einen Anruf von der *Inneren* erhalten und dass man Willy verhaftet hätte. Angeblich wegen Staatsverbrechen gegen die DDR. Am nächsten Tag waren die Leute schon hier und haben das ganze Haus auf den Kopf gestellt.»

«Was hat man ihm denn vorgeworfen?», fragte Leif.

Marta Seibold zuckte mit den Schultern. «Es wurde einem doch nichts gesagt. Elli hat von einem ehemaligen Freund von Willy erfahren können, dass man ihn nach Leipzig ins Untersuchungsgefängnis gebracht hat. Mehr nicht. Ein Besuch war nicht möglich. Sie hat nie erfahren, was man ihm eigentlich zur Last legte. Im Winter darauf hat sie Tabletten genommen. Das arme Peterchen hat sie gefunden. Mausetot. Er kam dann für ein Jahr ins Heim, weil er ja noch nicht volljährig war ... Wieder gesehen habe ich ihn erst nach der Wende, als er dann hier einzog.»

«Und der Vater? Was ist aus Willy Benecke geworden? Weiß man nichts über seinen Verbleib?»

«Das weiß niemand so genau.» Marta Seibold reckte den Hals und zog mit dem Zeigefinger eine Linie quer über die Kehle. «Wenn Sie mich fragen ...»

«Auch Selbstmord?»

Sie schüttelte den Kopf. «Der Willy? Bestimmt nicht. Aber im Zuchthaus ... Na, Sie wissen schon.»

«Bei uns hieß das hinter vorgehaltener Hand nur *Kästnerstraße*!», meinte Conni, und Marta Seibold nickte bestätigend. «In der Justizvollzugsanstalt Leipzig wurden die Todesurteile vollstreckt», klärte sie Leif auf. «Die lag an der Kästnerstraße.»

Leif schüttelte irritiert den Kopf. «1987 noch?», fragte er mehr zu sich selbst. «Ich dachte, das letzte Todesurteil in der DDR sei gegen Werner Teske ausgesprochen worden. Das war ...»

«1981», erklärte Conni, die das Datum aus unerfindlichen Gründen parat hatte. «Im Juni 1981 wurde er wegen Staatsverbrechen gegen die DDR hingerichtet. Mit einem unerwarteten Nahschuss in den Hinterkopf, wie das in der Republik üblich war. Die Todesstrafe wurde erst 1987 in der DDR abgeschafft.»

«Jedenfalls gilt er seither als verschollen», meinte Marta Seibold. «Und Peter hat immer geglaubt, sein Vater würde irgendwo im Westen leben. Von dieser Idee war er nicht abzubringen. Wo der überall nachgeforscht hat …»

«Deswegen auch die vielen Reisen?»

Sie nickte. «Und das ist jetzt das Ende.» Marta Seibold blickte auf eine schmale goldene Uhr am Handgelenk und wischte sich mit dem Taschentuch über die Augen. «Ich muss jetzt wieder rüber», sagte sie verlegen. «Sonst brennt mir noch das Essen an.»

«Gibt es sonst noch irgendwelche Verwandten von Peter Benecke?»

«Nein.»

«Sie haben uns wirklich sehr geholfen», meinte Conni. «Aber eine letzte Frage habe ich noch. Die Untermieterin von Benecke …»

«Sie meinen das Flittchen?», unterbrach Marta Seibold und machte ein böses Gesicht. «Was ist mit der? Weiß sie nun nicht mehr, wohin?»

«Nein, darum geht es nicht. Sie sagte uns aber, Peter Benecke hätte ihr gegenüber erwähnt, er würde bald zu sehr viel Geld kommen …»

Marta Seibold machte eine abwertende Handbewegung und erhob sich. «Alles Tünkram, die hat doch überhaupt keinen Grips.»

Nachdem Conni die Personalien und für eventuelle Nachfragen auch die Telefonnummer von Marta Seibold notiert hatte, bedankten sie sich nochmals für die Informationen und brachten die Nachbarin zur Tür. Conni machte sich erneut über den Schreibtisch her, kam aber nach wenigen Minuten zu dem Schluss, es wäre wohl doch besser, den ganzen Kram ins Auto zu laden und mitzunehmen, da es bereits dämmerte.

«Es sei denn, du willst hier irgendwo in einem fiesen Gasthof nächtigen», sagte sie zu Leif gewandt und begann, das Material auf dem Tisch zu mehreren Haufen aufzutürmen.

«So verlockend die Vorstellung auch sein mag ...» Leif lächelte sie amüsiert an. «Ich kann mir wirklich ein romantischeres Örtchen vorstellen.» Er klemmte sich zwei Stapel Aktenordner unter die Arme, dann hielt er einen Moment inne.

«Meinst du wirklich, der hat im Lauenburgischen seinen Vater gefunden, und der hat ihn einfach abgeknallt?»

«Nein.»

«Vielleicht sollten wir zuerst Kontakt mit der Gauck-Behörde ... Wie heißt die jetzt?»

«Stasi-Unterlagenbehörde. Daran habe ich auch gleich gedacht.»

«Wenn Peter Benecke über seinen Vater recherchiert hat, dann dort. Soweit ich weiß, wird die Herausgabe von Akten genau dokumentiert. Vielleicht erfahren wir dort auch etwas über die Anklage gegen Willy Benecke. Sehr mysteriös jedenfalls, dass jemand, der im Gefängnis saß, nach der Wende als verschollen gilt. Was meinst du?»

«Wenn Willy Benecke bei der Stasi war, dann ist eigentlich alles möglich. Man weiß doch inzwischen, wie die mit Abtrünnigen umgegangen sind. Allerdings, ganz ausschließen kann man auch die Möglichkeit nicht, dass man ihn in den Westen abgeschoben hat. Das hat Werner Teske wohl fälschlicherweise auch angenommen. Hoffentlich finden wir in den Unterlagen hier ein paar Antworten.»

Paella Als Gero sein altes Fleece über den Garderobenhaken neben der Waschküche warf, zog ihm bereits ein köstlicher Duft von Knoblauch aus der Küche entgegen.

«Kein Spargel heute?», fragte er und betrachtete Lena, die in der Küche stand und über die Spüle gebeugt mehrere kleine Fische ausnahm. Neben ihr auf dem Arbeitsbrett standen zwei mit goldenem Draht umflochtene Weinflaschen.

«Hallo, mein Schatz.» Lena blickte kurz auf. Dann deutete sie auf die Flaschen. «Die habe ich mir erlaubt, heute Morgen aus dem Keller hochzuholen. Ich hoffe, ich beraube uns nicht irgendwelcher Kostbarkeiten, die du dort heimlich gelagert hast?»

Gero warf einen Blick aufs Etikett und musste schmunzeln. Die beiden Flaschen, ein 92er Crianza, stammten noch aus der Zeit, als er kurz nach dem Einzug damit begonnen hatte, einen richtigen Weinkeller anzulegen, und gute und lagerfähige Weine entsprechend in größeren Mengen eingekauft hatte. Bei diesem Jahrgang hatte er sogar noch den Preis parat, den er damals mit einem Hauch von schlechtem Gewissen bezahlt hatte. Lenas Grinsen entnahm er, dass sie natürlich davon wusste. «Nicht übel, dein Geschmack», meinte er und lehnte sich an den Türpfosten, von wo aus er Lena besser beobachten konnte. Sie trug ein langärmliges, gestreiftes Baumwollkleid, das ihr knapp bis über die Knie reichte und ihr ausgezeichnet stand. Wie üblich hatte sie sich anstelle von Hausschuhen einfach ein Paar dicke Socken übergezogen.

«Der Herr Hauptkommissar belieben zu scherzen?» Lena lachte auf. «Bevor ich dich kennen gelernt habe, konnte ich einen Amselfelder nicht von einem Bordeaux unterscheiden …»

«Und Lambrusco gab's mit Schraubverschluss, ich weiß! Aber seither sind ein paar Jahre verstrichen.» Gero warf erneut einen Blick aufs Etikett, dann schaute er sich in der Küche um. Auf dem Herd brutzelten einige Garnelen zusammen mit Zwiebeln und klein gehackten Knoblauchzehen in einer Pfanne, in einer Schüssel warteten diverse Gemüsesorten darauf, geputzt zu werden, und auf dem Hackbrett lagen zwei Hühnerbrüste neben einem Tintenfisch in Reih und Glied. Davor stand ein kleiner Korb mit unterschiedlichen Muscheln.

«Dann darf ich bei diesen Köstlichkeiten hier auf eine Paella hoffen …?»

Lena nickte, und einige Strähnen ihres Haares lösten sich aus dem einfachen Gummi, mit dem sie ihre grau melierten Locken provisorisch zu einem buschigen Pferdeschwanz zusammengebunden hatte. Mit dem Handrücken streifte sie die Haarsträhnen hinter das rechte Ohr. «Ich versuche mich daran, ja.»

«Wo hast du denn die Zutaten her?», fragte Gero neugierig. Soweit er wusste, gab es weit und breit keine Möglichkeit, solche Spezialitäten einzukaufen.

«Ich habe einen Großhändler in Lübeck aufgetan. Ist bis auf den Fisch zwar alles Tiefkühlware, aber für eine Paella wird's reichen. Er beliefert angeblich die spanischen Restaurants in ganz Norddeutschland. Von daher … Immer nur Spargel? Der ist zwar unschlagbar, aber ich weiß doch, dass dein Magen nach Abwechslung schreit. Wo steckt denn Jörg?»

«Der ist direkt aus der Werkstatt nach Hause. Meinte, er hätte noch einen Haufen Papierkram zu erledigen.»

Lena zwinkerte ihm zu. «Tja, dann werden wir die Paella eben als Candle-Light-Dinner verspeisen.» Sie sah nicht so aus, als wenn sie die Abwesenheit von Jörg Bude gestört hätte. Ganz im Gegenteil. «Max kommt erst morgen Abend aus dem Camp zurück. Er war ganz aufgeregt, schließlich ist es das erste Mal, dass er mit der Ruderclique auf Tour ist.»

«Und Charlotte?», fragte Gero.

Lena blickte ihn über die Schulter an, während sie die letzten Fische unter dem Wasserstrahl schrubbte. «Die hat sich absentiert, als sie hörte, dass in eine Paella auch Fisch und Muscheln gehören. Sie schläft übers Wochenende bei Natalie.» Sie warf ihm einen viel sagenden Blick zu. «Und? War's die Benzinpumpe?»

Gero nickte. «Klar – springt an, wie ein Neuwagen!»

«Wenn du mir helfen willst …» Sie blickte musternd an Gero hinab. Dann schüttelte sie den Kopf und fiel sogleich in den Tonfall, mit dem sie für gewöhnlich ihren Kindern einen Rüffel erteilte, wenn die ihre Nerven mal wieder über Gebühr strapaziert hatten: «Blaumann aus und Hände waschen!», befahl sie in gespielt barschem Ton, drehte Gero den Rücken zu und richtete ihre Aufmerksamkeit auf die Garnelen in der Pfanne.

Als Gero zwanzig Minuten später frisch geduscht und umgezogen in die Küche zurückkam, hielt er Lena seine Finger ausgestreckt hin und grinste spitzbübisch. «Bei einer solchen Einladung tue ich doch alles für dich – fast alles», fügte er provozierend hinzu. Als sie sich beharrlich weigerte, den Tintenfisch für einen Augenblick zu vergessen und Notiz von seinen sauberen Fingernägeln zu nehmen, schob er vorsichtig seine Hände von hinten unter ihren Achseln hindurch. «So ein Octopus hat viele Fangarme …»

Bevor seine Finger ihr Ziel erreicht hatten, drehte sich Lena kichernd um und gab Gero einen Kuss auf die Nase. «Willst du wohl deine Tentakel von der Nachspeise nehmen!»

Gero strich ihr sanft über den Rücken. «Gut, gut», maulte er, während seine Hände hinab bis zu Lenas Hüften glitten, was er sogleich bereute, da sie allem Anschein nach nicht allzu viel unter ihrem Kleid trug, was seine Phantasie umso mehr in Wallung brachte. «Dann werde ich die niederen Instinkte unterdrücken und mich den gleichnamigen Diensten widmen: Tisch decken, Weinflaschen entkorken, Kerzen entzünden …»

Eine Viertelstunde später prosteten sie sich im Kerzenschein über den Tisch zu. Es kam nicht häufig vor, dass sie ein Abendessen zu zweit genießen konnten, und wenn die Familie vollzählig war, hatte mindestens eins ihrer Kinder immer etwas am Essen auszusetzen, egal, was

Lena auf den Tisch zauberte. So stand der Abend ganz im Zeichen einer wohltuenden Ruhepause, und beide machten sich mit lustvollem Eifer und unter Zuhilfenahme der Finger über die Schalen- und Krustentiere in der Paella her, was Gero schließlich mit der Bemerkung kommentierte, dass die verlangte Reinigung seiner Finger doch eigentlich völlig überflüssig gewesen wäre.

«Es beruhigt mich ja, dass du nicht plötzlich angefangen hast, dich aus dem Ei zu pellen … auch wenn du nur in die Dienststelle fährst. Aber eine gewisse Veränderung habe ich schon feststellen können, seit …»

Gero runzelte die Augenbrauen und warf Lena über den Rand des Weinglases einen fragenden Blick zu. «Seit …?»

«Seit … Machen wir uns nichts vor, Schatz. Es hat sich schnell herumgesprochen, dass deine neue Kommissarin …»

«Ja?» Gero konnte sich ein amüsiertes Grinsen nicht verkneifen. Das durfte ja wohl nicht wahr sein. Hörte er da tatsächlich einen Anflug von Eifersucht aus Lenas Worten? Sollte das Essen heute Abend womöglich eine inszenierte Verführung sein? Zugegeben, Conni Sonntag entsprach nicht gerade dem Typ Frau, den Mann gewöhnlich von der Bettkante stieß, aber bis auf den Umstand, dass ihr Erscheinungsbild kategorisch in die Schublade *attraktive Blondine* passte, wusste er bislang recht wenig über seine neue Mitarbeiterin, da sie bis auf ein paar begrüßende Worte kaum miteinander gesprochen hatten. Leif meinte zwar, sie würde sich großartig machen, hätte kriminalistisches Gespür und einen ausgeprägten Sachverstand, aber wenn sich jemand von Äußerlichkeiten blenden ließ, dann war es erfahrungsgemäß Leif Jensen. Von daher musste er mit einer Beurteilung seiner neuen Kollegin so lange warten, bis es die gemeinsame Arbeit mit sich brachte. Und daran war so lange nicht zu denken, wie er selbst mit den Recherchen in Krugstadt betraut war, während Conni zusammen mit Leif den Fall des Toten auf dem Hochsitz bearbeitete. Aber dass Lena tatsächlich glauben konnte … Das war schon ein starkes Stück. Sie waren jetzt seit fast fünfzehn Jahren verheiratet. In dieser Zeit hatte es nicht einen Moment gegeben, in dem Gero den Entschluss, sich endgültig gebunden zu haben, jemals bereut hätte.

«Der Vetter nannte sie einen …» Lena zögerte. Wie es aussah, schien sie tatsächlich ein Problem mit Cornelia Sonntag zu haben.

«Nun?»

«Einen Appetithappen.»

Gero lachte schallend los und hätte fast sein Weinglas umgestoßen. «Einen Appetithappen! Der ist gut. Ich stelle mir gerade den dicken Vetter vor, wie er Kollegin Sonntag mit charmanten Worten zu überreden versucht, doch mal gemeinsam eine Leichenöffnung vorzunehmen …»

«Jetzt tust du dem Vetter aber unrecht.»

«Nicht doch, die beruflichen Fähigkeiten deines Kollegen in allen Ehren … Aber er ist schon ein komischer Kauz. Würde mich nicht wundern, wenn er in seinem Keller heimlich über eine Sammlung Thoraxknochen, Rippenbögen oder ähnlicher Dinge verfügen würde.»

«Aber was die Attraktivität von Kommissarin Sonntag betrifft, widersprichst du ihm nicht?»

«Wie sollte ich, ich kenne sie ja kaum.» Gero fixierte Lena über den Tisch hinweg.

«Höre ich da etwa Anklänge von Eifersucht heraus?», fragte er schließlich. «Das ehrt mich aber. Ich hätte nicht gedacht, dass du mir zutraust, bei einer zehn Jahre jüngeren Frau noch Chancen zu haben ...» Gero fuhr sich durch die Haare und warf geziert seinen Kopf in den Nacken. «Vielleicht sollte ich doch mal wieder zum Friseur gehen?»

Lena ließ sich von Geros komödiantischer Einlage anstecken und lachte ebenfalls auf. «Okay, Themenwechsel», entschied sie schließlich. «Bevor ich dich auf falsche Gedanken bringe. Also was beschäftigt dich dann? Irgendetwas schwirrt dir im Kopf rum.»

Gero schenkte ihnen beiden Wein nach. «Was erwartest du? Wir haben einen handfesten Mord vor der Tür, und ich spiele in Krugstadt Hockey. Von daher ist deine Annahme, ich wäre gedanklich bei Conni Sonntag, nicht ganz abwegig. Auch wenn ich damit nicht ihre körperlichen Vorzüge meine. Sie haben den Toten übrigens identifiziert. Es war tatsächlich der Besitzer des Wagens.»

«Du würdest gerne tauschen?»

«Sagen wir mal so: Ich habe Schwierigkeiten damit, mich nicht einzumischen.»

Lena presste die Lippen aufeinander und nickte. «Verstehe. Vor allem jetzt, wo du den entscheidenden Tipp gegeben hast. Ohne die Überprüfung des Fahrzeugs würde Leif doch wahrscheinlich immer noch zwischen lauter Fragezeichen sitzen. Wie konnte das Fahrzeug den Kollegen eigentlich durch die Lappen gehen?»

Gero zuckte mit den Schultern. «Das war Zufall, dass ich über das Kennzeichen gestolpert bin.»

Lena schüttelte den Kopf. «Nein, Schatz. Sei nicht so bescheiden. Du hast den Blick für so etwas. Selbst wenn du an einem völlig anderen Fall arbeitest. Du hast bisher sehr wenig erzählt.»

Gero ließ das Weinglas unter der Nase kreisen und sog das Bukett des edlen Tropfens mit einem tiefen Atemzug ein. «Es gab eben keine Gelegenheit, ohne dass man es gleichzeitig vor den Kindern ausgebreitet hätte.»

«Aber jetzt sind wir unter uns …»

«Was selten genug vorkommt.» Gero warf ihr ein liebevolles Lächeln zu. «Ich bin hin und her gerissen …»

«Den Fall zu den Akten zu legen?»

«Ich komme einfach nicht weiter. Manchmal ertappe ich mich schon bei einer gewissen Unkonzentriertheit. Dann vergesse ich für einen kurzen Moment, wonach ich eigentlich suche. Es gibt bislang nicht einen einzigen Anhaltspunkt dafür, dass jemand aus dem Club einen Grund gehabt haben könnte, Möller zu töten. Was mir Kopfzerbrechen bereitet, sind allein die beiden Umstände, dass es keinen Hinweis darauf gibt, dass Möller sich die Kopfverletzung beim Spiel zuvor zugezogen haben könnte; es hat beim Spiel angeblich nicht eine einzige kabbelige Situation im Schusskreis gegeben.»

Lena schürzte die Lippen. «Und was noch?», fragte sie nach einer Weile.

«Ich habe mir den Tatort, ich nenne den See jetzt einfach mal so, genau angesehen. Der Einstieg ins Wasser ist sehr seicht. Man muss mindestens zwanzig bis dreißig Meter weit in den See waten, bis man den ersten Schwimmzug machen kann, so flach ist es da. Es gibt auch keine gefährlichen Stufen oder tückischen Abhänge unter Wasser. Außerdem kann man bei Dunkelheit keine zwanzig Meter weit gucken, das habe ich ausprobiert.»

«Mondschein?», warf Lena ein.

«Habe ich auch dran gedacht.» Gero schüttelte den Kopf. «Nein, der Vorfall ereignete sich zwei Nächte nach Neumond. Wer auch immer Möller kopfunter im Wasser treibend gesehen haben will – es muss in Ufernähe gewesen sein. Das deckt sich auch mit den Angaben der Spieler, die Möller dann herausgezogen haben, das Wasser sei etwa knietief gewesen. Auch wenn niemand bemerkt haben will, wie Möller von der Party verschwunden ist, konnte ich den Zeitraum bis zum Auffinden der Leiche ungefähr eingrenzen. Es handelt sich um eine Zeitspanne von maximal eineinhalb Stunden. Vorher ist er mit Sicherheit noch im Clubhaus gewesen. Selbst wenn Möller auf den See hinausgeschwommen sein sollte und draußen ertrunken ist, kann man ausschließen, dass sein lebloser Körper in einer Stunde bis zum Ufer getrieben ist. Da gibt es schließlich weder Strömung noch Brandung.»

«Und ein Erwachsener, egal, wie betrunken er auch sein mag, wird wohl kaum in knietiefem Wasser ertrinken», ergänzte Lena.

«Zumindest nicht, solange er bei Bewusstsein ist. Verstehst du jetzt, warum ich noch hadere, den Fall abzuschließen?»

Lena nickte. «Und was haben deine Recherchen zu Möller ergeben?»

«Auch nicht mehr als das, was ich bereits von Ines Wissmann erfahren habe. Möllers Lebensgefährte, dieser Malte Herzog, besteht allerdings darauf, dass Möller zwei Tage vor der Abreise erzählt habe, er würde beim Hockeyspiel auch jemanden von früher wieder treffen, worauf es zum Streit zwischen ihnen gekommen sei. Nicht, wie man denken könnte, aus purer Eifersucht, sondern weil eine Ausstellung von Herzog an besagtem Wochenende eröffnet wurde und der Maler natürlich davon ausgegangen war, dass sein Lebensgefährte an der Vernissage teilnehmen würde. Wie Herzog es ausgedrückt hat, lag der Hauptgrund der Reise für Möller also nicht unbedingt darin, einen früheren Freund wieder zu treffen. Dieser Sachverhalt kam anscheinend nur begünstigend hinzu. Ich konnte allerdings bis jetzt nicht klären, wer dieser angebliche Bekannte gewesen sein soll.

Von den Mannschaftsmitgliedern, die ich bisher befragt habe, kannte Möller nach eigenem Bekunden niemand. Da ist aber noch Gerrit von Schomburg, ein Vermögensberater, mit dem Möller an besagtem Abend längere Zeit zusammengesessen haben soll, den ich noch nicht durchleuchtet habe. Vielleicht ist Keule, wie er in der Mannschaft genannt wird, ebenfalls schwul – zumindest legen sein Äußeres und sein Lebensstil eine solche Möglichkeit nahe. Aber selbst wenn das so ist: Wer sagt, dass die Person *von früher*, die Möller beim Hockey wieder sehen wollte, homosexuell sein muss? Genau genommen könnte es sich sogar um eine Frau handeln. Vielleicht die Ehefrau von jemandem aus dem Club? Die Lebensläufe meiner Mitspieler passen jedenfalls nicht unbedingt zur Biographie von Möller, was etwaige Kreuzungspunkte betrifft. Zumindest war Möller nie in Norddeutschland ansässig. Bevor er vor acht Jahren die Anstellung als Anästhesist in Berlin annahm, war er fünfzehn Jahre am Klinikum Aachen; davor war er in Tübingen, in Freiburg, wo er auch studiert hat, und in Koblenz.»

«Hast du von dem Lebensgefährten etwas über den Freundeskreis erfahren können?»

Gero wiegte unschlüssig den Kopf hin und her. «Nach dem, was Herzog erzählt hat, waren die beiden ein monogames Pärchen, was in Schwulenkreisen nicht unbedingt die Regel darstellt. Sie waren seit sechs Jahren fest zusammen. Von daher verkehrten sie nicht regelmäßig in der klassischen Schwulenszene, gingen nicht in etablierte Bars oder entsprechende Diskotheken. Ihr Freundeskreis scheint eine recht bunte Mischung aus Malern, Filmemachern und anderen Künstlern sowie Medizinern und einigen Personen aus dem öffentlichen Leben zu sein. Im Adressbuch von Möller sind auffällig viele Ärzte verzeichnet. Aber fast alle sind in Berlin ansässig, einige in Süddeutschland.»

Lena stützte ihr Kinn zwischen Daumen und Zeigefinger der rechten Hand auf und blickte Gero tief in die Augen. «Wie bei uns», murmelte sie schließlich. «Du die Polizisten, ich die Ärzte …»

«Ist das nicht normal, dass der eigene Berufsstand überdurchschnittlich stark im Freundeskreis vertreten ist?»

«Sicherlich. Aber ich glaube, je spezieller ein Berufsstand ist, desto ausgeprägter findet man dieses Phänomen vor. Mediziner verkehren meines Erachtens mehr unter ihresgleichen als beispielsweise Kaufleute, Anwälte oder etwa Lehrer. Nicht allein die Probleme, mit denen sie sich im Beruf herumschlagen müssen, das spezielle Vokabular, das für die meisten Menschen doch völlig unverständlich ist, scheinen dafür verantwortlich zu sein. Wie würde man reagieren, wenn ein Mediziner am Esstisch von seiner letzten Hüfte, einer Sectio, oder ich von einer Leichenöffnung erzählen würde – im selben Jargon und mit der gleichen Selbstverständlichkeit wie ein Bankkaufmann von Börsenkursen? Das ist undenkbar …»

«Worauf willst du hinaus?»

«Ich habe nur versucht, aus Sicht eines Mediziners zu beschreiben, wer jemand *von früher* sein könnte. Wenn der Arzt dann auch noch ein bekennender Schwuler ist, dann sind das zwei sehr eng eingegrenzte Kreise, wobei es natürlich nicht unbedingt auf eine Kombination von beidem hinauslaufen muss.»

«Es muss also kein schwuler Arzt sein, meinst du, aber Möllers Bekannter von früher ist entweder Arzt oder schwul?»

«So ungefähr. Wie gesagt, es ist nur ein Gefühl …»

«Dazu würde auch passen, dass Möller Herzog gegenüber keinen Namen genannt hat. Weil es eben vor seiner Zeit war und er denjenigen nicht hätte einordnen können. Vielleicht ein Studienfreund?»

«Du wirst nicht umhinkönnen, dich noch intensiver mit Möllers Werdegang zu beschäftigen. Wie viele Ärzte gibt es denn in eurer Mannschaft?»

«Drei», entgegnete Gero, ohne lange zu überlegen. Seine Mitspieler und deren Biographien waren ihm gedanklich inzwischen so präsent wie Spielkarten auf der Hand. «Horst Seipel, ein Gynäkologe aus Krugstadt, Rüdiger Henne, ein Zahnarzt mit Spitznamen Bohrer, und Professor Alfons Blanck, der dir ja auch ein Begriff ist …», zählte er die Mediziner in seiner Mannschaft an den Fingern der linken Hand ab. «Ich weiß, dass es nichts zu sagen hat, aber alle drei sind verheiratet. Eher unwahrscheinlich also, dass einer von ihnen schwul ist. Heutzutage braucht man sich doch nicht mehr hinter Scheinehen zu verstecken. Von Seipel weiß ich außerdem, dass er sich sogar von Möller unter der Dusche belästigt gefühlt hat …»

Lena warf Gero einen empörten Blick zu. «Unter der Dusche? Ich bitte dich … Was treibt ihr denn da so?»

Gero grinste seine Frau belustigt an. «Ach, das sind doch Kinkerlitzchen …» Er machte eine abwertende Handbewegung. «Man albert eben so rum, macht dumme Sprüche, reißt ein paar Zoten …»

Lena legte die Stirn in Falten und hob demonstrativ eine Augenbraue. «Was du erzählst, erinnert mich irgendwie an pubertäre Auswüchse, die man früher im Schullandheim über sich ergehen lassen musste.»

«So in der Art, ja! Bei Männern scheint das länger anzuhalten.» Gero zwinkerte ihr zu. «Bei einigen mehr, bei anderen weniger. Aber in der Gruppe lässt man sich dann doch anstecken und erinnert sich schnell an die Spielregeln. Wer nicht mitmacht, wird ausgegrenzt und zur Zielscheibe des Gespötts …»

Vielleicht gehörte Horst Seipel einfach zu denjenigen, die hinsichtlich spätpubertärer Triezereien keinen Spaß verstanden, dachte Gero. Nicht jeder hat gelernt, damit umzugehen.

«Was ich damit nur sagen will …» Gero kratzte sich nachdenklich an der Schläfe. «Schwul ist von den dreien mit Sicherheit keiner. Und Pupille, also Alfons Blanck, scheidet schon allein deswegen aus, weil er zu besagter

Zeit nicht mehr im Clubhaus war. Er erklärte mir seinen frühen Aufbruch zwar mit einem Verweis auf sein Alter, aber in Wirklichkeit steckt wohl ein anderer Grund dahinter. Seine Frau hat multiple Sklerose im fortgeschrittenen Stadium, und er pflegt sie zu Hause. Wahrscheinlich will er sie nicht lange allein lassen.»

«Eine teuflische Krankheit.» Lena sortierte die ausgepulten Garnelen und Muschelschalen der Größe nach auf ihrem Teller und ordnete sie zu einem dekorativen Arrangement am Tellerrand. Dann stippte sie die letzten Reiskörner mit der Fingerspitze auf und schob sie sich zwischen die Lippen.

«Blanck selbst erscheint mir nicht weniger dämonisch. Nicht dass er ein solches Schicksal verdient hätte, aber der Mann hat zwei Gesichter. Er scheint überhaupt nicht der zu sein, für den ich ihn anfangs gehalten habe. Hinter der Fassade des liebenswürdigen und besonnenen Mannes schlummert ein absolut kaltblütiger Charakter. Ich habe mich selten so in jemandem getäuscht. Allein die Art und Weise, wie Blanck über Leben und Tod, über Leiden und Erlösung spricht, ist beängstigend.»

Lena blickte auf. «Du weißt doch, dass Mediziner manchmal eine stoische Gelassenheit an den Tag legen können, die in Wirklichkeit nur eine berufsbedingte Maske ist. Und in Anbetracht der Tatsache, dass seine Frau sterbenskrank ist, spricht vielleicht eine gehörige Portion Verbitterung …»

«Nein, nein, nein!», unterbrach Gero. «Das ist es nicht. Ganz im Gegenteil. Ich war an dem Abend, an dem du mich abgeschleppt hast, bei Blanck. Der lebt in einer riesigen Villa, in der es ungefähr so aussieht wie bei dir auf dem Tellerrand. Das ganze Haus ist voller toter Tiere. Trophäen eines Großwildjägers, wohin man auch schaut. Teilweise sind abstruse Geschmacklosigkeiten darunter. Wir saßen an einem Tisch, der auf einem abgesägten Elefantenfuß ruhte. Seinen Worten entnehme ich, dass er seiner Frau, ohne mit der Wimper zu zucken, den Gnadenschuss geben würde …»

«Übertreibst du jetzt nicht ein wenig?»

«Wohl kaum. An den Wänden hingen Erinnerungsfotos, die Blanck zusammen mit Idi Amin, Ceauşescu und anderen faschistischen Diktatoren bei der gemeinsamen Jagd zeigen.»

«Hm, verstehe.» Lena schob die Überreste von ihrem Teller in die leere Paellapfanne. «Da würde man nicht drauf kommen, wenn man sich die Vita von Professor Blanck vor Augen hält. Was man über ihn weiß, wird vor allem durch seinen honorigen Einsatz für die medizinische Versorgung in der Dritten Welt bestimmt. Die Augenambulanzen, die er in den achtziger Jahren gemeinsam mit zwei russischen Kollegen in Afrika gegründet hat, erscheinen da natürlich in einem ganz anderen Licht, wenn man bedenkt, dass er wenige Kilometer weiter seinem martialischen Hobby nachgegangen ist.»

«Du sagst es. Fragt sich nur, was Ursache und was Folge war. Ich glaube kaum, dass man Gefallen am Abschlachten von Tieren finden kann, nur weil man dazu von Staatsoberhäuptern eingeladen wird. Die Lust am Töten erlernt man nicht …»

«Was geht in dir vor, wenn du deine Angel auswirfst?»

«Die Frage musste kommen.» Gero kräuselte die Lippen. Er hatte sich diese Frage selbst schon hundertmal gestellt und musste zugeben, dass er bislang noch zu keiner ehrlichen Antwort gekommen war, weshalb er von Zeit zu Zeit Spaß daran hatte, fischen zu gehen. Das Argument, Fische wären niedere Tiere und demnach weniger leidensfähig, war eine Ausrede, das wusste er. Außerdem bereiteten ihm die Pirsch und der Drill eines Raubfisches Spaß. Hinzu kam die Freude am technischen Gerät und an den eigenen Fähigkeiten, die Beute zu überlisten. Aber war das mit den Ambitionen eines Jägers zu vergleichen?

«Den Fisch, den ich fange, esse ich auch, von daher ist es wohl mehr der angeborene Urinstinkt der Fleischfresser», meinte er, aber seine Worte klangen nicht sehr überzeugend. «Wobei ich zugeben muss, dass die Frage in diesem Zusammenhang allemal berechtigt erscheint. Allerdings ist es nicht die Lust am Töten, die mich steuert. Es gibt mir kein Machtgefühl. Ein Großwildjäger hingegen wird seine Beute kaum essen wollen. Er schmückt sich allein mit der Trophäe, und das ist meines Erachtens verabscheuenswürdig.»

«Würdest du Alfons Blanck einen Mord zutrauen?»

«Du weißt, dass ich mich mit solchen Einschätzungen schwer tue. Aber ich bin lange genug Polizist, um zu wissen, dass es aus Sicht des Täters zum Tatzeitpunkt immer einen Grund gibt … Diesen Grund zu finden, bemühe ich mich. Ich suche noch.»

«Du weichst meiner Frage aus.»

Gero blickte Lena ernst an. Dann nickte er. «Aus der Mannschaft am ehesten, ja.»

«Wegen seiner Jagdleidenschaft oder weil dich deine

Menschenkenntnis bei Blanck im Stich gelassen hat und du dich von einer Maske hast täuschen lassen?»

«Wahrscheinlich beides. Du hast mich nach einer gefühlsmäßigen Einschätzung gefragt. Für einen Mord muss man eine gewisse Skrupellosigkeit aufbringen, die ich Blanck als Jäger rein gefühlsmäßig einfach unterstelle. Natürlich kann ein Mörder in der Gesellschaft nicht öffentlich zu seiner Tat stehen. Er muss eine Maske tragen, muss seine Mitmenschen täuschen. Auch das scheint Blanck gut zu beherrschen, obwohl sich fast alle in der Mannschaft, wie ich inzwischen weiß, hinter einer mehr oder minder großen Maske verstecken. Das Ganze gleicht einem großen Theaterspiel. Du glaubst gar nicht, was sich da alles hinter den Fassaden verbirgt, die einige Clubmitglieder um ihre Person herum aufgebaut haben. Und das, obwohl sich alle gut kennen und man davon ausgehen muss, dass jeder genau weiß, wie es in Wirklichkeit um den anderen bestellt ist. Dennoch scheinen alle diese Lügengebilde widerspruchslos zu akzeptieren. Das Clubleben ist in Wahrheit eine unter allen Mitgliedern stillschweigend verabredete Scheinwelt, anders kann ich mir das nicht erklären.»

«Eine kleine, abgeschlossene Welt in der großen Welt, wo jeder seine Wunschrolle spielen kann, solange er keinem anderen auf die Füße tritt. Die reale Welt mit ihren ganzen Problemen bleibt außen vor. Ist es das, was du meinst? Das ist doch wahrscheinlich in jedem Verein so, oder?» Lena begann, die Teller übereinander zu stapeln und das Besteck einzusammeln.

«Wie wär's mit einem Brandy?»

«Als stilechter Abschluss eines spanischen Abends?

Gerne.» Gero erhob sich und suchte in der gläsernen Vitrine neben dem Kamin nach der entsprechenden Flasche, während Lena den Tisch abräumte. «Es ist doch verrückt», meinte er, als er Lena ein Cognacglas reichte. «Ich habe mir die ganze Zeit darüber Gedanken gemacht, was ich den Jungs erzähle, wenn mich jemand nach meinem Beruf fragen sollte.»

«Und?» Lena nippte am Brandy. «Welche Wunschrolle hast du dir ausgedacht?»

«Inmitten der ganzen Millionäre?» Gero grinste. «Steuerfahnder. Was Besseres fiel mir nicht ein.»

«Das passt doch», antwortete Lena lachend.

«Aber es hat mich noch niemand gefragt», entgegnete Gero mit einem Seufzen. «Für so banale Dinge scheint sich niemand zu interessieren. Hauptsache, man spricht nicht über Geld. Das scheint nämlich gleichbedeutend damit zu sein, dass man genug davon hat. Ich könnte also auch Frührentner oder Pensionär sagen, womit ich zumindest die Lacher auf meiner Seite hätte.»

«Was man dir bei deiner tatterigen Erscheinung natürlich sofort abnehmen würde, mein rüstiger Rentner …»

«Na warte.» Gero leerte sein Glas mit einem Zug, beugte sich über den Tisch und pustete die Kerzen aus. «Um nochmal auf den Appetithappen zu sprechen zu kommen …»

Lena blickte Gero entgeistert an. «Gibt es etwas, was du mir beichten willst?»

Gero versuchte ein ernstes Gesicht zu machen und nickte. «Ich gestehe es.» Er machte einen Schritt auf Lena zu und senkte schuldbekennend den Kopf. Bevor sie ausweichen konnte, packte er sie mit beiden Händen und zog sie an sich. «Hast du nicht von einer Nachspeise gesprochen? Einen schöneren Appetithappen kann ich mir eigentlich nicht vorstellen.»

Vergangenheit Wie Conni es geschafft hatte, rechtzeitig in die Dienststelle zu kommen, war ihr selber ein Rätsel. Als der Wecker um Viertel vor sechs geklingelt hatte, hatte sie vielleicht vier Stunden Schlaf gehabt. Ihr Schädel brummte, obwohl sie keinen Schluck Alkohol getrunken hatte. Nur Kaffee – zu viel und zur falschen Zeit. Wäre auch noch Alkohol im Spiel gewesen, der Abend wäre mit Sicherheit anders verlaufen. Leif hatte ihr auf der Rückfahrt angeboten, einen kurzen Umweg über Schwerin zu machen und sie direkt zu Hause abzusetzen, weswegen sie ihn höflicherweise noch auf einen Espresso zu sich eingeladen hatte. Ohne Hintergedanken. Vorerst, wie sie sich eingestehen musste. Aus den paar Minuten, die anfänglich dafür gedacht gewesen waren, die Erlebnisse in Wriezen kurz zu rekapitulieren und das weitere Vorgehen zu besprechen, waren dann knapp vier Stunden geworden. Und über Benecke hatten sie gar nicht gesprochen.

Conni hatte von sich erzählt, von ihrer Kindheit in der DDR, den wenigen Jahren ihrer FDJ-Zeit, die sie während ihrer Pubertät erlebt hatte und die für sie die Hölle gewesen waren. Sie hatte eben nicht dem Idealtyp einer angehenden sozialistischen Arbeiterin entsprochen. Schon als Jugendliche, etwas frühreif gegenüber ihren Altersgenossinnen, zudem mit Sommersprossen und weißblonden, langen geflochtenen Zöpfen, hatte sie die begehrlichen Blicke der Männer auf sich gezogen, und aus Neid und Missgunst waren schnell hämische und boshafte Schikanen geworden. Als sie von den Zugführerinnen nur noch *die Arierin* gerufen wurde, hatte ihre Mutter sie gegen den Willen des Vaters, der als SED-Funktionär und, wie sie später erfahren hatte, wohl auch als hohes Tier beim MfS ganz andere Ansichten zur Sache vertrat, aus der Jugendorganisation der Partei herausgenommen. Eine offizielle Abmeldung war schlecht möglich gewesen, aber ihre Mutter hatte es so ausgelegt, dass Conni durch ihre vielfältigen sportlichen Ambitionen neben der Schule einfach keine Zeit mehr für eine aktive Mitgliedschaft aufbringen könne – und sportliche Erfolge waren in der DDR so etwas wie ein Freibrief gewesen. So hatte sich Conni also auf den Sport gestürzt, um der Verlogenheit und den primitiven Mechanismen in der Kaderschmiede zukünftiger Parteigenossen so gut es ging aus dem Weg zu gehen. Nein, so richtig hatte sie nie dazugehört.

Conni hatte die alten Fotoalben herausgeholt, die ihre Jugend, ihre sportlichen Erfolge, später dann auch ihre Polizistenlaufbahn gut dokumentierten. Norbert hatte sie mit keinem Wort erwähnt. Wozu auch? Die Sache war abgehakt. Die Alben, die sie zusammen mit ihrem ehemaligen Vorgesetzten zeigten, hatte sie wohlweislich im Regal gelassen. Die ganze Zeit über hatte eine ungeheure Spannung im Raum gehangen. Conni kannte diese Atmosphäre nur zu gut. Es war ein Kribbeln, dem man sich nicht entziehen konnte. Auch in den Minuten des Schweigens nicht, in denen Leif seinen Blick durch die Wohnung hatte schweifen lassen, um alles Unbekannte als neues Thema aufzugreifen, als wolle er damit den bevorstehenden Aufbruch herauszögern.

Orpheus war die erste halbe Stunde unentwegt um Leif herumgeschlichen, hatte ihn aufmerksam beäugt und war dann, wie bei Katzen üblich, überraschend und ohne Vorankündigung auf seinen Schoß gesprungen. Er hatte Conni kurz einen hochmütigen Blick zugeworfen, als wolle er ihr so sein Einverständnis mitteilen, und hatte es sich dann auf Leifs Beinen gemütlich gemacht. Ja, Tiere hatten es doch einfach. Verdammt, warum geriet sie nur immer wieder an Kollegen?

Es war die Neugierde, die sie trotz ihrer Müdigkeit hatte pünktlich sein lassen. Leif hatte die Kartons mit dem Material aus Wriezen wie verabredet noch in der Nacht in die Dienststelle gebracht. Er musste wohl noch einige Zeit hier gewesen sein, wie die Ordnung in ihrem Arbeitszimmer bezeugte. Auf ihrem Schreibtisch lag eine Notiz für sie, dass er sich heute Vormittag um einen Termin bei Heiko Hellsink bemühen wolle, weswegen er auch das Foto von Benecke mitgenommen habe. Danach sei er in Schleswig und komme wohl erst gegen Abend in die Dienststelle zurück. Leif hatte gestern Abend schon angedeutet, dass er etwas Privates in Schleswig zu erledigen hätte. Was es genau war, hatte er nicht erwähnt, aber Conni wusste inzwischen, dass Leif von seiner Frau getrennt lebte und sie gemeinsame Kinder hatten. Warum saßen eigentlich alle interessanten Männer familiär immer irgendwie zwischen den Stühlen? Conni merkte, wie ihr plötzlich das Blut in den Kopf schoss. Um Gottes willen, wo waren nur ihre Gedanken schon wieder? Sie musste sich jetzt konzentrieren. Zum Sortieren der Unterlagen hatte sie sich auf der Fahrt in die Dienststelle schon eine Systematik zurechtgelegt. Ganz oben stand die Suche nach einem Hinweis darauf, was Peter Benecke im Lauenburgischen gewollt hatte.

Die Einwohnerverzeichnisse waren schnell durchforstet. Nirgendwo gab es einen Eintrag zum Namen Willy Benecke, und auch allein unter dem Nachnamen gab es, was Alter und Geschlecht betraf, keine Übereinstimmungen. Es wäre auch zu einfach gewesen.

«Das ist der Bankverkehr.» Matthias Rörupp legte ihr einen Ordner auf den Tisch. «Er hat quasi von der Hand in den Mund gelebt. Kein Vermögen, keine Sparverträge, keine größeren Überweisungen und auch keine Transaktionen mit Kreditinstituten oder Konten in Schleswig-Holstein. Ich habe mich bei seiner Sparkasse erkundigt. Es gibt auch keine weiteren Konten.»

«Schufa-Einträge?», fragte Conni.

Rörupp winkte ab. «Gar nichts. Ich habe das Konto übrigens nicht sperren lassen. Vielleicht taucht seine EC-Karte ja doch noch irgendwo auf. Wagenpapiere, Personalausweis, Führerschein und Scheckkarte muss er bei sich getragen haben. Zumindest finden sie sich nicht unter den Sachen hier.» Matthias Rörupp deutete auf die Unterlagen, die Conni mit Hilfe von Jörn Lüneburg vorsortiert und zu mehreren kleinen Stapeln aufgehäuft hatte.

«Wir haben ihn dennoch identifizieren können», meinte Conni und schob Rörupp die nächste Mappe zu. «Das sind seine Versicherungsunterlagen. Ich bin mir ziemlich sicher, dass uns seine Identität einen Hinweis auf den Täter liefern kann. Warum sollte dieser sonst Beneckes

Ausweis an sich genommen haben? Wenn wir den Kram hier durchhaben, werden wir sehen, ob wir genug Informationen zusammenhaben, um ein Täterprofil erstellen zu lassen.»

Conni überlegte, ob es bei der Mordkommission jemanden gab, der dafür in Frage kam. Hier in der Dienststelle verfügte niemand über die zur Erstellung eines Täterprofils notwendigen Qualifikationen. Wahrscheinlich würde man ihnen für eine solche Aufgabe jemanden vom LKA zur Seite stellen. Einen Spezialisten. Sie selbst eignete sich dafür jedenfalls nicht. Zwar hatte sie mehrfach an Weiterbildungsseminaren zu diesem Thema teilgenommen, aber die Mischung aus Psychologie und Statistik war ihr dabei viel zu theoretisch gewesen. Vorgefertigte Schemen, Raster und Matrizen, mit denen man die Psyche eines Täters eingrenzte, waren nicht ihr Ding. Ihr Urteilsvermögen brauchte all die Nuancen, welche die Praxis und der zwischenmenschliche Umgang mit sich brachten. Conni griff zum Telefonhörer und wählte die Nummer vom Bundesgrenzschutz.

Während sie sich von der Zentrale zum entsprechenden Fachreferat durchstellen ließ, kritzelte sie mit dem Bleistift spielerisch eines dieser Raster zur Profilerstellung auf ihre Schreibtischunterlage. Aber schon der Versuch, die Ausführung der Tat mit nur einem Begriff zu umschreiben, ließ sie Abstand von diesem Vorhaben nehmen. Affekt und Notwehr schieden aus. Geplant war die Tat mit Sicherheit, allerdings dilettantisch ausgeführt. Von daher schied auch ein Auftragsmord aus. Es gab einfach zu viele Spuren. Das unkenntliche Gesicht sowie die entwendeten Ausweispapiere deuteten zwar darauf hin, dass der Täter die Absicht gehabt haben könnte, die Identität des Opfers zu verschleiern, aber auch diese Methode war aus kriminalistischer Sicht unprofessionell durchgeführt worden. Benecke wurde keineswegs bis zur Unkenntlichkeit verstümmelt, noch hatte man sich die Mühe gemacht, die Leiche vom Tatort zu entfernen. Beides hätte dann vielleicht als Hinweis auf einen Mord aus dem Milieu der organisierten Kriminalität gewertet werden können. Nein, es machte keinen Sinn. Zu jedem Begriff, den sie hätte einfügen können, fielen Conni auf Anhieb zwei Gegenargumente ein.

Der Kollege vom Bundesgrenzschutz war auffallend höflich und zuvorkommend gewesen. Er hatte sich wie versprochen sofort der Sache angenommen und Conni innerhalb einer Stunde zurückgerufen. Das Ergebnis seiner Recherche war jedoch ernüchternd. Es gab von 1987 bis zum Ende der DDR keinen einzigen Republikflüchtling, der sich unter dem Namen Benecke beim Grenzschutz gemeldet hatte. Auch unter den *Austauschschülern*, wie die von der Bundesrepublik getätigten Freikäufe fachintern genannt wurden, tauchte der Name Benecke nicht auf. Ehrlich gesagt hatte Conni auch nichts anderes erwartet. Jörn Lüneburg meinte zwar, es bestünde immer noch die Möglichkeit, dass Willy Benecke tatsächlich mit falschem Namen über Umwege ins Ausland geschleust worden sein könnte, aber Conni vermutete, dass man mit Benecke einfach kurzen Prozess gemacht hatte. Diesen Verdacht legte zumindest die Anklage gegen Benecke nahe, auch wenn es anscheinend offiziell keine Akten zu dem Fall gab, wie Conni inzwischen in Erfahrung gebracht hatte.

Aus den Papieren und Notizen von Peter Benecke ging hervor, dass man 1987 gegen seinen Vater und einen gewissen Günter Buchholz, Stabsarzt und Oberst der Nationalen Volksarmee, Anklage wegen Beihilfe zur Republikflucht und Staatsverbrechen gegen die DDR erhoben hatte. Den Unterlagen war eine maschinengeschriebene Blaupause beigefügt, und Conni zweifelte keinen Moment daran, dass es sich dabei um ein echtes Dokument handelte, auch wenn es kein Aktenzeichen trug. Schrifttype und Formulierung sprachen für sich. Leider handelte es sich nur um einen unvollständigen Auszug, aus dem hervorging, dass die Anklage wegen Vorbereitung und Beihilfe zur Republikflucht gegen Günter Buchholz, geboren 1952, nicht weiterverfolgt werden könne, da Buchholz sich seiner Arrestierung durch Selbsttötung entzogen hätte. An das Schreiben war ein ausgeschnittener Zeitungsartikel mit der Überschrift «Gasexplosion in Nauen» geheftet. Das Foto zeigte ein vollkommen zerstörtes Haus, und in dem Artikel war zu lesen, dass ein Mensch bei dieser wahrscheinlich durch Manipulation am Gaszähler verursachten Explosion ums Leben gekommen und bis zur Unkenntlichkeit verbrannt war.

Das Wort *Unkenntlichkeit* stach Conni sofort ins Auge, und sie musste unweigerlich schlucken. Hatte sie nicht eben noch einen Zusammenhang zwischen verstümmelten Leichen und den Verbrechen organisierter Kriminalität vor Augen gehabt? Den Schergen des MfS war es durchaus zuzutrauen … Ihre Assoziationen saßen ihr wie ein Kloß im Hals, und jeglicher Versuch, ihn herunterzuschlucken und sich auf die vorliegenden Fakten zu konzentrieren, war zum Scheitern verurteilt. Sie wusste, warum. Ihre eigene Vergangenheit hatte sie in diesem Fall eingeholt. Auch wenn ihr Vater nie darüber gesprochen hatte – die wenigen Andeutungen seinerseits hatten damals ausgereicht, um sich vorstellen zu können, wie die Stasi funktioniert hatte, welche Aufgaben man übernommen hatte. Hier ging es um Republikflucht, ein Wort, das die Flucht in die Freiheit umschrieb, etwas, das nicht existieren durfte, zumindest durfte die Öffentlichkeit, das Volk, nichts davon erfahren. Undenkbar! Es existierten keine Unterlagen über Willy Benecke, keine Anklageschrift, keine Gerichtsakten, die Auskunft darüber geben konnten, ob die Beihilfe zur Republikflucht, deren man ihn bezichtigte, erfolgreich gewesen war. Ohne Akten war das Problem offiziell nicht existent, hatte nie existiert. Genau wie Willy Benecke. Wenn es darauf ankam, konnten Menschen aus dem System gelöscht werden, das wusste Conni nur zu gut. Einige hatten es auch selbst getan. Sich selbst gelöscht.

Auch ihr Vater hatte es getan. Als sich der Taumel im Winter 1989 gelegt hatte, war er verschwunden. War es Angst vor der Rechenschaft, die man von ihm verlangt hätte? Sicher hatte er zum Kader der Verantwortlichen gehört. Hatte er sich darüber hinaus schuldig gemacht? Conni wusste es nicht. Aber er musste sein Verschwinden von langer Hand vorbereitet haben. Es gab keine Personalbögen mehr von ihm, keine Papiere, keine Unterlagen, keine Akten – wie Willy Benecke war er plötzlich wie vom Erdboden verschluckt.

Conni machte einen schweren Atemzug und strich sich durchs Haar. Dann versuchte sie erneut, die Last abzuschütteln, die ihr die Kehle zuschnürte. Sie zog eine handschriftliche Notiz aus dem Aktendeckel.

«Lieber Genosse, der Imperator ist seiner Verpflichtung für Pos. 13, 14 und 15 wie angekündigt nachgekommen. Die Unkostenerstattung wird wie vorgeschlagen unter Devisen verbucht und an üblichem Ort hinterlegt. 16 tritt von seinem Gesuch zurück. Gruß G. B.»

Das Kürzel G. B. musste für Günter Buchholz stehen. Der Name tauchte auch in der Korrespondenz von Willy Benecke immer wieder auf. Conni suchte vergeblich nach einem Foto. Wer war der Imperator, und um was für Verpflichtungen ging es? War Imperator ein IM-Kürzel des MfS? Von welchen Devisen sprach Buchholz? Jede Notiz, die sie sich machte, zog einen Rattenschwanz von neuen Fragen hinter sich her.

Conni griff nach den Fotoalben, die voller Familienbilder waren, sorgfältig und akkurat beschriftet wie alles andere. Willy Benecke war stets in Uniform zu bewundern. Bis auf die Strandbilder. Usedom und Rügen. Conni quälte sich ein Lächeln ab. Solche Bilder gab es von ihrem Vater auch. Sie blätterte weiter. Zwischen den letzten Seiten klemmten viele lose Fotografien. Sie zeigten mehrere Uniformierte, aber auch Zivilisten, die gemeinsam vor der Kamera posierten. Auf der Rückseite der Bilder standen einige Namen, zudem hatte jemand die Köpfe von einigen Personen mit einem roten Marker umkreist. In einem der Alben fand Conni eine mehrseitige Namenliste mit Adressen, Geburts- und Sterbedaten. Es waren immer die gleichen Namen, die auftauchten. Namen, die ihr nichts sagten. Wonach hatte Benecke gesucht? War es eine der Personen hier auf den Bildern? Conni sortierte die Namenlisten und heftete sie zusammen mit den Fotos an die Pinnwand neben der Tür.

Dann wählte sie die Nummer von Daniel Richter beim LKA. *Der Große Bruder*, wie Richter von Leif genannt wurde, arbeitete im Dezernat 400 – Erkennungsdienst – und war nach Leifs Worten einer der wenigen, die ohne großes Kompetenzgerangel halfen, wenn Not am Mann war. Für eine Anfrage bei der Stasi-Unterlagen-Behörde war es, wie Conni aus eigener Erfahrung wusste, strategisch günstiger, wenn ein Adressat der Ministerialebene so nahe wie möglich stand.

Richter zeigte sich sofort kooperativ und versprach, sich noch am Nachmittag zu melden. Conni buchstabierte die Namen Benecke, Buchholz und den vermeintlichen Fiktivnamen Imperator. Dann meldete sie sich zur Mittagspause ab, holte ihr Mountainbike aus dem Wagen, das bei umgelegter Rückbank gerade eben in den Kofferraum des Corsa passte, und strampelte los. Ohne bestimmtes Ziel, einfach nur, um den Kopf frei zu bekommen.

Schon seit einer Woche hatte sie keine Bewegung mehr gehabt. Wie sie es vorausgesehen hatte, war an ernsthaftes Training bisher nicht zu denken gewesen. Wenn Conni abends nach Hause kam, war sie völlig geschafft. Bei einem Mord konnte man keinen Gang zurückschalten. Aber dieser Zustand würde nicht ewig anhalten. Vorgestern hatte sie immerhin den Weg in die Sauna gefunden. Schwitzen befreite den Kopf von überflüssigen Gedanken, wie sie fand. Nachdem sie nun das Ostufer des Ratzeburger Sees bis nach Kalkhütte entlanggeprescht war, gönnte sie sich ein Eis und radelte in gemächlicherem Tempo zurück.

Paul Dascher empfing sie mit den Ergebnissen seiner Recherche bezüglich der Autoreifen. Mit dem gesuchten Reifentyp wurden ab Werk nur zwei Fahrzeuge ausgeliefert. Beides übermotorisierte Geländewagen der Hersteller BMW und Porsche, wozu auch der Geschwindigkeitsindex des Reifens passte. Die Zulassungszahlen lagen in den Bundesländern Hamburg, Schleswig-Holstein und Mecklenburg-Vorpommern im dreistelligen Bereich. Das war zu viel für eine flächendeckende Überprüfung. Zudem war Dascher der Meinung, dass der Reifen durchaus auch an anderen Fahrzeugen nachgerüstet worden sein könne. Er hatte bei einigen Internetanbietern nachgefragt, und man hatte ihm bestätigt, dass der fast 400 Euro teure Reifen zurzeit sehr gefragt sei. 400 Euro für einen Reifen? Conni konnte es nicht glauben. So viel war ihr ganzes Auto noch wert, wie sie von ihrer Werkstatt erfahren hatte, als sie nach einer Inzahlungnahme gefragt hatte. Damit war das Thema größerer Wagen erst mal vom Tisch gewesen. Sie würde den Corsa fahren, bis er auseinander fiel.

Conni wollte Dascher schon den Auftrag geben, zu überprüfen, ob eines der in Frage kommenden Fahrzeuge vielleicht auf die Zöllner-AG zugelassen sei, überlegte es sich dann jedoch anders und griff selbst zum Telefon.

Eigentlich hatte Conni erwartet, dass Bertram Zöllner sich von seiner Sekretärin verleugnen lassen würde, aber die hatte Conni nicht einmal in die Warteschleife geschickt, sondern direkt mit dem Chef verbunden. Bestimmt hatte sie entsprechende Anweisungen erhalten, schließlich hatte er seine Mithilfe angeboten und wollte nun wohl nicht den Eindruck erwecken, dass ihm die

Angelegenheit in Wirklichkeit lästig war. Auch wenn er wohl nicht damit gerechnet hatte, so schnell wieder von Conni zu hören, wirkte seine Gelassenheit einstudiert, als sie ihm mitteilte, man habe den Toten inzwischen identifizieren können. Seine Stimme klang zwar gewohnt freundlich, jedoch brauchte er ein paar Sekunden zu viel, um zu überlegen, ob ihm der Name Benecke irgendwie bekannt war. Als er schließlich verneinte, klang seine Stimme betont einfühlsam. So, als hätte er sich strikt vorgenommen, zu keinem Zeitpunkt teilnahmslos zu wirken und alle Fragen geduldig über sich ergehen zu lassen. Entweder man kannte jemanden, oder man kannte ihn nicht. Um das festzustellen, brauchte man weniger als drei Sekunden. Nach einem Namen zu suchen, der einem entfallen war, war etwas anderes. Auch als Conni ihn nach den Geländefahrzeugen fragte, überlegte er für ihr Empfinden zu lange. Selbst wenn die Firma einen Fuhrpark von hundert Fahrzeugen besaß, musste wohl kein Kaufmann lange darüber nachdenken, ob sich darunter auch ein prestigeträchtiges Männerspielzeug für mindestens hunderttausend Euro befand, mit dem man sich selbst jenseits der Straße mit über 250 Stundenkilometern fortbewegen konnte, soweit so etwas überhaupt möglich war. Aber selbst hierfür benötigte Zöllner einen Moment konzentrierter Überlegung, bis er schließlich auch diese Frage verneinte.

Conni wurde das Gefühl nicht los, dass Zöllner das ganze Gespräch über an etwas völlig anderes gedacht hatte. Etwas, das mit dem vorliegenden Fall nicht unbedingt etwas zu tun hatte, das für die Polizei aber dennoch von Interesse sein könnte. Sie dachte an ihr Treffen, zu dem Zöllner, noch bevor er wusste, worum es eigentlich ging, wie zufällig auch seinen Rechtsbeistand gebeten hatte. Wovor hatte Bertram Zöllner Angst? Das Klingeln des Telefons riss sie aus ihren Gedanken.

Daniel Richter klang etwas reserviert, und noch bevor er zur Sache kam, ahnte Conni bereits, dass er auf irgendetwas gestoßen sein musste, was ihm nicht gefiel. So, wie er über die Sache sprach, war klar, dass Richter über einen heißen Draht zur Stasi-Unterlagen-Behörde verfügte. Wie auch sonst konnte er so schnell Informationen abfragen, für die man gewöhnlich Schlange stehen musste. Conni nahm diesen Sachverhalt stillschweigend zur Kenntnis. Über Willy Benecke war in der Behörde nichts vermerkt, und auch zum Namen Günter Buchholz gab es dort keine Akten. Mit dem *Imperator* war das hingegen so eine Sache. Conni merkte, wie Richter herumdruckste. Sie wartete ab, ohne nachzufragen. «Ja», meinte Daniel Richter schließlich, «der Name sei dort bekannt. Es hätte wohl auch eine entsprechende Akte gegeben …»

«Aber?», fragte Conni schließlich, die es vor Spannung kaum noch aushielt. «Sie ist verschwunden», spekulierte sie, als Richter auf ihre Frage nicht reagierte.

So könne man das nicht sagen, hatte er erklärt, wobei er die Lautstärke seiner Stimme deutlich gesenkt hatte. Es habe wohl eine Akte existiert, aber sie sei ausgeliehen worden. Was im Regelfall eigentlich nicht möglich sei, da die Akten der Präsenzpflicht der Behörde unterlagen.

«Aber?», hatte Conni erneut gefragt, worauf Richter zu verstehen gegeben hatte, dass der Ausleiher wohl übergeordnete Rechte geltend gemacht hatte. Zögerlich hatte ihr Richter dann erklärt, dass im leeren Aktenordner eine

Karte stecken würde. Ein Vermerk, dass die Akte im September 1990 auf Anweisung entliehen wurde. Unterschrieben sei die Karte mit dem Namen Stump, und darunter befände sich ein Stempel: MAD/BND Referat 1. Mehr sei aus erklärlichen Gründen nicht in Erfahrung zu bringen gewesen, ohne dass man vielleicht schlafende Hunde wecken würde. Ob sie wisse, worauf sie sich da einließe, falls sie weitere Nachforschungen betreiben wollte, hatte er Conni noch überflüssigerweise gefragt, aber da hatte es in ihrem Kopf schon zu rauschen begonnen.

Was hatte das nun wieder zu bedeuten? Conni hatte den Eindruck, von einem Wespennest ins nächste zu tapsen. Das gab's ja wohl nicht. Recherchierten da schon andere? Und das seit 15 Jahren? Sie notierte den Namen Imperator, unterstrich ihn zweimal und bedankte sich bei Richter. Bevor sie in dieser Richtung weitere Schritte unternahm, musste sie sich mit Leif absprechen, und der nahm wahrscheinlich gerade mit Van Helsing einen Beruhigungssnack zu sich oder stritt sich mit seiner Frau um die Besuchsrechte der Kinder. Aber diese Geschichte war ihr eine Nummer zu groß für den Anfang. Bei einer aktuellen Ermittlung eine Anfrage beim Bundesnachrichtendienst? Da bekam man schnell einen Dämpfer von politischer Seite. Ähnlich war es ihr bei der Suche nach ihrem Vater ergangen. Drei Tage nachdem Conni die Anfrage bei der Gauck-Behörde gestellt hatte, hatte sie einen Anruf vom Verfassungsschutz bekommen. Es hatte sich doch im Wesentlichen nicht so viel verändert …

Es kam selten vor, dass sich Gero Herbst in ihrem Arbeitszimmer sehen ließ. Er war so oder so relativ selten in der

Dienststelle, was natürlich an seinen Nachforschungen in Krugstadt lag. Er hatte sogar höflich angeklopft, dann vorsichtig den Kopf zur Tür hereingesteckt und abgewartet, bis Conni ihn hereinbat.

«Wollte nur mal sehen, wie's so läuft», hatte er gesagt und sich im Zimmer umgeschaut, als wenn er selbst nichts zu tun gehabt hätte. «Gibt's denn schon Ergebnisse, was den Mann aus Wriezen betrifft?»

Conni deutete auf die Aktenstapel vor sich. «Scheint ein Puzzlespiel zu werden. Wenn wir das hier durchhaben, sehen wir vielleicht klarer. Konkretes haben wir noch nicht, aber wie es aussieht, könnte der Grund des Verbrechens irgendwo in der jüngeren deutschen Geschichte verwurzelt sein. Der Vater des Toten war möglicherweise ein Fluchthelfer.»

«Na, da haben wir uns dann ja gerade rechtzeitig eine Fachkraft eingekauft.» Gero zwinkerte ihr zu, und an seinen Mundwinkeln konnte Conni ein belustigtes Grinsen ausmachen. «Und wie läuft es mit den lieben Kollegen?»

«Danke der Nachfrage – Blondinenwitze gab's bisher noch keine, wenn du das meinst.» Conni lachte auf. «Vielleicht hinter meinem Rücken. Ich bin nichts anderes gewohnt; war schon immer blond. Nein, im Ernst: Ihr seid 'ne nette Truppe, wirklich. Alle zuvorkommend und immer freundlich.»

Gero machte eine abschätzige Handbewegung. «Na, wart ab, bis der Chef wieder regelmäßig im Laden ist. Dann ist's vorbei mit der Urlaubsstimmung hier. Hat man dich noch nicht vorgewarnt?»

«Doch, doch», meinte Conni amüsiert und nickte. «Der

Kollege, der hier aus Lübeck zu Besuch ist, hat so einiges erzählt …»

«Das kann ich mir vorstellen.» Gero Herbst betrachtete die Fotos an der Pinnwand neben der Tür, und plötzlich gefror sein schelmisches Grinsen zu einer steinernen Maske. Er nahm eines der Bilder ab und studierte es genauer. «Woher kommen die Fotos?», fragte er und blickte Conni dabei entgeistert an.

«Die stammen aus dem Nachlass von Benecke.»

Gero war total blass. Er starrte gebannt auf das Foto. Seine Gesichtszüge wirkten wie gelähmt.

«Ist alles okay mit dir?», fragte Conni, nachdem Gero weiterhin regungslos verharrte und schwere Atemzüge machte. «Soll ich dir ein Glas Wasser holen?»

Gero starrte ins Nichts. «Verdammte Scheiße», stammelte er leise. «Wo ist Leif?», fragte er und tippte mehrmals mit dem Zeigefinger auf das Bild in seiner Hand.

«Keine Ahnung! Irgendwas Privates, glaube ich. Was ist denn jetzt los? Was ist mit dem Foto? Kennst du jemanden darauf?»

Gero nickte. «Das kann man wohl sagen.» Sein Gesicht hatte wieder etwas Farbe bekommen. Dennoch sah er völlig verändert aus. Ernst, verstört, wie Conni fand. Er blickte sie fast hilfesuchend an.

«Ich möchte, dass du die gesamte Mannschaft zusammentrommelst! Alle! Versuche Leif auf dem Handy zu erreichen. Wenn er es abgestellt hat, dann versuch es bei …» Er kramte sein Notizbuch aus der Jacketttasche. «Nein, das mach ich dann selbst. Ich möchte, dass jeder, der irgendwie mit dem Fall zu tun hat, hier in drei Stunden im Versammlungsraum sitzt. Das Trüffelschwein, der Vetter, Lüneburg, alle. Auch Van Helsing. Wenn er dir irgendwas von Terminen erzählt, sag ihm, er soll sie absagen. Um Bude kümmere ich mich.» Gero wandte sich zur Tür.

«Verdammt, kannst du mir nicht erzählen, was los ist?», fragte sie aufgeregt.

Gero blickte sie ernst an, kniff die Lippen aufeinander und schüttelte den Kopf. «Wäre schön, wenn ich's selbst wüsste. Ich rufe jetzt erst mal bei Ines Wissmann an.»

Familiäres Die Entscheidung für die Landstraße war richtig gewesen, wie Leif erleichtert feststellte, als er am späten Mittag von Lübeck aus auf die B 76 in Richtung Schleswig einschwenkte. Der Berufsverkehr hatte noch nicht eingesetzt, und die Sonne schien wie an einem Hochsommertag. Was gab es Schöneres, als mit dem Porsche bei einem solchen Wetter über Land zu fahren. Leif lauschte dem sonoren Röhren des Boxers, das ihm von den Rücksitzen entgegenschallte, als höre er eine Frühlingssinfonie. Vor jedem Ortsschild quälte er den Wagen zurück auf die erlaubte Höchstgeschwindigkeit, was das Orchester des Motors sofort mit einem dröhnenden Trommelwirbel quittierte, um am Ortsausgang wieder in ein martialisches Crescendo zu verfallen.

Leif war froh, dass er allein im Wagen saß. Außer ihm selbst hatte sonst nur Max Spaß am schnellen Fahren. Allen anderen schien es nicht ganz geheuer zu sein, was aber wohl daran lag, dass die Perspektive vom Beifahrersitz aus eine andere war, wie Leif aus eigener Erfahrung wusste. Eigentlich war es überhaupt nicht mehr zeitgemäß, mit einem reinrassigen Sportwagen über die Straßen zu jagen, aber wenn die Verkehrsdichte es zuließ, verspürte er immer noch ein kindisches Vergnügen dabei, von dem kräftigen Motor in den Sitz gepresst zu werden. Und dazu diese Landschaft. Die Natur um ihn herum hatte innerhalb weniger Tage ihre zarten Pastelltöne in ein leuchtendes Grün verwandelt. Dazwischen strahlten die Rapsfelder in einer fast unwirklichen Intensität. Leif rückte seine Sonnenbrille zurecht und lehnte sich entspannt zurück.

So wohl er sich in diesem Augenblick auch fühlte, Conni gegenüber hatte er fast ein schlechtes Gewissen. Sie hockte bei diesem grandiosen Wetter in der Dienststelle und kämpfte sich jetzt wahrscheinlich gerade durch die Akten von Benecke, während er hier einen halben Tag lau machte. Aber sein Schwiegervater war nun mal nur selten auf seinem Gestüt in Schleswig anzutreffen, und für einen Abstecher nach Sylt, wo Freiherr Ernst von Gossewitz für gewöhnlich den Großteil des Jahres verbrachte, hätte er sich einen ganzen Tag freinehmen oder ein Wochenende opfern müssen. Außerdem hatte er am Vormittag schon einen kleinen beruflichen Erfolg verbuchen können. Überraschenderweise, wie er sich eingestehen musste. Es war ihm ein Rätsel, warum Van Helsing momentan so umgänglich und entgegenkommend war. In der Regel bestanden ihre Dialoge nur aus Widerworten. Heute jedoch hatte er nur genickt, als Leif ihm zu verstehen gegeben hatte, dass er und Conni sich von einem Gang an die Öffentlichkeit keine ermittlungstechnischen Vorteile versprachen. Zumindest nicht, solange die Hintergründe davon, was Benecke hier im Lauenburgischen zu suchen gehabt hatte, noch völlig im Dunkeln lagen.

Sie konnten nur hoffen, dass die Unterlagen, die sie mitgenommen hatten, dieses Rätsel preisgaben. Bis dahin sollte Jörg Bude mit ein paar Kollegen die Anwohner in der näheren Umgebung nach Peter Benecke befragen. Ein Foto hatten sie ja jetzt zur Verfügung. Als Nächstes musste geklärt werden, wie Benecke zum Tatort gekommen war. Aus welchem Grund auch immer er den Wagen auf dem Parkplatz an der Autobahn abgestellt hatte – die kriminaltechnische Untersuchung des Fahrzeugs war noch nicht abgeschlossen –, es war unwahrscheinlich, dass er die knapp sechs Kilometer zu Fuß gelaufen war. War er vielleicht gemeinsam mit seinem Mörder dorthin gefahren? Van Helsing war jedenfalls zufrieden gewesen mit dem, was sie bislang herausgefunden hatten. Dass sie genau genommen noch gar nichts wussten, machte sein Verhalten umso unerklärlicher. Eigentlich konnte es nur einen Grund dafür geben, und der hieß Cornelia Sonntag. Sie schien einen ziemlichen Eindruck auf den Staatsanwalt gemacht zu haben, auch wenn sie sich erst zweimal begegnet waren. Genauso wie auf ihn selbst.

Leif ließ ihre gemeinsame Fahrt in den Osten noch einmal Revue passieren und musste schmunzeln. Klar, sie hatte etwas, dem man sich nur schwer entziehen konnte. Es machte Spaß, mit ihr zusammenzuarbeiten. Vor allem war sie nicht zickig. Er hasste zickige Frauen, die ihr Auftreten dann vielleicht auch noch für Selbstbewusstsein hielten. Gut, er kannte Conni erst seit einer knappen Woche. Das war natürlich zu früh, um sich ein genaues Bild von ihr machen zu können. Auch haperte es noch ein wenig mit der gemeinsamen Koordination, aber da durfte er nicht seine Zusammenarbeit mit Gero als Messlatte zugrunde legen, schließlich kannten sie sich seit mehr als fünfzehn Jahren. Dennoch schien er sich mit Conni sofort darin einig zu sein, was die Beurteilung ihrer Mitmenschen betraf. Etwa diese komischen Brandenburger Kollegen oder bei ihrem Besuch bei Bertram Zöllner. Ihnen stachen dieselben Dinge ins Auge, und das war die Grundvoraussetzung für ein gutes Teamwork, auch wenn es sich immer als vorteilhaft erwiesen hatte, wenn noch jemand im Team war, der die Dinge aus einem völlig anderen Blickwinkel betrachtete.

Ob sie in wirklichen Stresssituationen über ein entsprechendes Rückgrat verfügte, würde sich zeigen. Aber sie war schließlich keine Anfängerin in diesem Job. Wenn man zudem so attraktiv aussah, brauchte man eine gehörige Portion Selbstbewusstsein, um nicht dauernd selbst zum Gesprächsstoff zu werden. Überrascht war er höchstens von Connis Einfühlungsvermögen. Wie sie sich um die Nachbarin von Benecke gekümmert hatte und von der völlig aufgelösten Frau nebenbei auch noch Informationen bekommen hatte, war schon erstaunlich gewesen. Ihre politischen Ansichten schienen hingegen ein wenig naiv zu sein. Wie sie die Sozialschmarotzer und Honks da im Osten in Schutz genommen hatte, ging ihm ganz gehörig gegen den Strich. Nun gut, sie war schließlich im Osten aufgewachsen, es waren ihre Landsleute. Konnte man da wirklich anderes erwarten? Leif rekapitulierte schnell ihr Alter und rechnete zurück. Sie musste 19 gewesen sein, als die Mauer fiel. In dem Alter war man natürlich weitgehend geprägt. Er hätte sie fragen sollen, was sie ursprünglich vorgehabt hatte, beruflich zu machen. Vielleicht war es aber auch besser, dass er es nicht getan hatte. Womöglich würde das sein Bild, das er von ihr hatte, beschädigen.

Gerade jetzt, wo er auf dem Weg zu seinem Schwiegervater war, mit dem er sicherlich auch über sein Verhältnis zu Miriam sprechen würde, war es ein denkbar schlechter Zeitpunkt, an Conni zu denken, aber sie ging ihm nun mal nicht aus dem Kopf. Ihr spontanes Lachen klang ihm noch im Ohr. Gut, dass gestern nichts weiter geschehen war. Wenn es nach ihr gegangen wäre … Connis Blicke hatten nicht uninteressiert gewirkt. Es hatte nicht viel gefehlt. Sie hatte tolle Augen. Hellblau. Oder war es Hellgrün? Man konnte erkennen, dass sie sich ihre Brauen anmalte. Wahrscheinlich waren sie in Natur genauso blond wie ihr Haar. Und erst ihre Hände. Kräftig, sehnig und muskulös wie ihre Unterarme. Breite Schultern – fast zu breit für eine Frau. Eine Stunde später hätte sie ihm sicher vorgeschlagen, über Nacht doch in Schwerin zu bleiben. Klar hätte er eingewilligt. Alles Weitere war irgendwo im Stammhirn verankert. Aber so, wie Conni aussah, wäre es dann nicht bei einem One-Night-Stand geblieben. Er kannte sich doch.

Bei Miriam war es am Anfang genauso gewesen. Meine Güte, was für eine Frau. Und dann der Sex. Von wegen schüchterne Aristokratin. Wie hatte sich Gero ausgedrückt? Frauen, die ihre Freizeit auf dem Reiterhof verbracht haben, muss man erst alles beibringen, hatte er ihn damals gewarnt. Tja, da hatte Gero ausnahmsweise mal völlig falsch gelegen. Leif versuchte, sich Conni beim Sex vorzustellen. Er merkte, dass ihm langsam die Sonnenbrille auf der verschwitzten Haut von der Nase rutschte. Und dann? Eine Kollegin? Das war doch völlig idiotisch. Der ganze Stress am Arbeitsplatz, die dummen Sprüche. Und jedes Mal, wenn er mit den Ratzeburgern wieder zu tun hatte, würde es von neuem losgehen? Nein, die Sache ging eindeutig zu weit. Leif überlegte, wovon er letzte Nacht geträumt hatte.

Bei der Ortsdurchfahrt von Plön kam er kurzfristig auf andere Gedanken. Nach Plön hatten sie eigentlich ziehen wollen, Miriam und er. Es wäre sogar mit seiner späteren Stelle in Lübeck zu vereinbaren gewesen. Und Kiel? Ja, Kiel. Kiel lag förmlich um die Ecke. Aber Kiel hatte damals noch nicht zur Diskussion gestanden – im Gegensatz zu heute. Deswegen war er gerade unterwegs zu seinem Schwiegervater. In drei Monaten wurde wieder ein Direktorenposten beim LKA neu besetzt. Ernst hatte Beziehungen. Er hatte damals sogar ein entsprechendes Grundstück organisiert, mit eigenem Seezugang.

Aber die Sache war inzwischen abgehakt. Miriam hatte darauf bestanden, in der Großstadt zu bleiben, und die hieß Hamburg. Sie sei auf dem flachen Land groß geworden, da müsse sie nicht wieder hin, hatte sie gesagt. Und Kiel sei keine Alternative zu Hamburg, hatte sie ihm deutlich zu verstehen gegeben. Solange er den Job beim SEK gehabt hatte, war ihm Hamburg als Standort auch ganz recht gewesen. Es war nicht so, dass er irgendwas gegen Großstädte hatte, aber nachdem die Einheit aufgelöst worden war, hatte die Sache doch ganz anders ausgesehen. Gut, er hatte Glück gehabt. Die Angelegenheit in Bad Dürsum hätte ihn auch die ganze Karriere kosten können, wenn Gero sich nicht hinter ihn gestellt hätte. Aber trotzdem war ihm danach der direkte Weg in die oberen Etagen natürlich versperrt gewesen. Selbst seine jetzige Stelle wäre eigentlich vor sechs Jahren nicht drin gewesen. Aber der ursprüngliche Aspirant hatte überraschend eine Stelle beim BKA erhalten, und so war er der einzige Kandidat für die Leitung der Mordkommission gewesen.

Ein Jahr lang war er täglich zwischen Hamburg und Lübeck gependelt, dann hatte er sich am Arbeitsplatz eine Wohnung genommen, zuerst nur für die Wochentage, dann für die ganze Woche. Miriam war an den Wochenenden sowieso nie zu Hause gewesen. Entweder war sie mit irgendeiner Freundin auf eine Beauty-Farm gefahren, hatte sich in einem Wellness-Hotel einquartiert, war übers Wochenende nach Paris zum Shoppen oder nach Schottland zum Reiten geflogen oder war mit ähnlichen Dingen beschäftigt gewesen. Sie hatte ihm vorgejammert, was sie über die Woche doch für ein stressiges Leben als Mutter von drei Kindern führte, dann hatte sie ihm Max und die Zwillinge an die Hand gegeben und war abgedüst, meist schon am Freitagabend. Vor drei Jahren hatte sein Schwiegervater dann das Haus in der Lübecker Altstadt gekauft. Seither gingen sie getrennte Wege.

Der Weg zum Gestüt Gossewitz war so etwas wie eine Heimstrecke für Leif. Die Auffahrt zum Gutshof ließ bei ihm jedes Mal Erinnerungen an frühere Zeiten aufkommen. Damals, als Miriam noch zu Hause gewohnt hatte, war er fast jedes Wochenende gekommen. Aber das war lange her. Zu jener Zeit hatte Miriam noch Ärztin werden wollen. Er hatte sich sofort in die Kommilitonin von Geros Freundin verliebt, und tatsächlich waren sie zu viert ein tolles Gespann gewesen. Eine Zeit lang. So lange, bis Miriam ihr Studium abbrach. Als Lena mit Charlotte schwanger war, wünschte auch sie sich plötzlich ein Kind, und fortan hatte sich alles nur noch um ihre Fruchtbarkeit gedreht. Am Anfang hatte Leif den Sex nach Kalender noch komisch gefunden, aber schließlich war es zur Manie geworden. Nach zwei Jahren war dann Finn zur Welt gekommen. Endlich. Danach war nichts mehr wie zuvor.

Ernst von Gossewitz entsprach exakt dem Bild, wie man sich einen Freiherrn im 21. Jahrhundert vorzustellen hatte: abgewetzte Cordhose, wildlederne Flicken auf dem Tweedsakko und derbes Schuhzeug, das mit Stallmist beschmutzt war. Stets in aufrechter Haltung, eine Pfeife im Mundwinkel hängend, und an seiner Seite wie immer Diva, ein Deutscher Drahthaar, der man das Alter ebenso wenig ansah wie ihrem Herrn. Ernst von Gossewitz ging langsam auf die achtzig zu, worauf jedoch nur sein schneeweißes Haar hindeutete. Er empfing Leif vor den Stallungen, wo er nach seinen Schätzen sah, wie er die Trakehner nannte, mit denen seine Eltern nach der Flucht im letzten Kriegsjahr hier gestrandet waren. Aus den sechs Zuchttieren, die den großen Treck aus Ostpreußen überlebt hatten, war inzwischen ein ansehnliches Gestüt geworden. Die Hündin wedelte aufgeregt mit dem kupierten Stummelschwanz, als sie Leif erkannte.

«Na, mein Junge ...» Ernst von Gossewitz klopfte Leif zur Begrüßung väterlich auf die Schulter, wie er es immer getan hatte. Der alte Mann war kein Mensch vieler Worte. Auch darin schon seit langem ein typischer Schleswig-Holsteiner. An das *mein Junge* hatte sich Leif längst gewöhnt. Damit wollte sein Schwiegervater zum Ausdruck bringen, wofür er Leif gegenüber nur ein einziges Mal deutlichere Worte gefunden hatte. Er sei sein eigentliches Wunschkind gewesen, hatte der alte Herr ihm eines Abends gestanden, als sich alle anderen bereits zur Nachtruhe begeben hatten und sie gemeinsam eine der teuersten Flaschen aus dem Weinkeller geleert hatten. Damals hatte Rita noch gelebt, Miriams Mutter, deren Einfluss Ernst immer noch dafür verantwortlich machte, was aus ihrer Tochter geworden war. Seine Frau hätte das Kind verhätschelt und verwöhnt; kein Wunder, dass Miriam nie gelernt hätte, Verantwortung zu übernehmen. Dieser Meinung war er noch heute, wo Rita seit zehn Jahren unter der Erde lag – wo sie wenigstens nicht mitbekäme, was ihre Erziehung für Früchte getragen hatte, wie er es ausdrückte. Ja, so war er, sein Schwiegervater: trocken und knapp, gewürzt mit einer kräftigen Prise Boshaftigkeit, hinter der sich, wie bei anderen Menschen auch, Enttäuschung und Verbitterung versteckten.

Leif dachte an sein Gespräch mit Conni, wo es auch um den Mangel an Verantwortungsbewusstsein gegangen war, für den seine Kollegin allein die Staatsform und Gesellschaftsstruktur in der ehemaligen DDR verantwortlich machen wollte. Nein, so einfach ging das nicht. Die Gründe für mangelndes Verantwortungsbewusstsein konnte man nicht pauschalisieren. In der Familie von Gossewitz hatten genau die gegenteiligen Verhältnisse geherrscht. Leif hätte seinem Schwiegervater ebenso Vorhaltungen machen können, warum er sich in die Erziehung seiner Tochter nicht mehr eingemischt hatte. Aber er behielt seine Meinung für sich.

Nachdem sie einen kurzen Rundgang durch die Stallungen gemacht hatten, wo sich Ernst von Gossewitz von seinem Stallmeister die wichtigsten Neuigkeiten und Zuchtergebnisse berichten ließ, wechselten sie die Örtlichkeiten und zogen sich in den Pavillon des Gutshauses zurück, wo ihnen eine Hausangestellte heiße Schokolade servierte. Nach den üblichen Bemerkungen über Leifs Verhältnis zu Miriam sowie einigen obligatorischen Fragen zur Gesundheit und Entwicklung der Enkelkinder lenkte Ernst von Gossewitz das Gespräch von sich aus auf das Thema, weswegen Leif gekommen war.

«Und?», fragte er knapp. «Hast du dich denn wenigstens beworben?»

«Natürlich, aber ich bin mir sicher, dass Wurzbach mein Schreiben unter ferner liefen abgeheftet hat. Wie immer. Ich weiß auch nicht, was er gegen mich hat. Wahrscheinlich stolpert er jedes Mal über den Eintrag in meiner Personalakte, was den Vorfall beim SEK betrifft.»

«Quatsch! Das interessiert doch keinen mehr!» Sein Schwiegervater strich sich einige Kekskrümel vom Revers. Dann griff er nach seinem Tabaksbeutel und begann seine Pfeife zu stopfen. «Das ist Schnee von gestern. Dein Manko ist, dass du kein Parteibuch hast.»

«Mag ja sein, aber dabei wird es auch bleiben.»

«Das lobe ich mir», brummte Ernst von Gossewitz, während er sich die Pfeife stopfte. «Aber damit tust du dir keinen Gefallen. Oder willst du warten, bis es in Schleswig-Holstein einen Regierungswechsel gibt?»

«Du bist doch auch in keiner Partei.»

«Richtig. Hat mich nie einer nach gefragt. Konnte immer mit anderen Pfründen auftrumpfen. Aber ich wollte auch nie in den Staatsdienst.»

Leif schob seinem Schwiegervater eine Streichholzschachtel über den Tisch. «Du willst es mir immer noch ausreden.»

«Den Staatsdienst? Wie könnte ich? Ich weiß, dass du mit deinem Beruf glücklich bist, das ist doch die Hauptsache. Ich habe dir schon zigmal angeboten, dass du den Laden hier übernehmen kannst, und du hast mir ebenso oft geantwortet, dass du mit Pferden nichts am Hut hast und dich als Verwalter eines Gestüts zu Tode langweilen würdest. Das habe ich respektiert, und deine Entscheidung verdient nach wie vor meine Hochachtung. Es gibt nicht viele Menschen, die ein solches Angebot ausschlagen.»

«Was dann?»

Ernst von Gossewitz entzündete ein Streichholz und feuerte seine Pfeife an. Für einen Augenblick verschwand sein Gesicht hinter einer dichten Rauchwolke. Er bedeckte den Pfeifenkopf kurz mit der Streichholzschachtel, machte mehrere Züge, bis sich die Glut wie erwünscht ausgebreitet hatte, und paffte schließlich einige Wölkchen in Leifs Richtung. «Versteh mich nicht falsch», meinte er und schob das Mundstück der Pfeife zwischen den Lippen hin und her, bis er die richtige Stelle gefunden hatte. «Ich kann mir nur nicht vorstellen, dass du als Sesselpupser beim Landeskriminalamt glücklich wirst. Der Wurzbach wird dir als Vorgesetzter bestimmt noch ein paar Jährchen erhalten bleiben. Und wenn es dir nur um dein Salär gehen sollte», fügte er hinzu, bevor Leif Einspruch erheben konnte, «am Finanziellen soll es nicht liegen, das weißt du. Unabhängig davon, ob sich die Sache zwischen Miriam und dir wieder einrenkt. Ich habe nie Bedingungen gestellt, und dabei wird es auch bleiben.»

Natürlich war die Befürchtung seines Schwiegervaters nicht unbegründet. Dass Wurzbach ihm in Kiel das Leben schwer machen könnte, darüber hatte Leif zwar auch schon nachgedacht, aber er musste sich eingestehen, dass er diesem Aspekt vielleicht bislang noch nicht die nötige Aufmerksamkeit geschenkt hatte. Im Vordergrund seiner Überlegungen hatten tatsächlich allein die Beförderung und der Wechsel zum LKA gestanden, zumal ein Direktorengehalt nach A 15 fast eine Verdoppelung seiner jetzigen Bezüge bedeutete, wovon er sich auch ein Ende der finanziellen Abhängigkeit von seinem Schwiegervater versprach. Es war ja wirklich so, dass Ernst von Gossewitz einen nicht unerheblichen Teil seines Lebensstils finanzierte, auf den Leif ehrlich gesagt nicht zu verzichten gewillt war …

Das Vibrieren, das eine Nachricht auf seinem Handy signalisierte, riss ihn aus seinen Gedanken.

«Du entschuldigst?» Die SMS war knapp und versprach nichts Gutes. «*Notfall. 17 Uhr Dienststelle. Dringend. Conni*», stand auf dem Display. Was hatte das zu bedeuten?

«Da liegt irgendwas im Argen», sagte Leif entschuldigend und wählte automatisch Geros Nummer, wo fröhlich die Stimme der Mailbox erklang. Dann rief er bei Conni an, die ihm mitteilte, Gero hätte die gesamte Mannschaft um 17 Uhr zu einer Krisensitzung in den Besprechungsraum beordert. Mehr wusste sie auch nicht, nur, dass es um ein Foto aus dem Nachlass von Benecke gehen musste. Leif versprach, sich sofort auf den Weg zu machen. Sein Schwiegervater hatte natürlich Verständnis dafür, als Leif ihm sagte, dass es sich um einen Notfall handeln würde. Ernst von Gossewitz war noch drei Tage in Schleswig, und Leif versprach, sich so schnell wie möglich wieder sehen zu lassen.

Er kontrollierte die Uhrzeit. Ihm blieben noch eineinhalb Stunden. Das musste durchaus zu schaffen sein. Er klebte das kleine Blaulicht aufs Dach des Wagens und gab Vollgas.

Conclusio

Als Gero in den Besprechungsraum kam, blickten ihn alle an, als wäre man auf einer Pressekonferenz. Die Neugierde war den Kollegen ins Gesicht geschrieben. Leif war als Letzter hinzugekommen. Auch er schaute ihn erwartungsvoll an, als Gero sich an den Konferenztisch stellte und das besagte Foto vor sich in die Höhe hielt, woraufhin sofort Ruhe einkehrte.

«Es kommt nicht häufig vor», begann er, «dass ich euch alle hierher bitte. Aber es ist etwas vorgefallen, von dem ich denke, alle sollten darüber informiert werden. Und zwar gleichzeitig. Ich kann vorwegnehmen, dass ich mir selbst bislang noch keinen Reim darauf machen kann und mir die Sache äußerst mysteriös vorkommt.»

Hier machte er eine rhetorische Pause und warf Van Helsing, der zusammen mit Ines Wissmann an der ihm gegenüberliegenden Tischseite saß, einen viel sagenden Blick zu. «Wie alle wissen, gibt es momentan zwei Fälle, die unsere volle Aufmerksamkeit in Anspruch nehmen.

Deswegen habe ich mir auch erlaubt, die Staatsanwaltschaft gleich in doppelter Besetzung einzuladen. Zuerst ist da das Verbrechen an Peter Benecke – das ist der Tote auf dem Hochsitz, dessen Identität wir inzwischen zwar kennen, wobei wir jedoch noch keine exakten Kenntnisse über den Tathergang und ein mögliches Motiv haben. Von einem Täter ganz zu schweigen. Unsere neue Kollegin Sonntag, die den Fall bearbeitet, wird uns gleich einen Überblick über den Stand der Ermittlungen geben. Zuerst möchte ich jedoch noch ein paar Worte über den zweiten Fall verlieren, der euch im Großen und Ganzen nicht geläufig sein dürfte, mit dem ich jedoch seit einigen Wochen beschäftigt bin.»

Nachdem Gero die Geschehnisse in Krugstadt und seine bisherigen Recherchen in diesem Fall so knapp wie möglich geschildert hatte, deutete er auf das Foto. «Diese Fotografie stammt aus dem Nachlass von Peter Benecke.» Er machte einen tiefen Atemzug. «Genau das gleiche Foto, also ein identischer Abzug, da bin ich mir vollkommen sicher, befindet sich auch im Besitz von einem meiner Mitspieler.»

Gero hatte Mühe, gegen den einsetzenden Lärm weiter anreden zu können. «Bitte! Einen Moment noch! Es handelt sich bei der Person um den renommierten Augenarzt Professor Alfons Blanck, wohnhaft in Krugstadt. Der Mann ist 64 Jahre alt, und sein Hobby ist, beziehungsweise war, die Großwildjagd. Es handelt sich um ein Erinnerungsfoto einer Jagdgesellschaft in den Karpaten. Das genaue Datum ist mir nicht bekannt, aber es müsste Anfang der achtziger Jahre aufgenommen worden sein. Alfons Blanck ist die Person vorne links auf dem Foto.»

Anders, als Gero erwartet hatte, blieb es jetzt relativ ruhig im Raum. Er ließ das Bild am Tisch die Runde machen. Ines Wissmann schüttelte den Kopf. Es machte den Eindruck, als wollte sie das Wort ergreifen, überlegte es sich jedoch anders, legte die Stirn in Falten und machte sich einige Notizen. Heiko Hellsink flüsterte ihr etwas ins Ohr, woraufhin sie bestätigend nickte.

Leif warf Gero einen besorgten Blick zu, dann erhob er sich. «Wir wissen mit absoluter Sicherheit», begann er und nahm Blickkontakt mit Peter Schweim auf, «dass Benecke mit großkalibriger Jagdmunition erschossen wurde.» Schweim nickte bestätigend. «Munition, die bei einer Großwildjagd durchaus ihre Berechtigung hat.»

Das Foto war bei Jörn Lüneburg angekommen, der sogleich die Rückseite studierte. «Darf ich fragen, was es mit den Namen hier auf sich hat?»

«Ich habe dazu schon einiges in Erfahrung bringen können.» Conni hatte ihre Notizen vor sich ausgebreitet. Als sie das Wort ergriff, kehrte schlagartig Stille im Raum ein. «Passend zu den Namen gibt es im Nachlass von Peter Benecke einige Adresslisten. Anscheinend hat er versucht, die Personen auf der Abbildung ausfindig zu machen. Warum, das wissen wir nicht. Noch nicht. Der Dritte in der hintersten Reihe, dessen Gesicht zur Hälfte verdeckt ist, ist mit großer Wahrscheinlichkeit Willy Benecke, der Vater des Toten. Ich habe das Gesicht mit Bildern aus dem Familienalbum verglichen.»

Völlig routiniert legte Conni im Folgenden dar, wie weit sie inzwischen im Fall Benecke waren, wobei sich jeder der Anwesenden entsprechende Notizen machte. Gero war erstaunt, welches Geschick Conni dabei an den Tag legte und mit welcher Systematik sie die bisherigen Anhaltspunkte abarbeitete. Jedes Mal, wenn die Recherchen von einem Kollegen durchgeführt worden waren, fragte sie nach, ob sie etwas vergessen hätte, was jedoch immer verneint wurde. Nur bei der Sache mit dem «Imperator» wirkte sie etwas unsicher und versuchte, Blickkontakt mit Leif aufzunehmen, was der jedoch nicht zu bemerken schien, woraufhin sie erklärte, sie wäre in der Sache noch nicht weitergekommen und warte auf eine Rückmeldung von der zuständigen Behörde aus Berlin.

«Tauchen auf dem Foto noch mehr Namen oder Personen auf, die dir bekannt sind?», fragte Ines Wissmann zu Gero gewandt, als Conni geendet hatte.

«Nein. Nur Blanck.» Gero schüttelte den Kopf. «Die Listen habe ich bis jetzt nur überflogen, auf den ersten Blick konnte ich keine weiteren Kreuzungspunkte zwischen den Fällen feststellen.»

«Und die abgebildeten Personen?»

«Das kann ich ausschließen. Zumindest ist keiner aus der Hockeymannschaft darunter. Blanck ist der Älteste, und die Personen auf dem Foto sind etwa gleich alt oder älter als Blanck. Übrigens befinden sich wohl auch ein paar Unbekannte darunter. Es sind deutlich mehr Leute auf dem Foto als Namen auf der Rückseite.»

«Eine Zuordnung?»

«Fehlanzeige.» Conni schüttelte den Kopf. «Bislang nur Benecke – und jetzt Blanck. Die Listen enthalten nur die Namen, die auf der Rückseite stehen. Wenn Benecke jemanden gesucht hat, war das Foto hier anscheinend seine einzige Quelle», fügte sie hinzu.

«Es läuft also alles auf Blanck hinaus. Wie sehen das die

anderen?» Leif schaute in die Runde. «Reichen die Indizien für einen Tatverdacht?»

Van Helsing nickte, und als Ines Wissmann das merkte, schüttelte sie demonstrativ den Kopf. «Nein.» Sie klopfte mit dem Zeigefinger gegen die Tischkante. «Verdacht ja!» Sie blickte sich um. «Das ist eure Sache. Haftbefehl nein. Mit welcher Begründung sollte ich den beantragen? Zwei identische Fotos in zwei unterschiedlichen Ermittlungen und ein Großwildjäger? Leute, das reicht nicht! Ich brauche zumindest irgendwas Handfestes. Dass ihr euch den Blanck vornehmt, ist ja wohl klar. Warten wir also ab, was die Befragung ergibt. Für eine Haussuchung habt ihr in einer Stunde grünes Licht. Wenn ihr das Gewehr, mit dem geschossen wurde, in seinem Keller findet, könnt ihr ihn auch so mitnehmen.»

«Gut. Damit ist die Sache vonseiten der Staatsanwaltschaft klar umrissen.» Gero nickte. «Kommen wir zum nächsten Punkt. Soll ich meine verdeckte Ermittlung einstellen? Ich kann am Fall Möller nicht wie bislang weiterarbeiten, wenn wir Blanck offiziell verhören.»

«Gibt es denn schon einen Verdacht im Fall Möller?», fragte Ines Wissmann.

Gero schüttelte den Kopf. «Ich habe bislang keine Erklärung. Aber ich bin mir ziemlich sicher, dass es einen Zusammenhang zwischen dem Tod von Möller und dem von Benecke gibt.»

«Das vermutest du», meinte Jörn Lüneburg.

«Richtig!», entgegnete Gero. «Ich habe nicht den geringsten Beweis, wenn du das meinst. Reine Gefühlssache, persönliche Statistik, nenne es, wie du willst, Jörn. Aber wir können den Fall Möller, so es denn einer ist, zu den Akten legen, wenn meine Tarnung jetzt auffliegt. Bislang war ich eher skeptisch, ob dem Tod von Möller wirklich ein Verbrechen zugrunde liegt – ab heute bin ich mir sicher.»

Lüneburg nickte stumm.

«Ich schlage vor», meinte Conni, «wir arbeiten parallel weiter und stimmen unsere Ergebnisse täglich ab.»

«Das heißt, dass es ab jetzt offiziell einen Fall Möller gibt, in dem die Polizei ermittelt?», fragte Gero.

«Genau», entgegnete Conni. «Wir nehmen uns alle Mannschaftsmitglieder der Reihe nach vor. Beginnend mit denjenigen, die du bisher noch nicht aufgesucht hast. Mit Ausnahme von Blanck natürlich. Der steht an oberster Stelle – aber den vernehmen wir in einer anderen Sache. Zumindest sollten wir diesen Eindruck erwecken.»

Gero warf Ines Wissmann einen fragenden Blick zu. Ihrem stummen, wenn auch zögerlichen Nicken entnahm er, dass sie keine Einwände hatte.

Gero dachte an sein abendliches Gespräch mit Lena, als sie ihn suggestiv gefragt hatte, ob er Alfons Blanck einen Mord zutraue. Aus der jetzigen Perspektive hatte seine Antwort völlig andere Vorzeichen bekommen. Nicht, dass er seine Meinung über Pupille geändert hatte. Das war es weniger, aber er wäre von alleine nicht auf die Idee gekommen, Blanck mit dem Fall Benecke in Verbindung zu bringen. Und dass es eine Verbindung gab, lag ja offensichtlich auf der Hand. Hier ging es um einen skrupellosen und eiskalt ausgeführten Mord. Die Todesumstände von Möller blieben hingegen nebulös.

Totschlag eventuell, denkbar war auch Tötung im Affekt. Vielleicht lag sogar eine Notwehrsituation vor. Zumindest jedoch unterlassene Hilfeleistung mit Todesfolge. Wenn man Möller tatsächlich einen Hockeyschläger über den Kopf gezogen hatte, dann hatte derjenige seinen Tod zumindest billigend in Kauf genommen. Aber ein eiskalter Mord war das nicht. Ein Hockeyschläger passte auch nicht als Mordwaffe – zumindest nicht in die Hände von Alfons Blanck. Als er Lena gesagt hatte, er würde Pupille am ehesten aus der Mannschaft einen Mord zutrauen, da war das graue Theorie gewesen. Ein emotionaler Aspekt. Begründet wohl dadurch, dass Alfons Blanck ein Alibi hatte und als Täter nicht in Frage kam. Aber jetzt im Fall Benecke? Mit einer Jagdwaffe in der Hand ein anonymer Schuss aus sicherer Entfernung? Ja, das war etwas ganz anderes. Und es würde zu Alfons Blanck passen. Aber wenn die beiden Fälle zusammengehörten, und Geros Gespür ließ ihn keinen Augenblick daran zweifeln, dann konnte Alfons Blanck nicht der Mörder von Möller sein. Wenn Blanck tatsächlich Benecke getötet haben sollte, dann musste es zwei Täter geben, oder aber sie verdächtigten Alfons Blanck irrtümlich. Es klopfte an der Tür.

«Gut gemacht, Gero.» Leif kam herein und hatte Conni im Schlepptau. «Und Van Helsing sind wir auch los. Die Wissmann hat eben nochmal klargestellt, dass der Fall ab sofort Sache der Oberstaatsanwältin sei.»

«Und was sagst du zu der ganzen Geschichte? Ich kann mich nicht erinnern, dass wir so etwas schon mal gehabt haben.»

«Du sagtest es ja schon: äußerst mysteriös, das Ganze.» Leif schloss die Tür.

«Mir schwirrt der Kopf», meinte Gero. «Und irgendetwas sperrt sich und sagt mir, dass wir völlig auf dem Holzweg sind. Zumindest mit Blanck.»

«Magst du ihn?»

«Nein! Überhaupt nicht, aber das ist es nicht. Wir wissen einfach noch nicht genug. Die einzige Verbindung der beiden Fälle ist Blanck. Blanck ist Großwildjäger. Oder war es zumindest. Er war mit Peter Beneckes Vater, der Stasi-Offizier war und anscheinend ebenfalls Jäger, gemeinsam in den Karpaten. Wie schätzt du die Sache ein, Conni? Können wir davon ausgehen, dass Beneckes Vater tot ist?»

Conni wiegte unschlüssig den Kopf. «Dem Gefühl nach, ja. Wenn ich's Lüneburg diktiere, wird er mich allerdings vierteilen. Von daher …» Sie zuckte mit den Schultern.

«Das hast du schön gesagt.» Gero konnte sich ein Schmunzeln nicht verkneifen. «Erst eine Woche hier und durchschaut schon den Senior. Gut, dann müssen wir eben beide Möglichkeiten durchspielen. Mal ganz knapp: Variante eins wäre, Willy Benecke ist nicht tot und lebt vielleicht hier unter falschem Namen; Peter Benecke hätte in dem Fall seinen Vater gesucht. Die zweite Möglichkeit wäre, dass Peter Benecke den Tod seines Vaters rächen oder jemanden erpressen wollte. Vielleicht war eine Person auf dem Foto verantwortlich für dessen Tod. Gibt es noch eine dritte Variante?»

«Geld!», meinte Conni. «Als ich mit Leif in Wriezen war, hat Beneckes Untermieterin so etwas angedeutet. Sie sagte, Benecke hätte ihr gegenüber gesagt, dass er bald sehr reich sein würde.»

«Gibt es dafür sonst irgendwelche Anhaltspunkte?», fragte Leif sichtlich erstaunt. «In den Unterlagen? Ich erinnere mich daran, dass die Nachbarin von Benecke ganz anders darüber gedacht hat.»

«Ist nur so ein Gefühl», entgegnete Conni. «Ich bin im Nachlass von Benecke über den Begriff *Devisen* gestolpert.»

«Das hast du eben bei der Besprechung nicht erwähnt.»

«Ist auch nur eine Notiz gewesen», antwortete Conni etwas gereizt. «Es gibt eben Worte, die lösen bei mir immer noch Unbehagen aus. Ich bin eben ein Ossi!»

«Bevor ihr euch in die Wolle kriegt», unterbrach Gero, «wie sieht's aus mit der Aufgabenverteilung? Ich schlage vor, ich ziehe mein Programm weiter durch. Bezüglich Blanck kann ich ja selbst nicht tätig werden, auch wenn's mir in den Fingern juckt. Bei mir auf dem Zettel steht ganz oben die Biographie von Möller. Die Recherche werde ich natürlich so weit ausdehnen, dass auch mögliche Kontakte zu Benecke, zu beiden wohlgemerkt, durchleuchtet werden.»

«Wir haben gerade verabredet», meinte Leif, «dass Dascher sich die Adressenverzeichnisse vornimmt. Die Frage ist, wie und ob Benecke an Blancks Adresse gelangt sein könnte. Alfons Blanck ist im öffentlichen Telefonbuch nicht verzeichnet. Allerdings besteht die Möglichkeit, dass seine Praxisadresse über Ärzteverzeichnisse abrufbar ist. Conni und Rörupp werden zusammen mit dem Trüffelschwein und seinen Leuten morgen früh um neun Uhr bei Blanck vor der Tür stehen.»

«Bist du nicht mit dabei?», fragte Gero.

«Nein.» Leif blickte Conni an, als hätten sie Gero gegenüber ein Geheimnis. «Darüber wollten wir mit dir sprechen. Conni ist da auf etwas gestoßen, um das ich mich kümmern werde.»

«Etwas, das auf der Sitzung eben nicht erörtert wurde, wie ich annehmen darf? Los! Raus mit der Sprache. Worum geht's?»

«Conni hat's zurückgehalten, weil sie vorher keine Gelegenheit hatte, sich mit mir abzusprechen», erklärte Leif. «In Gegenwart der Staatsanwälte ist das wohl auch begründet gewesen. Man muss ja nicht alle Quellen beim Namen nennen. In diesem Fall ist die Angelegenheit besonders heikel.» Er blickte Conni auffordernd an.

«Wie du ja selbst bemerkt haben dürftest», begann Conni, «ist ein Name ein Deckname. ‹Imperator› ist jedenfalls kein Name. Es klingt vielmehr nach einem …»

«Herrscher», unterbrach Gero.

«Richtig.» Conni nickte. «Der Name taucht auch in den Unterlagen von Benecke mehrmals auf, ohne dass sich irgendwelche Rückschlüsse auf eine bestimmte Person ziehen lassen. Willy Benecke war bei der Stasi. Auf Leifs Anraten habe ich die Anfrage bei der Stasi-Unterlagen-Behörde über Daniel Richter laufen lassen.»

«Und?», fragte Gero neugierig.

«Die Akte ‹Imperator› befindet sich beim BND. Und zwar schon recht lange.»

«Das wird ja immer diffiziler.» Gero rieb sich das Kinn und lehnte sich nachdenklich zurück. «Gut, dass ich das weiß», meinte er schließlich. «Keine Ahnung, wohin uns dieser Fall noch führen wird, aber eigentlich reicht's mir schon jetzt. Ich hätte nicht gedacht, dass mich so etwas hier in Ratzeburg heimsuchen würde. Und dann auch noch der BND, du meine Güte.» Er blickte Leif fragend an. «Hast du da einen Draht?»

Leif nickte, sagte aber nichts. Gero war klar, dass der Informationsfluss über Leifs Schwiegervater hergestellt werden konnte. Er wollte die Details eigentlich auch gar nicht so genau kennen. Es war ihm schon immer suspekt gewesen, wen Ernst von Gossewitz so alles zu seinem Bekanntenkreis zählte. Aber solange ihnen die Beziehungen dienlich waren und niemand nachhakte … Leif würde die Angelegenheit schon stillschweigend über die Bühne bringen. Dann musste Conni eben Blanck verhören. Hatte sie in einem Mordfall genügend Routine? Rörupp war für eine solche Befragung jedenfalls völlig ungeeignet. Eine unüberlegte Antwort eines Verdächtigen, und er drehte schon mal durch. Mit Schaudern erinnerte sich Gero an dessen erstes Verhör. Wenn er nicht zufällig noch in der Dienststelle gewesen wäre, dann hätte Matthias sich mit seinen Befragungsmethoden womöglich selbst aus dem Polizeidienst katapultiert.

Er nahm sich vor, mit Conni vor Dienstschluss noch ein paar Takte zu reden. Zumindest wollte er sie ein wenig auf Blanck vorbereiten, schließlich hatte er sich auch selbst von Pupille täuschen lassen.

Als er wieder alleine in seinem Büro saß, nahm sich Gero die Akte Möller zum vierten Mal vor. Irgendwo musste es einen Hinweis geben, den er bislang übersehen hatte. Der Lebensabschnitt, der für Gero von besonderem Interesse war, betraf Möllers Zeit in Aachen. Er hatte bereits zwei Ärzte am dortigen Klinikum ausgemacht, die sich noch an ihren Kollegen erinnerten und dabei vor allem Möllers ehrenamtlichem Engagement Respekt zollten. Anscheinend war Möller bereits in Aachen als bekennender Schwuler aufgetreten, zumindest hatte er aus seiner Veranlagung den Kollegen gegenüber keinen Hehl gemacht. Ganz im Gegenteil. Er war Wortführer einer der ersten Kampagnen zur Aufklärung über Aids gewesen, war Gründungsmitglied der Organisation Schwule Ärzte gegen Aids, hatte Selbsthilfegruppen betreut, seelischen Beistand geleistet und unentgeltlich Wochenenddienste und Nachtschichten in Hospizen und karitativen Einrichtungen geschoben.

Bis weit in die neunziger Jahre gab es anscheinend keinen Kongress zum Thema Aids, den Möller nicht besucht hatte. Interessanterweise auch im Osten der Republik. Anscheinend war der Eiserne Vorhang beim Thema Aids für Ärzte schon recht porös gewesen. Inoffiziell, versteht sich, denn von staatlicher Seite wurde die Existenz von Aids in der DDR zu der Zeit noch geleugnet. Also hatte man die Kongresse offiziell unter einem ganz anderen Thema abgehalten, wobei sich ein eingeweihter Kreis von Ärzten dann in einem so genannten Zirkel austauschen konnte. Das hatte Gero ebenfalls von einem der Ärzte aus Aachen in Erfahrung bringen können, der auch an diesen von Kollegen aus der Berliner Charité organisierten Kongressen teilgenommen hatte. Der Arzt berichtete weiter, dass die entsprechenden Veranstaltungen damals immer von der so genannten Gruppe Fachärzte BSO organisiert worden waren, wobei nur Eingeweihte wussten, dass BSO nicht wie angegeben Berlin Süd-Ost bedeutet hatte, sondern für «Berlins schwuler Osten» stand.

Diese Veranstaltungen in Ost-Berlin waren bislang der einzige Hinweis auf etwaige Kontakte von Möller in die DDR, aber Gero konnte beim besten Willen keine Berührungspunkte zum Fall Benecke feststellen. Das Leben von Möller war gekennzeichnet von seinem Engagement zur Aufklärung von Aids. Nirgendwo war ein Anhaltspunkt zum Thema Fluchthilfe zu erkennen. Möller hatte auch keine Verwandten im Osten gehabt. Weder Willy Benecke noch dessen Sohn waren schwul gewesen, und Dr. Edgar Möller hatte nach Angaben von Malte Herzog bestimmt niemals ein Gewehr in der Hand gehalten, geschweige denn an einer Großwildjagd teilgenommen.

Wie Gero es auch drehte, es passte rein gar nichts zusammen. Auch ein Anruf bei der Verwaltung der Berliner Universitäten brachte ihn nicht viel weiter. Es war erstaunlich genug, dass die Leitung um diese Uhrzeit überhaupt noch besetzt war, aber im Archiv der medizinischen Fakultäten, zu dem man ihn bezüglich seiner Anfrage durchgestellt hatte, nahm niemand mehr den Hörer ab. Auch Google half ausnahmsweise nicht weiter. Zum Begriff BSO spuckte die Suchmaschine unendlich viele Seiten mit themenfremden Links aus, und unter *Berlins schwuler Osten* und ähnlichen Kombinationen landete Gero nur auf homoerotischen Sexseiten im Netz. Er schrieb eine Notiz mit den entsprechenden Durchwahlen und legte den Zettel zuoberst auf seinen Schreibtisch. Es musste herauszubekommen sein, welche Namen hinter dem Pseudonym Fachärzte BSO gestanden hatten. Im Notfall musste Gero eben die gesamten Belegschaftslisten der Charité für die entsprechenden Jahre durchforsten. Gleich morgen früh würde er sich der Sache annehmen.

Aber vielleicht war das nach Connis Termin bei Alfons Blanck auch gar nicht mehr nötig.

Alte Freunde Conni tastete nach ihrem Schulterholster und überlegte, ob sie etwas vergessen hatte. Dann kontrollierte sie zum dritten Mal die Uhrzeit. Es blieben noch genau vier Minuten. Früher hätte sie in einer solchen Situation schon eine halbe Packung Zigaretten hinter sich gehabt. Sie wunderte sich selber, dass sie noch nicht rückfällig geworden war. Anlässe dazu hatte es nun wahrlich genug gegeben. Es störte sie nicht einmal, dass Matthias Rörupp neben ihr bereits zwei Zigaretten geraucht hatte. Conni gab Peter Schweim durch die Windschutzscheibe ein Zeichen, dann startete sie den Motor. Eskortiert von den zwei Fahrzeugen der Spurensicherung, fuhr sie die Auffahrt zur Villa von Alfons Blanck hoch. Da Conni noch nicht abschätzen konnte, inwieweit sie von ihrem Durchsuchungsrecht des Hauses Gebrauch machen mussten, hatten sie verabredet, dass sich das Trüffelschwein mit seinen Leuten erst mal im Hintergrund halten sollte. Ein Überfall mit der gesamten Mannschaft führte erfahrungsgemäß dazu, dass sich das Entgegenkommen und die Redseligkeit der betreffenden Person Richtung null bewegten, was Conni auf jeden Fall vermeiden wollte. Falls Blanck keine Angaben zur Sache machen wollte und die Befragung bis zum Eintreffen seines Rechtsanwaltes hinausgezögert werden sollte, würden sie unmittelbar mit der Durchsuchung des Hauses beginnen.

«Doktor Blanck?» Eigentlich war die Frage unnötig und eine reine Formalität. Der Mann, der die Tür geöffnet hatte, entsprach genau Geros Beschreibung. Blanck wirkte deutlich jünger als 64. Conni hätte ihn höchstens auf Mitte fünfzig geschätzt. «Kriminalpolizei Ratzeburg. Mein Name ist Sonntag, und das ist mein Kollege Rörupp.»

«Ja?»

«Wir hätten ein paar Fragen an Sie. Dürfen wir eintreten?»

Blanck wirkte ehrlich überrascht. Erstaunt hob er die buschigen Augenbrauen, und auf seiner Stirn zeichneten sich mehrere tiefe Falten ab. «Aber natürlich, kommen Sie herein.» Blanck trat einen Schritt zur Seite und machte eine auffordernde Handbewegung. «Worum geht es denn, wenn ich fragen darf?» Er machte genau den höflichen und zuvorkommenden Eindruck, den Gero geschildert hatte. Niemand, der Blanck gegenüberstand, wäre auf die Idee gekommen, dass sich hinter seiner liebenswürdigen Erscheinung ein anderer Charakter verbergen könnte. Seine Augen blickten freundlich, die Bewegungen waren ruhig und wirkten überlegt, und seine Stimme hatte ein angenehmes und beruhigend warmes Timbre. Gero hatte Recht gehabt. Der Mann versteckte sich hinter einer perfekten Maske. Conni verfolgte konzentriert jede Bewegung von Blanck. Wenn sie hier einem Mörder gegenüberstand, musste sie auf der Hut sein.

Als sie in der Mitte der großen Eingangshalle angekommen waren, reichte sie Blanck ein Foto von Benecke. «Ist Ihnen dieser Mann bekannt?» Aufmerksam beobachtete sie Blancks Gesichtszüge.

Er betrachtete das Bild mit ausgestrecktem Arm und kniff währenddessen die Augen zusammen wie jemand, der für diese Entfernung normalerweise eine Lesebrille benötigte. Schließlich reichte er Conni das Foto zurück. «Nein, nie gesehen. Wie kommen Sie darauf, dass ich den Mann kennen könnte?»

«Einer Ihrer Patienten vielleicht?», fragte Rörupp.

«Nein, ganz bestimmt nicht.» Blanck schüttelte langsam den Kopf. «Ich würde mich erinnern. Was ist mit dem Mann?»

«Sagt Ihnen der Name Benecke etwas?»

Blanck machte ein nachdenkliches Gesicht. «Auf Anhieb nicht», sagte er schließlich. «Also zumindest kenne ich den Namen nicht aus meinem privaten Umfeld. Ich müsste in meine Patientenkartei schauen – vielleicht jemand von früher?»

«Der Mann wurde erschossen», meinte Conni und blickte Blanck direkt in die Augen, aber außer erneuter Überraschung verriet sein Blick nichts. Nicht einmal Betroffenheit. «In seinem Nachlass fanden wir dieses Foto.» Sie reichte Blanck das Bild, von dem sie wusste, dass er im Besitz desselben war, und gab sich Mühe, sich nicht zu versprechen und zu viel zu verraten. «Auf der Rückseite ist Ihr Name notiert.»

Alfons Blanck blickte verdutzt auf das Foto. «Das ist ja seltsam», murmelte er mehr zu sich selbst. «Vor einiger Zeit rief mich jemand an …» Er drehte das Foto um und betrachtete die Rückseite. «Ich habe meine Lesebrille nicht hier.» Er deutete auf eine Tür, vor der eine riesige ausgestopfte Antilope stand. «Wenn Sie gestatten? Gehen wir doch ins Kaminzimmer.»

Conni und Rörupp folgten Blanck. Gero hatte nicht übertrieben, als er Blancks Trophäensammlung beschrieben hatte – es war das reinste Gruselkabinett. Conni musste sich Mühe geben, den Blick auf Blanck gerichtet zu lassen.

«Wie war noch der Name des Mannes?», fragte Blanck, nachdem sie eingetreten waren.

«Benecke, Peter Benecke!», antwortete Rörupp, während er sich erstaunt umblickte. «Haben Sie das alles geschossen?»

Blanck nickte. «Ja, das war einmal eine große Leidenschaft von mir.» Er rieb sich die Augen. «Benecke», wiederholte er. «Ja, das ist durchaus möglich, dass der Mann so hieß. Ich kann mich nicht mehr genau erinnern. Es ist auch möglich, dass er seinen Namen überhaupt nicht erwähnt hat. Er rief mich an und ...» Blanck deutete auf die Sitzgruppe in der Mitte des Raumes. «Setzen wir uns doch bitte, ja? Kann ich Ihnen etwas zu trinken anbieten?» Er nahm eine Brille vom Tisch, setzte sie auf und betrachtete das Foto erneut.

«Nein danke», meinte Conni höflich und blieb demonstrativ vor dem Kamin stehen. Rörupp schaute sich derweil weiter im Raum um. Sie konnte nur hoffen, dass Matthias dem Foto, das hier irgendwo zwischen den anderen Bildern an der Wand hängen musste, nicht zu nahe kam. Es war entscheidend, ob Blanck es ihnen von sich aus zeigen würde.

«Man hat Sie angerufen?»

Als wenn er Connis Gedanken gelesen hätte, ging Alfons Blanck quer durch den Raum und nahm ein Bild von der Wand. «Schauen Sie hier ...» Er kam mit dem Bild in der Hand zu Conni. «Ich habe das gleiche Foto. Es ist ein Erinnerungsbild von einer Jagd in den Karpaten. Das war … lassen Sie mich überlegen …»

«Sonderbar.» Conni verglich die beiden Bilder, von denen sie wusste, dass sie identisch waren, und gab sich Mühe, ein verdutztes Gesicht zu machen.

«Ich bin auch auf dem Foto, aber Sie werden mich nicht erkennen. Damals trug ich noch Vollbart und war um einiges korpulenter als heute. Ich bin der vorne links.» Blanck tippte auf sein Konterfei.

«So, der Reihe nach», meinte Conni und reichte Blanck das gerahmte Bild zurück. «Sie wurden angerufen. Von wem, wissen Sie nicht? Was wollte man denn von Ihnen?»

«Ja, zugegeben, das ist schon ein wenig komisch gewesen. Der Mann war sehr freundlich – ich weiß wirklich nicht mehr, ob er seinen Namen genannt hat. Wenn ja, habe ich ihn jedenfalls vergessen, da er mir nichts sagte. Er war auf der Suche nach jemandem; einem Arzt.»

«Nach einem Arzt? Wann war das?», fragte Rörupp.

«Etwa vor zwei Wochen?» Blanck zuckte mit den Schultern. «Höchstens. Ich weiß es nicht mehr genau.» Man merkte, dass er sich Mühe gab, dem barschen Tonfall von Rörupp gegenüber höflich zu bleiben. «Ich habe ihn gefragt, wie er darauf käme, dass ich ihm helfen könne, woraufhin er mir von einem Foto erzählte, das mich zusammen mit seinem Vater zeigen würde. Das Bild sei vor langer Zeit irgendwo in den Karpaten aufgenommen worden und man erkenne, dass es sich um eine Jagdgesellschaft handeln würde. Mir fiel natürlich sofort dieses Foto ein. Es sind ja fast alles Ärzte darauf …»

«Ärzte?», hakte Conni nach. «Wie kam es überhaupt dazu? Ich meine, eine Bärenjagd in den Karpaten …»

«Ist etwas, das man sich nicht entgehen lassen sollte», vervollständigte Blanck, und seine Augen blitzten für einen Moment auf. «Nicht nur aus Gründen der Gastfreundschaft.» Er blickte Conni an, als suche er nach einem Anhaltspunkt, ob sie sein Interesse an der Großwildjagd vielleicht teilen würde. «Und wir waren ja Gäste. Da hat man uns natürlich auch etwas bieten wollen, etwas Besonderes.»

Wieder konnte Conni das Funkeln in Blancks Augen erkennen. «Ich wusste nicht, dass die Bärenjagd unter Ärzten so verbreitet ist.»

«Nun, bei meinen Kollegen im Ostblock schon.» Blanck lächelte sie freundlich an.

«Der Betonung nach entnehme ich, dass Sie nicht aus dem Osten kommen.»

«Sie haben noch keine Erkundigungen über mich eingeholt? Ja, wie soll ich es ausdrücken? Das Schild an meiner Tür haben Sie sicherlich gelesen. Ich bin in der Fachwelt nicht ganz unbekannt», meinte Blanck bescheiden. «Von daher hatte ich häufiger die Gelegenheit, in die Sowjetunion und andere Ostblockstaaten zu reisen. Zu Zeiten, als das noch nicht für jedermann möglich war», fügte er hinzu. «In der Sowjetunion waren die Augenchirurgen zu der Zeit bereits viel weiter. Es waren also Geschäftsreisen, wie man so schön sagt …»

«In deren Anschluss man dann gemeinsam zur Jagd gegangen ist», folgerte Rörupp. Sein zynischer Tonfall war nicht zu überhören, und es klang so, als wolle er andeuten, dass eine Jagd ungefähr gleichbedeutend mit einem nach erfolgreichem Geschäftsabschluss getätigten Besuch in einem Puff war.

Blanck nickte. «Unter anderem, ja.»

«Können Sie mir die Namen der Ärzte nennen?» Conni deutete auf das Foto, und Rörupp schlug im gleichen Augenblick sein Notizbuch auf.

«Mal sehen, an wen ich mich noch namentlich erinnere.» Blanck beugte sich über das Foto. «Also dort … das sind Dr. Bagonov und sein Kollege Sedkin aus Moskau. Hervorragende Chirurgen. Daneben steht Kurt von Wahringen. Dahinter dann die Berliner. Das waren Schneider und Lemper, der Dritte hieß, glaube ich, Szepowitz oder so ähnlich. Der war eigentlich Pole und kam aus Warschau, arbeitete aber an der Charité. Dann der Kollege aus Prag, das war Dr. Listeck, der sprach fließend Deutsch, daran erinnere ich mich noch. Mehr fallen mir namentlich nicht ein.»

«Haben Sie noch irgendwelche Unterlagen, aus denen die Namen der anderen Ärzte hervorgehen?», fragte Conni.

Blanck schüttelte den Kopf. «Nein, das tut mir Leid. Ich habe auch nicht alle namentlich gekannt. Wir hatten ja so schon genug Probleme, uns zu verständigen. Etwa die Kollegen aus Bulgarien und Rumänien, die sprachen kein Wort Englisch.»

«Und nach welchem Arzt hat sich der Anrufer erkundigt?»

«Der Name hat mir überhaupt nichts gesagt. Deswegen habe ich ihn wohl auch vergessen. Es tut mir Leid, wenn ich Ihnen da nicht weiterhelfen kann.»

Conni nahm das Foto und zeigte auf Willy Benecke. «Und wer war das hier?»

Blanck rückte seine Lesebrille zurecht. «Der kam aus der DDR. Das war der Kontaktmann aus der Volksarmee. Seinen Namen habe ich nicht parat, aber er ist uns sehr behilflich gewesen. Vor allem später, als es darum ging, einigen Ärzten die Ausreise in den Westen zu ermöglichen.»

«Was?» Conni blickte Blanck entgeistert an. «Was haben Sie gesagt?»

«Ja, das ist dann so nebenbei gelaufen», meinte Blanck. «Die gute Tat, wenn Sie so wollen. Das hängen Sie aber bitte nicht an die große Glocke, ja?»

«Sie meinen, Sie haben Ärzten zur Flucht in den Westen verholfen, oder was?»

«Wenn Sie so wollen.» Blanck machte eine lapidare Handbewegung, als hätte es sich bei Fluchthilfe um ein Kavaliersdelikt gehandelt. «Ich selber nicht – das möchte ich ausdrücklich betonen. Aber ich stand ja beruflich mit vielen Ärzten im Austausch, und da wusste ich natürlich auch, wer aus dem Osten wegwollte. Das war ja nicht wie bei uns im Westen, dass man sich als Arzt eine goldene Nase verdienen konnte. Erfolge in Wissenschaft und Forschung wurden vom Staat zwar entsprechend honoriert, und man genoss natürlich ein gewisses Ansehen, aber das war's dann auch. Einigen Kollegen war es eben nicht genug, was die Arbeit an medizinischen Fakultäten einbrachte. Anfänglich ging es nur darum, interessierten Kollegen die Ausreise für den wissenschaftlichen Austausch zu ermöglichen. Medizinische Fortbildung im Westen, wenn Sie so wollen. Die hatten ja meistens Familie und wären nie auf den Gedanken gekommen, für immer im Westen zu bleiben. Denken

Sie an die Sportler der DDR. Die sind doch auch immer lieb und brav von den Olympischen Spielen zurückgekehrt. Meistens zumindest. Na ja, und die wenigen, die rübergemacht haben, die gab's eben auch in der Ärzteschaft. Da haben wir natürlich getan, was in unserer Macht stand.»

«Wir?», fragte Conni.

«Also ich habe natürlich meine Verbindungen ausgespielt, aber nachdem dann offensichtlich geworden war, dass einige Kollegen, für deren Reisen ich mich eingesetzt hatte, nicht in den Osten zurückkehren wollten, hat das dann Kurt von Wahringen in die Hand genommen.»

«Der auch bei der Jagd anwesend war. Sie erwähnten zumindest den Namen.»

Blanck zeigte auf eine Person auf dem Foto. «Ja. Wie er das dann genau angestellt hat, weiß ich nicht. Er hatte da aber gute Beziehungen, wie er sich mir gegenüber einmal ausdrückte. Ist auch ohne mich häufiger im Osten gewesen. Deswegen habe ich den Anrufer ja auch an Kurt von Wahringen verwiesen.»

«Können wir bitte die Adresse von diesem von Wahringen bekommen?»

«Kurt von Wahringen? Aber natürlich. Ich habe eine Telefonnummer.»

Während Rörupp Blanck in dessen Arbeitszimmer begleitete, versuchte Conni, die neuen Erkenntnisse mit der bisherigen Sachlage in Einklang zu bringen. Sie hütete sich davor, Blanck nicht mehr als Tatverdächtigen anzusehen, auch wenn es ihr schwer fiel. Die Schilderungen von Blanck klangen glaubwürdig. Außerdem war der Mann bestimmt nicht so dumm, ihnen eine Geschichte aufzutischen, deren Überprüfung eine Sache von Stunden war. Was hätte er dadurch gewonnen? Fluchtgefahr konnte bei einer so prominenten Person wohl ausgeschlossen werden. Aber solange sie diesen von Wahringen nicht zur Sache verhört hatten ... Conni ordnete ihre Gedanken. Sie zwang sich dazu, ihre persönliche Einschätzung in den Hintergrund zu drängen.

Benecke hatte also bei Blanck angerufen; davon konnte man ausgehen. Blanck wusste nicht, dass der Anrufer der Sohn von Willy Benecke war. Zumindest behauptete er das. Er hatte gedacht, er sei der Sohn eines der Ärzte auf dem Foto. Wenn dieser von Wahringen mit Hilfe von Willy Benecke Fluchthilfe betrieben hatte, und das lag nach der Schilderung von Blanck und dem, was sie über Benecke wussten, auf der Hand, dann hatte Peter Benecke vielleicht von Wahringen für den Tod seines Vaters verantwortlich gemacht. Oder er war davon ausgegangen, dass von Wahringen etwas über den Verbleib seines Vaters wusste. Oder er wollte von Wahringen erpressen. Benecke hatte von sehr viel Geld gesprochen. Aber wie auch immer sie es drehte, Peter Benecke fiel bei allen Varianten die Täter- und nicht die Opferrolle zu.

«Eine Adresse haben Sie nicht?», fragte Conni, als Matthias Rörupp ihr den Zettel mit zwei Telefonnummern gereicht hatte.

«Es tut mir Leid», antwortete Blanck. «Ich habe schon seit vielen Jahren keinen Kontakt mehr. Früher wohnte er in Aumühle. Die genaue Anschrift konnte ich auf die Schnelle nicht finden, und er steht mit Sicherheit nicht im örtlichen Verzeichnis. Aber seine Tochter kann Ihnen da Auskunft geben. Das ist die zweite Telefonnummer.»

«Könnte hinkommen mit Aumühle», meinte Rörupp, nachdem er einen Blick auf die Anfangsziffern der Nummer geworfen hatte.»

«Gut», meinte Conni. «Belassen wir's dabei. Das finden wir schnell heraus.» Es war an der Zeit, mit der förmlichen Befragung eines Tatverdächtigen zu beginnen. Sie machte ein ernstes Gesicht und ging einen Schritt auf Blanck zu.

«Herr Blanck. Wie Sie wissen, ermitteln wir in einem Tötungsdelikt.» Sie schaute sich demonstrativ im Raum um. «Peter Benecke – das ist der Tote – wurde mit einer großkalibrigen Jagdwaffe erschossen. Auf einem Hochsitz. Ich muss Sie fragen, was Sie am vorletzten Sonntag in der Zeit zwischen sechs Uhr abends und Mitternacht gemacht haben.»

«Ich gelte also als tatverdächtig?» Blanck blickte zu Boden und lächelte eingebildet. Dann schüttelte er ungläubig den Kopf und fixierte Conni, wobei er eine Augenbraue skeptisch in die Höhe zog. «Sonntags am Nachmittag bin ich immer im Club. Das ist der Krugstädter Tennis-, Hockey- und Golfclub.»

Conni konnte sich ein wissendes Nicken gerade noch verkneifen und notierte den Namen.

«Wir hatten ein Hockeyspiel. Ich spiele dort in der Altherrenmannschaft. Das sind die *Leeren Krüge*, falls Sie es überprüfen wollen. Das Spiel endete um sechs Uhr abends, dann haben wir bis etwa neun Uhr mit der gegnerischen Mannschaft im Clubhaus gesessen. Danach bin ich, wie jeden Sonntag, nach Hause gegangen. Ich werde so gegen halb zehn hier gewesen sein. Am besten fragen sie Schwester Gertrud. Das ist die Krankenschwester, die meine kranke Frau während meiner Abwesenheit betreut. Meine Frau ist bettlägerig.»

Conni verzichtete darauf, Blanck nach den verbleibenden zweieinhalb Stunden zu fragen. «Was für ein Auto fahren Sie?»

Blanck lächelte sie spitzbübisch an. «Dank Ihrer Kollegen bin ich vorübergehend Fußgänger und Fahrradfahrer.»

«Aber Sie besitzen einen Wagen», folgerte Rörupp.

«Einen Mercedes. Steht unten in der Garage.» Blanck deutete zur Tür.

«Besitzen Sie noch ein weiteres Auto?»

«Nein.» Blanck verschränkte die Arme vor der Brust und schüttelte den Kopf.

«Wie Sie ja sagten und wie auch unschwer zu erkennen ist», Conni blickte sich abermals im Raum um, «sind Sie leidenschaftlicher Großwildjäger. Ich muss Sie nach Ihren Waffen fragen.»

«Die befinden sich im Keller. Ordnungsgemäß verschlossen. Und seit ungefähr zehn Jahren nicht mehr benutzt», fügte Blanck selbstsicher hinzu.

«Befinden sich darunter Waffen, mit denen ein Kaliber .458 verschossen werden kann?»

Blanck nickte. «Mit Sicherheit.»

«Schweim?», fragte Rörupp zu Conni gewandt.

Conni nickte, auch wenn sie das Gefühl nicht loswurde, dass Blanck ihnen bei allen Angaben die Wahrheit gesagt hatte. Sie zog den Durchsuchungsbescheid aus der Jacke.

Geheimnisverrat Als sich Leif erneut auf den Weg nach Schleswig machte, war es kurz nach elf. Sie hatten sich für zwei Uhr auf dem Gestüt verabredet. Ernst von Gossewitz hatte besorgt geklungen, als er Leif vor einer halben Stunde angerufen hatte, um ihm mitzuteilen, es wäre entgegen ihrem ursprünglichen Vorhaben besser, nicht am Telefon über die Angelegenheit zu sprechen. Wenn sein Schwiegervater so etwas von sich aus vorschlug, dann hatte das seinen Grund. Leif hatte ihn gestern Abend von der Dienststelle aus angerufen und gefragt, ob er noch über Kontakte zum BND verfügen würde. Ernst von Gossewitz hatte sofort eingewilligt, als Leif ihm das Problem dargelegt hatte. Bereits nach einer halben Stunde hatte er sich zurückgemeldet und erklärt, er würde sich heute Morgen mit jemandem von früher treffen; einem guten Freund, wie sein Schwiegervater es ausgedrückt hatte. Die Informationen, die er von diesem Freund erhalten hatte, mussten äußerst brisant sein, sonst hätte er sich nicht noch einmal gemeldet und das Treffen vorgeschlagen. Leif konnte es kaum erwarten, zu erfahren, wer sich hinter dem Namen «Imperator» versteckte. Die ganze Fahrt über spekulierte er, ob es sich dabei möglicherweise um einen Prominenten, vielleicht sogar Politiker, handeln könne. Immerhin hatte es kurz vor dem Fall der Mauer eine Affäre um einen hoch gestellten Politiker des Landes gegeben, der kurz darauf unter mysteriösen Umständen ums Leben gekommen war.

Ernst von Gossewitz empfing Leif in einem knielangen Barbour vor der Haustür und schlug vor, man könne doch einen Spaziergang machen. Leif überlegte kurz, ob sein Schwiegervater etwa annahm, dass man ihn abhörte, fand diese Vorstellung dann aber doch zu absurd.

«Wie seid ihr denn auf den ‹Imperator› gestoßen?», fragte Ernst von Gossewitz endlich, nachdem sie eine Weile schweigend nebeneinanderher gegangen waren.

«Ich habe dir doch erzählt, dass wir in einer Sache ermitteln, bei der es höchstwahrscheinlich um Fluchthilfe geht. Im Nachlass eines ehemaligen Stasi-Offiziers – des Vaters des Toten – taucht der Name ‹Imperator› auf. – Mach es nicht so spannend», meinte Leif schließlich. «Wer ist der Imperator, und weshalb interessiert sich der Bundesnachrichtendienst für die Sache?»

Ernst von Gossewitz blieb einen Augenblick stehen und stützte sich auf einen gedrehten Spazierstock. «Es geht um Waffenproduktion, Spionage, Verrat von Militärgeheimnissen – alles Dinge, aus denen ihr euch tunlichst raushalten solltet!»

«Wenn sie im direkten Zusammenhang mit einem Mord stehen, den wir bearbeiten, dann wird das nicht möglich sein», entgegnete Leif.

Ernst von Gossewitz schürzte die Lippen und ging weiter. «Um Fluchthilfe, sagtest du? Hm, könnte mir vorstellen, dass Kurt von Wahringen da auch mitgemischt hat.»

«Ist das der Imperator?», fragte Leif.

Ernst von Gossewitz nickte. «Ich kenne ihn sogar persönlich», meinte er und warf Leif einen viel sagenden Blick zu. «Nicht, dass du es falsch verstehst! Ich bin ihm ein paarmal begegnet. Seine Familie stammt auch aus Ostpreußen, und er hat jahrelang im Vorsitz von mehreren Vertriebenenorganisationen gesessen. Beruflich habe ich nie etwas mit ihm zu tun gehabt. Sagt dir der Begriff Wahringen-Optik nichts?»

Leif überlegte kurz und schüttelte dann den Kopf.

«Präzisionsoptiken und Zieleinrichtungen», erklärte Ernst von Gossewitz. «Gustav von Wahringen, der Vater von Kurt von Wahringen, war mit seiner Firma im Dritten Reich Hauptlieferant der deutschen Wehrmacht. Vor allem die Marine und die Luftwaffe waren mit von Wahring'schen Zielerfassungsgeräten ausgerüstet. Die Firma wurde nach dem Krieg dann aufgelöst.»

«Dafür wird sich doch aber der BND nicht mehr interessieren.»

«Nicht so ungeduldig, mein Sohn.» Ernst von Gossewitz kratzte sich im Nacken. «Es geht ja noch weiter. Kurt von Wahringen hat die väterliche Firma nämlich in den sechziger Jahren neu aufgebaut. Das technische Knowhow war mit der Demontage ja nicht verloren gegangen. Allerdings war er schlau genug, das nicht unter dem alten Namen zu machen, sondern unter dem Namen seiner Frau, Hannelore Zöllner.»

Leif blieb wie angewurzelt stehen und blickte seinen Schwiegervater entgeistert an. «Kurt von Wahringen ist der Senior der Firma Zöllner AG Lasertechnik?» Jetzt kam langsam Licht in die Sache. Warum hatte er sich nicht schon früher über die Firma informiert! Das Auftreten von Bertram Zöllner war ihnen doch schon bei ihrem Besuch so rätselhaft vorgekommen. Vielleicht hatte er doch seine Finger mit im Spiel gehabt und hatte deswegen gleich seinen Anwalt informiert. Oder ging es noch um etwas anderes? Leif überlegte, ob sie bereits die Flugtickets von Zöllner kontrolliert hatten.

«Der Name sagt dir jetzt etwas?»

«Ja. Bertram Zöllner, der Geschäftsführer der Firma, ist der Pächter des Jagdgrundes, auf dem wir den Toten gefunden haben. Wir haben ihn schon zur Sache verhört, aber er kam als Täter nicht in Frage, da er zum Tatzeitpunkt auf Geschäftsreise war. – Wahrscheinlich», fügte Leif hinzu.

«Das ist der Sohn von Kurt von Wahringen.»

«Eitel, wie man ist, trägt man den Namen der Firma, die man leitet.» Leif war in Gedanken immer noch bei den Flugtickets. Es war unverzeihlich, wenn sie es wirklich vergessen hatten. Hoffentlich hatte Conni daran gedacht. «Und was hat das Ganze nun mit dem Bundesnachrichtendienst zu tun?», fragte er.

«Zuerst hat die Zöllner AG nur Mikroskope und Optiken für wissenschaftliche Zwecke gefertigt», erklärte Ernst von Gossewitz. «Aber nach und nach erinnerte man sich dann wohl der eigenen Firmentradition. Nachdem man bereits in den Siebzigern in die Laserproduktion eingestiegen war, kamen kurz danach erste Aufträge vom Militär. Natürlich unter Geheimhaltung.»

«Wieder Zielortung – nur diesmal Hightech?»

Ernst von Gossewitz nickte. «So ist es. Als nach dem Zusammenbruch der DDR dann einige russische MIGs aus dem Kontingent der NVA in den Besitz der deutschen Luftwaffe gelangten, war man doch sehr erstaunt, dass die Zielerfassungseinrichtungen exakt dem gleichen Bauplan der Anlagen im Tornado der NATO entsprachen.»

«Da brauchte man nur eins und eins zusammenzuzählen …»

«So ist es. Das BKA ist seit einigen Jahren an der Sache

dran und ermittelt gegen die Zöllner AG wegen Wirtschaftskriminalität und Geheimnisverrat. Man hat allerdings bislang keine Beweise gefunden. Es ist genauso gut denkbar, dass man durch klassische Spionage an die Technik gelangt ist. Deswegen auch die enge Zusammenarbeit mit dem BND.»

«Und deswegen auch der Anwalt», murmelte Leif mehr zu sich selbst. Bertram Zöllner hatte mit etwas ganz anderem gerechnet. «Und die Akte ‹Imperator›?», fragte er. «Geht aus der Akte hervor, dass Kurt von Wahringen Kontakte zur Stasi hatte?»

«Darauf hat sich Kurt von Wahringen in der Sache bislang sogar berufen. Angeblich hatten seine häufigen Aufenthalte im Osten, weswegen er möglicherweise von der Stasi beobachtet wurde, aber einen ganz anderen Grund. Er hat zumindest angegeben, dass die Zöllner AG in den betreffenden Jahren an der Entwicklung chirurgischer Laserskalpelle gearbeitet hat. Da diese medizinischen Laser vor allem in der Augenchirurgie eingesetzt würden, war es nach seinen Angaben unumgänglich, dass er sich mit den damals führenden Medizinern – und die gab es zu der Zeit wohl in Russland – austauschen musste. Alle dafür nötigen Anträge sind von der Zöllner AG korrekt gestellt worden und wurden von den entsprechenden Prüfstellen der zuständigen Bundesämter ohne Bedenken abgesegnet. Das ist alles, was ich in Erfahrung bringen konnte.»

«Nicht wenig.» Leif lächelte seinen Schwiegervater an. «Ich danke dir! Wie schätzt du Kurt von Wahringen ein? Du sagtest, du bist ihm ein paarmal begegnet. Würdest du ihm zutrauen, dass er die Anlagen zweimal verkauft hat? Einmal an die Bundeswehr und dann an den Ostblock?»

«Schwierig zu sagen», meinte Ernst von Gossewitz. «Ich kenne ihn ja nicht wirklich, also nicht näher. Ich weiß auch nicht, wie es seiner Firma damals gegangen ist, ob er vielleicht in Geldschwierigkeiten gesteckt hat …»

«Vielleicht ist man auch an ihn herangetreten und hat ihn unter Druck gesetzt? Denkbar wäre es schon. Wir wissen ja inzwischen, mit welchen Methoden die Stasi gearbeitet hat.»

«Wenn er so etwas wirklich getan hat, dann kann ich mir nur vorstellen, dass er es nicht aus Überzeugung gemacht hat, sondern eine Gegenleistung dafür erhalten hat. Entweder Geld oder vielleicht ein Entgegenkommen, was die Entwicklung und den Handel mit seinen medizinischen Anlagen betraf. Außerdem muss er sich auf der sicheren Seite gefühlt haben, denn der Fall der Mauer konnte zu dem Zeitpunkt auch für einen Insider noch nicht absehbar gewesen sein.» Ernst von Gossewitz war stehen geblieben und deutete an, dass es an der Zeit war, den Heimweg anzutreten.

Die gesamte Rückfahrt dachte Leif darüber nach, wie alle Informationen zu einem sinnvollen Ganzen zusammenzubringen waren. In welche Richtung sie ihre Recherchen auch ausdehnten, es tauchten immer wieder völlig neue Aspekte auf. Mit Waffenhandel hätte er den Fall bislang jedenfalls nicht in Zusammenhang gebracht. Er versuchte, sich an den Wortlaut der Notiz in Beneckes Nachlass zu erinnern. Der Imperator sei seinen Verpflichtungen nachgekommen, hatte dort gestanden. Kurt von Wahringen hatte für etwas bezahlt, das unter Devisen verbucht werden konnte. Wohlgemerkt bezahlt, nicht erhalten. Das passte nicht zu den neuesten Informationen. Wofür nur hatte er gezahlt? Jedenfalls konnte Willy Benecke nicht der Kontaktmann von Kurt von Wahringen gewesen sein. Der Notiz entsprechend war das dieser Günter Buchholz gewesen, der sich umgebracht hatte. Leif blickte zur Uhr. Es war halb fünf. Die Haussuchung bei diesem Blanck, soweit es überhaupt dazu gekommen war, musste längst beendet sein. Er wählte Connis Nummer. Bei Blanck fiel ihm Kurt von Wahringen ein. Alfons Blanck war Augenarzt. Eine Koryphäe sogar. Zumindest das passte. Es lag ziemlich nahe, dass Blanck zusammen mit Kurt von Wahringen im Ostblock gemeinsamen Interessen nachgegangen war. Connis Stimme klang aufgeregt.

Der Imperator Gero hatte schon in den Startlöchern gesteckt, als der Anruf von Jörg Bude kam, und er hatte für einen Moment überlegt, ob er nicht doch besser einen Umweg über die Polizeiwache machen sollte, sich dann aber doch anders entschlossen. Es war eh schon spät genug. Wie Jörg gesagt hatte, war alles ziemlich eindeutig, und das Vernehmungsprotokoll würde spätestens heute Mittag auf Geros Schreibtisch liegen. Benecke hatte sich also von einem Taxi zum Tatort fahren lassen. Der Taxifahrer hatte Peter Benecke auf dem Foto sofort wiedererkannt. Er erinnerte sich deswegen so genau, weil das Fahrziel so ungewöhnlich gewesen war. Benecke hatte eine Bushaltestelle als Ziel angegeben. Und diese Bushaltestelle lag genau an der Landstraße gegenüber dem Feldweg, der zum Hochsitz führte. Die Funkzentrale des Taxifahrers hatte den Auftrag drei Minuten nach halb sieben vermittelt. Es sah also ganz danach aus, als wenn Benecke sich vor Ort mit seinem Mörder verabredet hatte.

Die Fahrt nach Aumühle dauerte länger als erwartet. Gero hatte eine Dreiviertelstunde Fahrzeit einkalkuliert, und jetzt blieben ihm noch knapp zwanzig Minuten. Nervös blickte er zur Uhr, als es wieder nur drei Autos in der Schlange vor ihm über die Ampel schafften. Wenn das so weiterging, brauchte er noch vier Grünphasen, um über die verdammte Brücke in Schwarzenbek zu kommen. Wer auch immer diese Umgehungsstraße geplant hatte, konnte von praxisgerechtem Verkehrsfluss nicht viel Ahnung gehabt haben. Das Ganze glich einem Schildbürgerstreich des in der Nachbarstadt Mölln beheimateten Eulenspiegels, vor allem, weil jedermann inzwischen wieder durch die Stadt fuhr, um Zeit zu sparen. Nervös trommelten Geros Finger auf dem Lenkrad. Zumindest die Ampelphasen hätte man dem veränderten Verkehrsaufkommen inzwischen anpassen können. Es war einer dieser Momente, wo Gero sich einen Automatikwagen wünschte. Vor allem, weil ihm bei jedem Tritt auf die Kupplung der geschwollene Knöchel schmerzte, den er sich gestern Abend beim Hockey zugezogen hatte. Nur für eine Sekunde hatte er den Ball nicht im Auge gehabt, und schon war es geschehen. Bislang war er von Verletzungen verschont geblieben, aber der gestrige Abend hatte die Statistik nicht nur für ihn ungünstig verschoben. Erst hatte es Holle erwischt, der sich schon beim

Aufwärmen den Oberschenkel gezerrt hatte und gleich wieder nach Hause gehumpelt war, dann waren Stecher und Jürgen im Schusskreis mit den Köpfen zusammengerasselt, und zuletzt hatte Bohrer ihm ein volles Pfund auf den Knöchel serviert.

Eigentlich war es gestern so oder so idiotisch gewesen, noch zum Training zu fahren, vor allem, weil sie gleich für heute Morgen den Besuch bei von Wahringen angesetzt hatten. Der gestrige Tag war aufregend gewesen, und Gero hatte sich aufgrund der vielen neuen Erkenntnisse und Informationen, die Conni und Leif in Erfahrung gebracht hatten, gar nicht richtig aufs Spiel konzentrieren können. Am liebsten wäre es ihm gewesen, sie hätten Kurt von Wahringen noch gestern Abend einen Besuch abgestattet, aber Leif hatte gemeint, dass sie es genauso ruhig und überlegt wie bei Alfons Blanck angehen sollten. So hatten sie sich also für neun Uhr mit Schweim und dessen Leuten bei Kurt von Wahringen vor der Tür verabredet. Gero war gar nicht erst in die Dienststelle gefahren, sondern direkt von zu Hause aus aufgebrochen. Er überlegte, ob er Conni und Leif auf dem Handy anrufen sollte, um ihnen mitzuteilen, dass er sich möglicherweise verspäten würde und dass sie schon ohne ihn anfangen sollten. Dann fiel ihm ein, dass er ja den Durchsuchungsbescheid bei sich hatte. Und Gero hatte es im Gefühl, dass dieses Papier heute erforderlicher war als bei Alfons Blanck.

Das Ergebnis der Haussuchung bei Pupille war ernüchternd gewesen. Sie hatten nicht den geringsten Anhaltspunkt dafür gefunden, dass er etwas mit dem Tod von Benecke zu tun hatte. Die Waffen, die sie in seinem Haus fanden, waren tatsächlich seit vielen Jahren unbenutzt. Genau, wie er gesagt hatte. Das hatte das Trüffelschwein mit Kennermiene auf den ersten Blick erkannt. Blancks Alibi für die Tatzeit war auch dicht. Er kam als Täter nicht in Frage. Gero wusste nicht, ob er sich darüber freuen oder ärgern sollte. Seine Meinung über Pupille hatte sich nicht geändert. Conni schien ihn anders zu sehen. Sie war sogar der Meinung, Blanck habe sich ausgesprochen kooperativ verhalten, und sie hätte schon fast ein schlechtes Gewissen gehabt, sein Haus durchwühlen zu lassen. Da hätte sie Pupille mal gestern Abend erleben sollen. Jedem in der Mannschaft hatte er vom gestrigen Vorfall berichtet, und beim anschließenden Umtrunk war es eigentlich um nichts anderes mehr gegangen als um «das blonde Fräulein Kommissarin». Drei Runden hatte Pupille geschmissen. Gero wäre am liebsten im Boden versunken.

Natürlich hatte Connis Befragung von Alfons Blanck gehörig Licht in die Sache gebracht. Vor allem wussten sie nun, dass Peter Benecke höchstwahrscheinlich mit Kurt von Wahringen Kontakt aufgenommen hatte. Was er genau von ihm wollte, darüber konnten sie bislang nur spekulieren. Es war allerdings sehr wahrscheinlich, dass es dabei um Fluchthilfe ging. Auch die Informationen, die Leifs Schwiegervater von seinem geheimen Informanten erhalten hatte, gaben hinsichtlich dieser Frage keine Antwort. Der Rest war natürlich äußerst aufschlussreich. Vor allem die Tatsache, dass Kurt von Wahringen der «Imperator» war. Dass er zudem auch noch der Vater von Bertram Zöllner war – Conni wäre fast vom Stuhl gefallen, als Leif die Neuigkeiten vorgetragen hatte –, klärte zumindest einige Ungereimtheiten. Insbesondere das Verhalten von Zöllner, das Leif und Conni bei ihrer Befragung aufgefallen war. Selbstverständlich hatte Conni Zöllners Tickets überprüft. Sie hatte sogar bei den Fluggesellschaften angefragt, ob Zöllner die Flüge auch tatsächlich angetreten hatte. Damit schied auch Bertram Zöllner als Tatverdächtiger aus. Dennoch hatte er sie wohl angelogen, als sie Zöllner bezüglich der Jagdmunition gefragt hatten. Es war unwahrscheinlich, dass er nicht wusste, mit welchen Waffen sein Vater zur Großwildjagd gegangen war. Und nach Blancks Angaben gehörte ein .458er Kaliber für jemanden, der in afrikanischen Savannen auf die Pirsch ging, quasi zur Grundausrüstung. Zweimal war er mit Kurt von Wahringen gemeinsam dort gewesen. Beide Male Ende der achtziger Jahre.

Auch wenn sie bislang keine Vorstellung über ein mögliches Motiv hatten, alles deutete auf den «Imperator» als Täter hin. Vor allem der Umstand, dass ein großer BMW-Geländewagen auf Kurt von Wahringen zugelassen war, zu dem die Profilabdrücke unter dem Hochsitz passen könnten, hatte den Verdacht erhärtet. In Dassendorf bog Gero in Richtung Friedrichsruh ab. Er blickte zur Uhr. In sechs Minuten würden sie klarer sehen.

Als Gero die vielen Streifenwagen und das Blaulicht vor dem Haus von Kurt von Wahringen sah, ahnte er sofort, dass sie zu spät gekommen waren. Hinter dem Notarztwagen der Hamburger Feuerwehr drängten sich mehrere Schaulustige auf dem Bürgersteig. Nachdem er den Wagen abgestellt hatte, kam ihm Conni kopfschüttelnd und mit hängenden Schultern entgegen.

«Was ist los?», fragte Gero. Aber im Grunde wusste er bereits, was geschehen sein musste.

«Er ist tot», erklärte Conni und hob die Schultern. «Erschossen. Wahrscheinlich heute Nacht.»

«Scheiße!», entfuhr es Gero. «Wir hätten gestern Abend noch fahren sollen.»

«Ich weiß.» Conni nickte. «Aber das konnten wir doch nicht ahnen.»

«Wo ist Leif?»

«Drinnen.» Conni deutete auf das Haus. Es war ein villenartiges Gebäude aus dunkelrotem Backstein mit einem riesigen Walmdach. Die Villa stand auf einem Eckgrundstück, und die zwei Flügel des Gebäudes öffneten sich wie eine Schere zur Straßenkreuzung. Der Eingang des Hauses lag genau im Winkel der Flügel. Zwei Beamte saßen auf der viertelkreisförmigen Eingangstreppe, die von einem muschelförmigen Baldachin überdacht war, und rauchten eine Zigarette. Peter Schweim stand am Gartentor und unterhielt sich mit einem Hamburger Kollegen von der Spurensicherung.

«Komm!» Gero legte Conni auffordernd die Hand auf die Schulter. «Gehen wir rein und schauen, was wir noch machen können.»

Nachdem sie sich die obligatorischen Füßlinge aus weißer Viskose übergestülpt hatten, betraten sie das Haus. Weit brauchten sie nicht zu laufen. Kurt von Wahringen lag ausgestreckt am Rande der Treppenstufen, die zur Eingangshalle hinaufführten. Er trug einen weinroten Hausmantel und lag auf dem Rücken. Sein rechter Arm war verdreht wie bei einer Puppe, der man beim Anziehen versehentlich ein Gelenk ausgekugelt hatte. Seine toten Augen starrten entsetzt zur Decke. Genau in der Mitte seiner Stirn war ein kleines Einschussloch zu sehen. Die grauen Haare waren blutverklebt. Auf dem Boden unter seinem Kopf hatte sich eine handtellergroße Blutlache ihren Weg gebahnt. Große Strahler auf Stativen erhellten die Szenerie, die auf Gero wie immer gespenstisch wirkte. Das lag vor allem an den Kollegen der Spurensicherung, die ganz in weiße Overalls mit Kapuzen gehüllt waren und nahezu lautlos ihre Arbeit verrichteten. Es herrschte so etwas wie Totenstille. Hin und wieder durchzuckte das Blitzlicht des Fotografen die Kulisse.

«Wer leitet die Untersuchungen?», fragte Gero und schob sich mit behutsamen Schritten an dem leblosen Körper vorbei. Conni folgte ihm.

«Oberrat Tripps», entgegnete einer der am Boden knienden Beamten. Er blickte auf. «Gehört ihr zu dem Kollegen aus Lübeck?»

Gero nickte.

«Tripps sitzt zusammen mit eurem Kollegen da hinten rechts im Raum.» Er deutete auf eine Tür am Ende der Halle. Dann senkte er den Blick wieder und suchte den Boden konzentriert nach Spuren ab.

Nicolaus Tripps war Gero noch aus seiner Hamburger Zeit bekannt. Ein erfahrener und netter Kollege, wie er fand. Damals war er Leiter der Polizeidirektion-Ost gewesen. Inzwischen war er also zum Oberrat befördert worden. Viele Jahre konnte er nicht mehr vor sich haben. Als sie das Zimmer betraten, fühlte sich Gero sofort an seinen Besuch bei Alfons Blanck erinnert. Auch hier waren alle Wände mit Jagdtrophäen und alten Waffen voll gehängt. Zwischen Jägern musste es, auch was das häusliche Ambiente betraf, so etwas wie eine Seelenverwandtschaft geben. Gero verspürte abermals Unbehagen. Wie konnte man nur zwischen all diesen toten Tieren leben?

Leif stand zusammen mit Tripps vor einem der Fenster, vor denen schwere Vorhänge aus grünem Samt hingen. «Ich habe schon in groben Zügen erklärt, warum wir hier sind», meinte Leif zu Gero, nachdem man sich begrüßt hatte. «Und dass wir gern übernehmen würden.»

«Hast du die Wissmann schon verständigt?», fragte Gero.

«Ja», bestätigte Leif. «Sie ist dabei, alles in die Wege zu leiten.»

«Ist ja eh euer Hoheitsgebiet», meinte Nicolaus Tripps mit einem Schmunzeln. «Über die Abtrittsgebühr unterhalten wir uns dann später.»

«Wer hat euch überhaupt verständigt?»

«Sein Sohn.»

«Bertram Zöllner? Hat er ihn entdeckt?», fragte Conni.

«Nein. Die Haushälterin hat Kurt von Wahringen heute Morgen entdeckt. Nachdem sie den Notruf gewählt hatte, ist sie rüber zu den Nachbarn. Von dort aus hat sie den Sohn informiert. Der hat sich dann sofort mit uns in Verbindung gesetzt. Er ist auf dem Weg hierher.»

«Was habt ihr sonst noch?», fragte Gero.

«Wie es aussieht, hat er seinem Mörder selbst die Tür geöffnet. Bis jetzt keine Fingerabdrücke. Die Klingel ist sauber. Wahrscheinlich abgewischt. Wir haben Spuren von Zellstoff entdeckt. Der Arzt meint, er ist noch keine zwölf Stunden tot. Schussentfernung aus nächster Nähe. Das ist bis jetzt alles.»

«Habt ihr die Nachbarn schon befragt?»

«Einen Schuss hat keiner gehört», erwiderte Tripps. «Saßen wohl alle vorm Fernseher. Ist 'ne Seniorengegend hier, und gestern lief das Mutantenstadl im Ersten. Da dreht man dann schon mal ein bisschen lauter.» Gero fand, Tripps hatte sich in den letzten Jahren so gut wie nicht verändert, war immer noch höflich und distinguiert, mit einem Hauch von bissigem Humor beseelt, wie er sich häufig bei dienstälteren Kollegen eingenistet hatte.

Peter Schweim steckte den Kopf zur Tür herein. «Sie haben das Projektil», verkündete er und trat ein. «Es steckte im Treppengeländer. Ziemlich sicher ein 9 × 18 PM.»

«Munition für eine Makarov», erklärte Leif zu Conni gewandt.

Conni tippte sich an die Schläfe. «Ich weiß schon, was PM bedeutet.» Sie lächelte Leif an. «Bin ich sozusagen mit groß geworden.»

«Die gibt es inzwischen wie Sand am Meer.» Auch Tripps schien den Tonfall zwischen Leif und Conni bemerkt zu haben. Zumindest warf er Gero einen viel sagenden Blick zu und runzelte dabei fragend die Stirn. Gero selbst hatte sich an Leifs schulmeisterliche Kommentare, die er manchmal spontan von sich gab, längst gewöhnt. Es fiel ihm schon gar nicht mehr auf. Conni schien darauf allerdings allergisch zu reagieren und zog Leif gerne damit auf. Die Art und Weise, wie sie dabei ihre Herkunft als entwaffnendes Argument einzusetzen wusste, war erstaunlich. Ihre Dialoge hatten dabei schon fast etwas Neckisches, zumal Leif, wenn er es bemerkt hatte, das Blut in den Kopf schoss.

«Ich tippe trotzdem auf einen Profi», erklärte Schweim

weiter. «Ich habe mal das Einschussloch betrachtet. Einrisse und Schmauchstreuung auf der Haut sind recht deutlich zu erkennen. Das Bild deutet auf eine Leise hin.»

«Eine leise was?», fragte Leif.

«Die Leise ist die Variante der Makarov mit Schalldämpfer», meinte Conni, ohne in Leifs Richtung zu blicken. «Das Modell PB war auch bei den Leuten vom MfS sehr beliebt.»

Schweim nickte zustimmend. «Du sagst es, Conni. Genaues kann ich aber erst sagen, wenn ich das Ding unterm Mikroskop hatte. Die Deformation ist zu groß, um mit bloßem Auge zu erkennen, ob es sich um Unterschallmunition handelt. Seid ihr euch denn inzwischen einig, wer die Sachen mit nach Hause nehmen darf?»

«Das klären wir gerade», meinte Gero. Er zog den Durchsuchungsbescheid aus der Jacke. «Da sich das offizielle Prozedere noch etwas in die Länge ziehen dürfte, schlage ich vor, wir kümmern uns hier erst mal nur darum, weshalb wir ursprünglich gekommen sind, und lassen die Hamburger Kollegen ihre Arbeit fortsetzen. Die Befragung von Kurt von Wahringen fällt ja nun aus … Also kannst du mit deinen Jungs in aller Ruhe das Haus auf den Kopf stellen. Aber sieh zu, dass ihr euch nicht ins Gehege kommt.» Er reichte Tripps die Verfügung. «Nur der Vollständigkeit halber. Ich hoffe, du hast nichts gegen meinen Vorschlag einzuwenden?»

Nicolaus Tripps nickte zustimmend. «Es ist nicht so, dass ich mich um den Fall reiße. Die Aktenberge auf meinem Schreibtisch stapeln sich so schon, und eine Provision werde ich auch nicht erhalten.» Er wendete sich

Schweim zu. «Dann sollte ich meinen Leuten mal Bescheid geben.»

«Was haltet ihr von der Sache?», fragte Conni, nachdem Tripps das Zimmer verlassen hatte.

«Ich habe kein gutes Gefühl dabei», antwortete Leif.

«Mir geht es genauso», meinte Gero. «Der zeitliche Ablauf der Geschehnisse kann kein Zufall sein.»

«Worauf spielst du an?»

«Gero meint, es ist kein Zufall, dass von Wahringen gerade heute Nacht sterben musste.» Leif blickte Gero ernst an. «Wenn ich dich richtig verstehe, witterst du einen Zusammenhang mit unseren Recherchen? Mir geht es genauso.»

«Ihr meint, jemand wollte verhindern, dass wir Kurt von Wahringen vernehmen?»

«Ich werde das Gefühl jedenfalls nicht los», meinte Gero. «Und wenn Leif das genauso sieht, scheint mein Verdacht wohl nicht ganz unbegründet zu sein. Wir wissen erst seit gestern, dass von Wahringen eine Schlüsselrolle im Fall Benecke einnimmt. Wir haben ihn sogar als möglichen Tatverdächtigen eingestuft, obwohl wir bislang weder ein Motiv kennen noch einen handfesten Beweis dafür in der Tasche haben. In welche Richtung wir unsere Recherchen auch ausgedehnt haben, immer sind wir auf den ‹Imperator› gestoßen. Hier laufen alle Fäden zusammen.»

«Und irgendjemand scheint ein ausgesprochen großes Interesse daran zu haben, dass wir unser Knäuel nicht entwirren», sagte Leif.

«Ich kann nur hoffen, dass Peter hier im Haus ein paar Antworten auf unsere Fragen findet.» Gero rieb sich nachdenklich die Stirn. «Es gibt eigentlich nur zwei Möglichkeiten, warum von Wahringen sterben musste. Entweder er wusste, wer der Mörder von Benecke ist, und der Täter wollte verhindern, dass wir ihn dazu befragen. Das setzt jedoch voraus, dass der Mörder unser heutiges Vorhaben kannte. Wer wusste davon?»

«Blanck natürlich», meinte Conni.

«Der Informant meines Schwiegervaters wird sich auch seinen Reim gemacht haben. Ich weiß natürlich nicht, was Ernst ihm alles von unserem Fall erzählt hat. Und welches ist die andere Möglichkeit?»

«Dass von Wahringen Benecke getötet hat.» Gero blickte erst Conni, dann Leif an. «Wenn ich eure Nachforschungen richtig interpretiere, dann hat Beneckes Vater mit von Wahringen eine gemeinsame Leiche im Keller gehabt. Vielleicht wusste er auch nur davon, dass von Wahringen unsaubere Geschäfte im Osten betrieb. Vielleicht war er sogar der Auftraggeber. Peter Benecke hat das herausgefunden und versucht, von Wahringen damit zu erpressen.»

«Und wer hat dann Kurt von Wahringen getötet?», fragte Conni.

«Jemand, der immer noch Interesse daran hat, dass die Geschichte von damals nicht publik wird.» Leif lächelte Gero wissend an. «Jemand, der weiß, dass so oder so schon Ermittlungen gegen die Zöllner AG laufen. Jemand, für den die Existenz auf dem Spiel steht …»

«Du meinst, sein eigener Sohn?» Conni blickte Leif ungläubig an.

«Denkbar wäre es zumindest.»

«Das Trüffelschwein tippt auf einen Profi», entgegnete Conni.

«Möglich, dass er jemanden beauftragt hat.»

Conni schüttelte energisch den Kopf. «Und was ist, wenn Beneckes Vater doch noch lebt? Wenn Kurt von Wahringen seinen Sohn erschossen hat, dann hätte er doch ein Motiv. Willy Benecke war ein Stasi-Mann. Wenn das Trüffelschwein Recht hat, würde das auch die Waffe erklären.»

«Allerdings wäre dann immer noch die Frage offen, warum Kurt von Wahringen Peter Benecke erschossen hat.»

Peter Schweim kam ins Zimmer. «Vielleicht kommt ihr mal runter!» Seine Stimme klang aufgeregt. Normalerweise war das Trüffelschwein die Ruhe selbst. «Was ich da im Keller gefunden habe … Das müsst ihr euch einfach ansehen!»

«Ich dachte zuerst, von Wahringen hätte sich den Keller als Atombunker umbauen lassen, so dick sind die Türen …» Schweim öffnete eine der kräftigen Eisentüren im Keller. «Und dann habe ich das hier entdeckt!» Er leuchtete mit einer Taschenlampe in den schmalen Raum, der sich wie ein Tunnel durch den gesamten Keller des Hauses ziehen musste. «Ein Schießstand.» Schweim klopfte gegen die Wand. «Vollständig schallisoliert. Und es kommt noch besser.» Er öffnete die Tür zum Nebenraum. «Voilà! Eine ganze Waffensammlung! Jagdwaffen aus zwei Jahrhunderten.»

An den Wänden des großen Raumes hing wirklich eine beeindruckende Waffensammlung. Schweim ging zu einer Werkbank am Ende des Raumes, auf der zwei Gewehre lagen. «Und das Schönste ist …», er tippte mit einer Pinzette gegen eines der Gewehre, auf dem ein gewaltiges Zielfernrohr montiert war, «das hier ist mit ziemlicher Sicherheit die Waffe, mit der Benecke erschossen wurde. Eine Remington Safari!»

«Er war es also», folgerte Leif und begutachtete eine Schachtel mit Patronen, die auf der Werkbank lag. «Kannst du sagen, ob mit der Waffe in letzter Zeit geschossen wurde?»

Schweim schnupperte an der Mündung. «Riecht frisch nach Ballistol. Also gerade mit Waffenöl gereinigt. Ich kann's erst im Labor sagen. Aber ich lege meine Hand dafür ins Feuer …»

«Brauchst du nicht», entgegnete Leif und hielt Schweim eine der Patronen hin.

«.458er Teilmantel von Win.Mag. Wie ich gesagt habe», fügte er mit stolzem Unterton hinzu und lächelte, während er die Spitze begutachtete. «Mit zwei Schnitten eingekerbt. Wie bei dem Geschoss, das Benecke den Kopf in Stücke gerissen hat. Das ist so gut wie eine Unterschrift auf einem Geständnis.» Er reichte Leif die Patrone zurück.

«Gut. So viel wissen wir also.» Gero rieb sich die Augen. «Dann kannst du es dir sparen, Textilproben von allen Kleidungsstücken im Haus zu nehmen. Mehr Beweise brauchen wir eigentlich nicht. Oder müssen wir die Möglichkeit in Betracht ziehen, dass jemand anders mit diesem Gewehr die Tat begangen haben könnte?»

«Ich werde mir zumindest von Wahringens Schuhe noch vornehmen», meinte Peter Schweim. «Danach konzentrieren wir uns auf sein Büro.»

«Warum nur?» Gero blickte Leif und Conni fragend an. «Warum hat er Benecke erschossen? Was wollte Benecke von ihm?»

«Und warum hat er ihn auf dem Jagdgrund seines Sohnes erschossen? War er sich so sicher, dass man ihn nicht verdächtigen würde?»

«So, wie es aussieht, werden wir das wohl nicht mehr in Erfahrung bringen können», meinte Gero. «Aber sicher gefühlt hat er sich bestimmt. Andernfalls wäre er das Risiko nicht eingegangen. Dass sein Sohn ein hundertprozentig dichtes Alibi haben würde, muss ihm klar gewesen sein. Von daher hat vielleicht auch eine Portion Hochmut bei dieser Entscheidung mitgespielt.»

«Vielleicht wollte er die Leiche auch noch beseitigen und ist gestört worden, wer weiß?»

«Konzentrieren wir uns auf Bertram Zöllner», schlug Conni vor. «Er ist doch auf dem Weg hierher.»

Als Bertram Zöllner das Haus betrat, war der Leichnam seines Vaters bereits auf dem Weg in die Gerichtsmedizin. Wie Leif und Conni es vorausgesagt hatten, kam Zöllner in Begleitung von Dr. Gudmund, seinem Anwalt. Ines Wissmann hatte sich noch nicht zurückgemeldet, von daher lag die Leitung offiziell immer noch bei den Hamburger Kollegen. Ein länderübergreifendes Kompetenzgerangel war zwar nicht zu erwarten, aber erfahrungsgemäß konnte durchaus ein Tag verstreichen, bis sich die zuständigen Staatsanwälte geeinigt hatten. Bei einer bereits laufenden Ermittlung war es zwar selbstverständlich, dass der Fall dem bereits ermittelnden Kommissariat übertragen wurde, aber die Bürokratie erwies sich bei der zügigen Umsetzung wie so oft als Hemmschuh. Um das Verfahren und die Ermittlung nicht durch einen Formfehler zu gefährden, war es natürlich notwendig, dass Tripps, obwohl man sich bereits einig war, vor Ort blieb. Dementsprechend hatte er auch Zöllner empfangen und ihm das Geschehene dargelegt. Eine Aufgabe, bei der Gero nie auf die Idee gekommen wäre, sich in den Vordergrund zu drängeln. Die Benachrichtigung vom Tod eines Angehörigen gehörte zu den unangenehmsten Aufgaben eines Polizeibeamten.

Zöllners Gesichtsausdruck war wie versteinert, als Nicolaus Tripps ihn zusammen mit Dr. Gudmund ins Zimmer führte. Der Anwalt zog sogleich ein vorbereitetes Dokument aus seiner schweinsledernen Aktentasche, aus dem hervorging, dass sein Mandant jegliche Aussage zur Sache verweigere. Tripps warf einen flüchtigen Blick auf das Dokument und reichte es an Gero weiter, der es ihm gleichtat.

«Ich möchte Sie dennoch über ein paar Dinge unterrichten», meinte Gero, dem es nach Stand der Dinge und ohne Absprache mit Ines Wissmann nicht ratsam erschien, Bertram Zöllner auf der Stelle in Gewahrsam nehmen zu lassen. Sie hatten nur eine Vermutung – nicht den geringsten Beweis. Auch Gefahr im Verzug hätte er nicht geltend machen können. Wenn Bertram Zöllner tatsächlich seinen Vater erschossen hatte, dann würden sie ihn aufgrund der vorliegenden Indizien und Spuren früher oder später überführen können. Einer Untersuchung auf Schmauchspuren der Haut konnte er sich schließlich nicht widersetzen. Falls es sich jedoch um einen Auftragsmord gehandelt hatte, dann brachte es rein gar nichts, Zöllner hier auf der Stelle festnehmen zu lassen. Da sie keine Beweise in der Hand hielten, wäre er spätestens nach 24 Stunden wieder auf freiem Fuß.

Er schaute Bertram Zöllner in die Augen, aber Zöllner starrte ausweichend ins Leere. «Meine Kollegen kennen Sie bereits?» Gero nahm nicht einmal ein Nicken wahr. «Gut», meinte er. «Es ist Ihr gutes Recht.»

Sein Anwalt nickte selbstherrlich. Gero war nicht entgangen, dass Dr. Gudmund nervös mit den Augen zwinkerte, während er versuchte, mit Zöllner Blickkontakt aufzunehmen. «Uns liegen inzwischen Beweise vor, dass Ihr Vater Peter Benecke erschossen hat. Und zwar auf Ihrem Jagdgrund.» Er wartete einen Augenblick, aber Zöllner verzog immer noch keine Miene. «Außerdem ist uns natürlich bekannt», fuhr Gero fort, «dass das Bundeskriminalamt schon vor geraumer Zeit gegen Ihre Firma, die Zöllner AG, Ermittlungen eingeleitet hat.»

«Ein unbegründeter Vorwurf», erwiderte Dr. Gudmund. «Man hat der Firmenführung nichts, aber auch gar nichts nachweisen können.»

Gero nickte. «Bisher.» Er konnte sich ein wissendes Lächeln nicht verkneifen. «Wahrscheinlich sind wir während unserer Ermittlung im Fall Benecke durch Zufall an Informationen und Dokumente gelangt, die den bisherigen Ermittlungsstand revidieren dürften ...» Er beließ es bei dieser Anspielung. Sollte sich der arrogante Advokat doch selber seinen Reim darauf machen, was demnächst auf ihn zukommen würde.

Zöllner blickte Gero grimmig an. «Ich habe Ihrer Kollegin bereits gesagt, dass mir der Name Benecke überhaupt nichts sagt.»

Dr. Gudmund gab Zöllner mit einem Handzeichen zu verstehen, den Mund zu halten. «Liegt gegen Herrn Zöllner von Ihrer Seite aus irgendetwas vor?», fragte er Tripps.

«Nach unserem derzeitigen Kenntnisstand nicht», antwortete Nicolaus Tripps kühl. Es war nicht zu übersehen, dass ihm die Situation genauso suspekt vorkam wie allen anderen. Es war schon ungewöhnlich, dass der Sohn eines Mordopfers in Begleitung eines Anwalts zum Ort des Geschehens kam, was normalerweise eine Beteiligung am Verbrechen nahe legte. Dass er zudem von seinem Recht Gebrauch machte, keine Angaben zur Sache zu machen, deutete ebenfalls darauf hin, dass die Möglichkeit bestand, sich mit einer Aussage selbst zu belasten.

In diesem Moment klopfte es kurz an der Tür, und unmittelbar darauf betrat eine Frau das Zimmer und ging, scheinbar ohne von den anderen Personen im Raum Notiz zu nehmen, auf Bertram Zöllner zu, der sie sogleich tröstend in den Arm nahm.

«Du weißt schon, was geschehen ist?», fragte er.

«Ja», schluchzte sie und lehnte ihren Kopf an seine Schulter.

«Meine Schwester, Eva Heumann», erklärte Zöllner knapp und strich mit der Hand über den Kopf der Frau.

Der Name durchfuhr Gero wie ein Blitz, und er zuckte unweigerlich zusammen. Schlagartig wurde ihm bewusst, warum ihm der Name von Wahringen die ganze Zeit so bekannt vorgekommen war. Jetzt wusste er auch, woher. Jo hatte ihm gegenüber den Namen erwähnt, als er von Peter Heumann gesprochen hatte. Pete war mit der Tochter von Kurt von Wahringen verheiratet. Es gab eine neuerliche Verbindung zwischen den beiden Fällen. Hunderte von Fragen schossen Gero gleichzeitig durch den Kopf. Er versuchte sich krampfhaft daran zu erinnern, ob gestern Abend, als Alfons Blanck im Club von

Connis Besuch erzählt hatte, auch der Name von Wahringen gefallen war. Pete war jedenfalls bis zum Schluss mit dabei gewesen. Der Krugstädter THGC erschien Gero plötzlich wie ein Sammelbecken all derer, die auf die eine oder andere Weise mit dem Fall Benecke, und jetzt auch mit dem Fall von Wahringen, in Verbindung standen.

«Gero!»

Gero fuhr herum und blickte zur Tür.

Die Verblüffung stand Peter Heumann ins Gesicht geschrieben, als er den Raum betrat. «Was machst du denn hier?»

Verbindungen Eigentlich hatte Conni erwartet, dass Peter Heumann und seine Frau sich ähnlich verhalten würden wie Bertram Zöllner, aber nachdem sie ihnen dargelegt hatte, dass Kurt von Wahringen allem Anschein nach einen Mord begangen hatte, bevor er selber Opfer eines Verbrechens geworden war, und man davon ausgehen musste, dass beide Taten in einem Zusammenhang standen, hatte sich neben dem Entsetzen auf ihren Gesichtern auch Angst ausgebreitet. Angst und Besorgnis um die Sicherheit der eigenen Familie, wie Conni annahm, denn schließlich war der Mörder Kurt von Wahringens noch auf freiem Fuß.

An eine Vernehmung am gleichen Tag war hingegen nicht zu denken gewesen, obwohl sich beide sofort dazu bereit erklärt hatten. Eva Heumann war mit den Nerven völlig am Ende gewesen, sodass Conni von sich aus den Vorschlag gemacht hatte, die Befragung auf den nächsten Tag zu verschieben. So hatte sie auch ein wenig Zeit, sich mit Gero und Leif abzusprechen, denn Gero hatte es aus verständlichen Gründen abgelehnt, die Heumanns zu verhören, nachdem seine Tarnung aufgeflogen war. Dabei hatte Peter Heumann noch nicht einmal Verdacht geschöpft. Er war so besorgt um seine Frau gewesen, dass er die Möglichkeit, dass Geros Anwesenheit kein Zufall war, allem Anschein nach gar nicht in Erwägung gezogen hatte. Ganz im Gegenteil. Er hatte sogar fast dankbar gewirkt, dass jemand vor Ort war, den er persönlich kannte. Von Misstrauen jedenfalls keine Spur.

Conni kam dem Wunsch von Peter Heumann, die Vernehmung aus Rücksicht auf seine Frau in den eigenen vier Wänden durchzuführen, gerne nach. Auch ihr lag ein Gespräch in privater Umgebung mehr als ein Verhör in den sterilen Räumen des Kommissariats. Am späten Vormittag des nächsten Tages fuhr sie gemeinsam mit Paul Dascher zu den Heumanns nach Krugstadt, und noch bevor sie das Grundstück betreten hatten, wurde klar, wie groß die Sorge Heumanns um die Sicherheit der eigenen Familie sein musste. Wohl noch am gestrigen Abend hatte Peter Heumann einen privaten Sicherheitsdienst mit der Überwachung seines Hauses beauftragt.

Nachdem Dascher den Wagen vor der Auffahrt abgestellt hatte, kamen zwei in Phantasieuniformen gekleidete Wachleute im Format der Klitschko-Brüder aus einem VW-Bulli und bauten sich in imponierender Pose vor der Gartenpforte auf. Nachdem sie ihre Dienstausweise gezeigt hatten, gaben die beiden Hünen den Weg zum Haus frei, nicht ohne vorher wichtigtuerisch genickt zu haben, was Dascher mit einem ironischen «Danke, Kollegen» quittierte. Conni ersparte sich jeglichen Kommentar. Auch ihr ging das überhebliche Gehabe von Wachleuten und Bodyguards ziemlich auf die Nerven, vor allem bei denen, die ihre minderen geistigen Fähigkeiten mit physischem Imponiergehabe zu kompensieren suchten. Aber die privaten Sicherheitsdienste hatten sich in letzter Zeit derartig vermehrt, dass man sich auch als staatlicher Ordnungshüter, wollte man sich das Leben nicht unnötig schwer machen, auf die eine oder andere Weise im Umgang mit den Privat-Cops arrangieren musste. Auch wenn die Wachleute natürlich keinen Deut mehr Rechte besaßen als jeder andere Bürger, so kam man erfahrungsgemäß am besten mit ihnen klar, wenn man sie zumindest in dem Glauben beließ, man wäre so etwas wie ein Kollege.

Das Haus der Heumanns war ein moderner Architektenbau, der zur Straße hin vor allem durch viel Holz und Glasflächen gekennzeichnet war. Die Ausdehnung der einzelnen Bauteile konnte man nur erahnen, wenn man die zwei großen Doppelgaragen neben der Auffahrt als Maßstab zugrunde legte. Das Grundstück fiel nach hinten sehr schnell ab, sodass man nicht erkennen konnte, wie weit sich die gestaffelten Dächer dort noch fortsetzten. Peter Heumann hatte die Auffahrt anscheinend beobachtet. Er öffnete ihnen die Tür, bevor sie geklingelt hatten.

«Herr Heumann, sehen Sie sich oder Ihre Familie einer konkreten Gefahr ausgesetzt?», fragte Conni, nachdem Peter Heumann sie aufgefordert hatte, auf einem der modernen Sofas Platz zu nehmen, die im Winkel um einen überdimensionierten Coachtisch angeordnet waren. Sie befanden sich in einem gläsernen Verbindungsbau, an dessen rechter Seite ein ummauerter Atriumhof anschloss. Die Inneneinrichtung des lichtdurchfluteten Raumes war spärlich mit Designermöbeln ausgestattet.

«Sie meinen wegen der Wachleute?» Heumann setzte sich zu ihnen. Er trug die gleichen Sachen wie am Vortag und war unrasiert. «Ich werde kein Risiko eingehen. Die Kinder waren heute auch nicht in der Schule. Solange Sie nicht wissen, warum man meinen Schwiegervater erschossen hat …»

«Auch deswegen sind wir hier, Herr Heumann. Sie haben uns Ihre Hilfe in der Sache zugesagt.»

«Natürlich.» Heumann nickte und erhob sich. «Ich hole meine Frau. Bitte entschuldigen Sie unseren Aufzug. Wir hatten nicht viel Schlaf heute Nacht.»

Das Schlafdefizit war Eva Heumann noch mehr anzusehen als ihrem Mann. Sie wirkte völlig übermüdet. Die dunklen Ränder unter den Augen waren auch unter der dicken Schicht Make-up, die sie aufgelegt hatte, noch deutlich zu erkennen. So zittrig, wie sie sich auf den Beinen hielt, fragte sich Conni, ob sie unter Alkoholeinfluss stand. Ihre Physiognomie ließ erkennen, dass sie regelmäßigem Alkoholgenuss nicht gerade abgeneigt war. Ihr Gesicht wirkte aufgeschwemmt, ihre Haut war auffallend grobporig, und die Nasenflügel waren geweitet.

Bevor Eva Heumann sich setzte, zündete sie sich eine Zigarette an. Conni bekam zum ersten Mal wieder einen richtigen Schmachter. Sie lehnte dankend ab, als ihr Eva Heumann die Schachtel hinhielt.

«Haben Sie irgendeinen Verdacht, wer Ihren Vater umgebracht haben könnte?», fragte Conni.

Eva Heumann schaute fragend ihren Mann an. Es war ein Blick, der nach Hilfe suchte. Wahrscheinlich hatten sie sich diese Frage die ganze Nacht über gestellt. Es war nicht der Blick an einen Verbündeten, mit dem man die Erlaubnis einholen wollte, entgegen einer gemeinsamen Absprache zu antworten, sondern ein Blick voller Hilflosigkeit. Sie zog nervös an der Zigarette, bis sich die Spitze in einen langen, leuchtenden Glutkegel verwandelt hatte. Dann blickte sie zu Conni und schüttelte den Kopf.

«Haben Sie eine Vorstellung davon, warum Ihr Bruder zum Tod Ihres Vaters keine Angaben machen will?», fragte Dascher.

Eva Heumann drückte die Zigarette, die erst bis zur Hälfte abgebrannt war, hastig in einem Aschenbecher aus, dessen Größe an eine Obstschale erinnerte. «Ich kann mir nur vorstellen», meinte sie mit rauer Stimme, «dass er das tut, weil man ihm dazu geraten hat.» Wieder blickte sie ihren Mann an, der bestätigend nickte. «Die Firma war da in so eine Sache verwickelt … Ich habe selbst nichts mit der Firma zu tun», betonte sie entschuldigend. «Ich weiß aber, dass vor einigen Jahren Ermittlungen angestellt wurden. Damals hat mein Vater noch am Ruder gesessen. Er hat mit uns aber nicht über Details gesprochen. Dr. Gudmund hat sich um alles gekümmert. Er gab meinem Vater auch den Ratschlag, die Firmenführung an meinen Bruder abzutreten.»

«Wann war das?», fragte Dascher.

«Das ist ungefähr vier Jahre her», erklärte Peter Heumann. «Als Bertram dich ausgezahlt hat, haben wir das Haus gebaut», erinnerte er seine Frau.

Eva Heumann nickte und zündete sich erneut eine Zigarette an.

«Es würde uns sehr helfen», sagte Conni, «wenn wir uns ein genaueres Bild von Ihrem Vater machen könnten. Was war er für ein Mensch? Wir wissen bereits, dass er sich sehr stark im Osten engagiert hat. Nicht nur für die eigene Firma, sondern auch als Vorsitzender von Vertriebenenorganisationen.»

«Das liegt an seiner Herkunft», erklärte Eva Heumann. «Unsere Familie stammt ursprünglich aus Ostpreußen. Mein Vater hat es der Regierung nie verziehen, dass man die Interessen der aus den Ostgebieten Vertriebenen einfach ignoriert hat. Ostpreußen, Schlesien, Böhmen und Mähren, die ganzen deutschsprachigen Gebiete, gehörten für ihn immer zu Deutschland.» Ihre Mundwinkel zuckten nervös. Dann meinte sie fast verlegen: «Er war da sehr uneinsichtig. Von der offiziellen Ostpolitik hat er sich immer recht deutlich distanziert.»

«Dennoch hat er im Ostblock und mit den dortigen Staaten Geschäfte gemacht», meinte Dascher.

«Das stand für ihn auf einem anderen Papier, wie er sagte.» Eva Heumann lächelte gekünstelt. «Er war ein komischer Mensch – nicht nur, was seine Ansichten betraf, sondern auch bezüglich der Lösung bestimmter Probleme. ‹Das regelt man unter der Hand› war einer seiner Lieblingssprüche.»

«Und er tat das dann auch», ergänzte Peter Heumann. «Wenn sich ihm die Gelegenheit bot, hat er die verrücktesten Sachen gemacht. Er hatte ja immer gute Kontakte. Natürlich hatte er auch finanziell sehr potente Freunde. Die kannte er vor allem aus den Organisationen, deren

Vorsitz er innehatte. Das waren aber keineswegs Leute, die einfach auf Entschädigungen oder dergleichen aus waren.»

«Sondern?»

«Die meisten von denen hatten dort wohl ihre alten Familienbetriebe und konnten es einfach nicht mit ansehen, wie die Anlagen und Produktionsstätten unter dem Sozialismus heruntergewirtschaftet wurden und verwahrlosten. Dem wollte man schon immer Einhalt gebieten, zumal die Investitionsbereitschaft bei vielen ehemaligen Eigentümern immer noch sehr hoch ist. Spätestens nach Öffnung der Grenzen hatte man wohl auch wieder Hoffnung, dass die Politik die Voraussetzungen für solche Unternehmungen schaffen würde.»

Am liebsten hätte Conni geantwortet, dass man an den Flächen in der ehemaligen DDR sehen könne, in welcher Form solche Investitionen dann getätigt würden, aber sie hielt sich zurück. Sie war nicht gekommen, um eine politische Grundsatzdebatte mit den Heumanns zu führen. Die Information, dass Kurt von Wahringen bis zuletzt engen Kontakt mit diversen Organisationen unterhielt, deckte sich weitgehend mit dem, was sie gestern bei einer ersten Durchsicht von seinen Papieren und Akten gefunden hatten. Von Wahringen hatte unter seinem Namen allem Anschein nach sogar mehrere Konten für einige dieser Organisationen eingerichtet, auf die regelmäßig größere Summen eingezahlt wurden. Wer sich hinter den Einzahlern verbarg, würden die Recherchen der nächsten Tage ergeben.

«Wir haben Informationen, dass Ihr Vater möglicherweise auch an Fluchthilfe beteiligt gewesen war?»

«So etwas hat er auch gemacht, ja», bestätigte Eva Heumann.

«Können Sie sich vorstellen, dass er sich damit Feinde gemacht hat?»

«Wie das?» Eva Heumann blickte Conni konsterniert an. «Dabei ist doch niemand zu Schaden gekommen, oder?» Conni fragte sich, ob die Frau nicht genügend Phantasie besaß oder ob sie schlichtweg vergessen hatte, dass die ehemaligen Führungskräfte und Funktionäre der DDR inzwischen über die ganze Republik verteilt waren.

«Sagt Ihnen der Name Benecke etwas?», fragte Dascher.

«Nein, den Namen höre ich das erste Mal.»

«Benecke hieß der Mann, den Ihr Vater mutmaßlich erschossen hat», erklärte Conni. Sie hatte absichtlich die Stimme gesenkt. Auch wenn sie die Heumanns mit dieser Tatsache bereits konfrontiert hatte, so war sich Conni dennoch sicher, dass beide so etwas wie Schmach empfinden mussten. «Dessen Vater, ein gewisser Willy Benecke, wurde in den achtziger Jahren, noch kurz vor dem Zusammenbruch des Systems, wegen Fluchthilfe in der DDR verhaftet. Benecke war ein hoher Offizier im Ministerium für Staatssicherheit. Wir haben Unterlagen, aus denen hervorgeht, dass Benecke damals Kontakt zu Ihrem Vater gehabt hat.»

«Das sieht Kurt ähnlich.» Peter Heumann schlug sich auf den Schenkel und hätte fast angefangen zu lachen.

«Bitte was?», hakte Dascher sofort nach.

«Na, dass er sich mit der Stasi arrangiert hat.» Heumann schüttelte amüsiert den Kopf. «Mensch, Sie kannten Kurt von Wahringen nicht. Entschuldige, Eva», sagte er zu seiner Frau gewandt, «aber es ist doch wahr. Er hat wirklich immer die unmöglichsten Einfälle gehabt. Und dann haben seine Ideen meistens auch noch funktioniert. Ich kann mir gut vorstellen, dass mein Schwiegervater es fertig gebracht hat, selbst die Stasi zu schmieren.» Er lachte auf. «Andere haben Tunnel gegraben und wurden durch den Todesstreifen geschleust, und er hat einfach die Kohle auf den Tisch gelegt. Ja, so war er. Ob Sie's glauben oder nicht, aber das ist seine Handschrift.»

«Er stand dem Ostregime immer sehr kritisch gegenüber», merkte Eva Heumann an.

«Aber er war Kaufmann. Da lernt man, sich zu arrangieren! Er wusste, wie man das macht.»

«Was wissen Sie Genaues über die Fluchthilfe?», fragte Conni.

«Das war so eine fixe Idee», erklärte Eva Heumann. «Er hat mal erwähnt, ein Freund habe ihn gebeten, ein paar Ärzten die Ausreise zu ermöglichen.»

«Alfons war das!», unterbrach sie ihr Mann. «Die Kommissarin hat ihn dazu doch schon befragt. Alfons hat es vorgestern Abend im Club erzählt, dass Sie ihn aufgesucht haben. Das waren Sie doch?»

Conni nickte. «Ja. Alfons Blanck mag zwar der Anstifter gewesen sein, aber er weiß nicht, wie Ihr Vater die Ausreisen bewerkstelligt hat. Dazu wollten wir ihn gestern eigentlich befragen.»

«Was er genau gemacht hat …» Eva Heumann zündete sich erneut eine Zigarette an, obwohl ihre letzte noch am Rand des Aschenbechers vor sich hin glimmte. Sie zog gierig den Rauch ein, und Conni spürte förmlich, wie sich die heiße Luft ihren Weg in die Lungen bahnte. «Also wie er das genau angestellt hat, darüber weiß ich nichts», meinte sie und blies den Rauch aus. «Nur so viel, dass er in Vorkasse getreten ist und sich die gezahlten Gelder für die Fluchthilfe von den betreffenden Ärzten über die Jahre hat zurückzahlen lassen.»

«Bereichert hat er sich dabei sicher nicht», ergänzte Heumann. «So etwas hatte er gar nicht nötig. Ich glaube, es war für ihn mehr das Gefühl, etwas zu tun. So in etwa, wie andere Leute Spendenaufrufen folgen.»

«Ich glaube, es war auch so etwas wie ein Spiel für ihn», ergänzte seine Frau. «Um sich selbst zu beweisen, dass er die Macht hatte, und um andere davon zu überzeugen, dass seine Meinung über das System die richtige war.»

«Über die Art und Weise, wie man die Ärzte herausgeschmuggelt hat, wissen Sie nichts?»

«Nein, aber ich kenne einen Arzt, der aus der DDR geflohen ist. Ich weiß allerdings nicht, ob mein Vater ihm dabei behilflich gewesen ist, aber ich könnte es mir vorstellen.»

Heumann blickte seine Frau verblüfft an. «Meinst du Horst?»

Sie nickte. «Mein Frauenarzt, Dr. Horst Seipel.»

«Aus unserer Hockeymannschaft. Gero … also ich meine, Ihr Kollege Herbst», korrigierte sich Heumann, «der kennt ihn auch.» Dann wandte er sich seiner Frau zu. «Ich wusste zwar, dass Horst ein Ossi ist, aber dass Kurt ihn möglicherweise rübergeholt hat, das ist mir neu. Davon hätte Horst mir bestimmt erzählt. Wie kommst du darauf?»

«Er hat mir gegenüber mal so etwas angedeutet. Wie hat er sich ausgedrückt? Er meinte, es wäre deutlich billiger für ihn gewesen, wenn er sich zwei Jahre später hier niedergelassen hätte, oder so ähnlich … Wenn Sie möchten, kann ich ihn ja mal anrufen.»

Als Conni den Kiosk neben dem Bahnhofsgebäude sah, war sie kurz davor, sich eine Schachtel Marlboro zu kaufen. Es war idiotisch. Seit über einer Woche hatte sie keinen Schmachter mehr gehabt und bereits geglaubt, ihr Körper hätte das Schlimmste überwunden, aber dem war nicht so. Noch lange nicht, wie sie sich eingestehen musste. Bei jeder Zigarette, die sich Eva Heumann angesteckt hatte, hatte sie im Stillen mitgeraucht. Jeder ihrer tiefen Lungenzüge hatte sie plötzlich wieder an das befriedigende Gefühl erinnert, das sofort eintrat, wenn der Rauch die Atemwege betäubte. Die Erinnerung war präsenter denn je. Sie hatte förmlich gespürt, wie das Nikotin in den Körper schoss; gierig aufgesaugt, bis das erlösende Gleichgewicht hergestellt war und den Organismus vorübergehend zur Ruhe gebracht hatte. Vorübergehend – das war das Zauberwort. Hätte sie bei den drei, vier Zigaretten am Abend bleiben können, sie hätte weitergeraucht. Aber dem war nicht so. Der Nikotinpegel im Körper stieg schneller an, als es ihr recht war, und im Nu wäre sie wieder bei einer Schachtel am Tag angelangt. Sie hatte diese Variante der Entwöhnung mehrmals erfolglos ausprobiert. Es war wie verhext.

Conni steckte trotzig die Hände in die Hosentaschen und ging weiter. Dann rief sie in der Dienststelle an, teilte Jörn Lüneburg die Ergebnisse ihrer Befragung mit und ließ sich die Adresse von Horst Seipel geben, da sie die Liste von Geros Mannschaftskameraden nicht bei sich hatte. Dass Seipel hier irgendwo in Krugstadt wohnte, hatte Conni noch in Erinnerung, und wenn nach dem Termin bei Gerrit von Schomburg noch Zeit war, konnte sie das gleich mit erledigen. Gero war mit Leif und Rörupp noch bei von Wahringen im Haus und durchforstete weiterhin dessen Papiere.

Aufgabenverteilung und weiteres Vorgehen waren seit gestern klar umrissen. Gero war zwar der Meinung, es wäre nur eine Frage der Zeit, bis sie den Fall wieder los wären, da man jederzeit damit rechnen müsse, dass das BKA sich der Sache annahm, aber die Wissmann hatte darauf bestanden, dass sie so lange am Ball blieben, bis man von höherer Stelle Weisung erhielt. Sie hatte die Übernahme des Falls nach wenigen Stunden durchgesetzt und alle Beteiligten darum gebeten, behutsam vorzugehen und nach Möglichkeit keine schlafenden Hunde zu wecken. Das hieß, sie sollten, wenn nicht unbedingt erforderlich, vorerst von Anfragen in Wiesbaden Abstand nehmen und vor allem dem BND nicht auf die Füße treten.

Im Klartext bedeutete das, dass man Bertram Zöllner und die Zöllner AG Lasertechnik vorerst in Frieden zu lassen hatte. Zähneknirschend hatten sie zugestimmt. Leif hatte vorgeschlagen, sie sollten sich demnach erst einmal auf die Indizien konzentrieren und das Material bei von Wahringen auswerten. Wahrscheinlich würde man dann schon klarer sehen und könne sich Bertram Zöllner immer noch vorknöpfen, wenn man genügend Beweise dafür zusammengetragen hatte, dass von Wahringens Tod mit den Machenschaften der Firma im Zusammenhang stand. Sie hatten den Fall also mehr oder weniger dreigeteilt. Leif konzentrierte sich bei der Sichtung der

Akten vornehmlich auf Hinweise, die den Mord an Kurt von Wahringen beleuchteten, Gero und Rörupp forschten parallel dazu im Material nach Anhaltspunkten, die den Mord an Peter Benecke erklärlich machten, und ihr selbst oblag es, die Verbindungen zwischen Kurt von Wahringen und den Mitgliedern des Krugstädter THGC ins rechte Licht zu rücken.

Und Verbindungen gab es inzwischen mehr als genug. Auch wenn sie seit gestern wussten, dass von Wahringen selbst seit zwanzig Jahren passives Mitglied im Club war, und man davon ausgehen konnte, dass er allein dadurch gewisse gesellschaftliche Kontakte zu anderen Mitgliedern unterhielt, so hatten ihre bisherigen Recherchen zum Tod von Benecke doch auffällig viele Berührungspunkte ans Tageslicht gefördert. Dass seine Tochter und deren Mann Mitglieder im gleichen Verein waren, war dabei noch am naheliegendsten. Nach allem, was Conni von den beiden in Erfahrung gebracht hatte, konnte sie eine Beteiligung an von Wahringens Tod so gut wie ausschließen. Peter Heumann hatte sich sofort bereit erklärt, gemeinsam mit Paul Dascher zu seiner Firma zu fahren, wo der Wagen seines Schwiegervaters zur Inspektion stand. Jörn Lüneburg hatte darauf bestanden, dass der Wagen umgehend in die Kriminaltechnik gebracht wurde, damit man das Profil den Reifenspuren vom Tatort zuordnen konnte. Lüneburg war tatsächlich übertrieben pingelig, was die Verwertung von Indizien betraf, wie inzwischen auch Conni fand. Es lag doch eindeutig auf der Hand, dass von Wahringen Benecke auf dem Hochsitz erschossen hatte. Wozu also noch die Reifen seines Wagens kontrollieren? Das waren diese überflüssigen bürokratischen

Vorgänge, welche die Ermittlungen so unglaublich in die Länge zogen und einem Kommissar das Leben schwer machen konnten.

Alfons Blanck hatte man für morgen zu einem Verhör in die Dienststelle vorgeladen. Conni war gespannt, ob der Arzt in Begleitung eines Anwalts erscheinen würde. Sie wurde das Gefühl nicht los, dass Blanck mehr wusste, als er ihr erzählt hatte – zumindest, was die damalige Fluchthilfe betraf. Die Auskünfte, die ihr die Heumanns gegeben hatten, konnte sie dabei schon auf dem Vorweg als kleinen Erfolg verbuchen. Wenn sie jetzt auch noch einen der damals von von Wahringen geschleusten Ärzte präsentieren konnte … Gero und Leif würden Augen machen. Aber so weit war es noch nicht. Zuerst stand der Besuch bei Gerrit von Schomburg auf ihrer Liste. Gero war gestern fast verzweifelt, als er nach dem überraschenden Zusammentreffen mit Peter Heumann in von Wahringens Haus auch noch über den Namen von Schomburg gestolpert war. So, wie es aussah, verwaltete Gerrit von Schomburg ein nicht unerhebliches Bankdepot von Kurt von Wahringen.

Witte & Cornelsen, Privatbankiers seit 1907. Der schnörkellose Schriftzug über dem Portal verhieß gediegene Diskretion. Bevor sie auf die kleine Messingklingel an dem von Säulen flankierten Portal des gründerzeitlichen Prachtbaus drückte, kontrollierte Conni ein letztes Mal, ob sie die Vollmachten auch eingesteckt hatte.

Nach Geros Schilderungen war Conni zwar auf einiges gefasst gewesen, aber dass Gerrit von Schomburg so sehr vom gewohnten Bild eines gestandenen Bankers abweichen würde, hatte sie nicht erwartet. Von Schomburg trug einen dunklen, bestimmt maßgefertigten Einreiher, auch fehlte es nicht an der obligatorischen Krawatte, aber damit endete auch schon das Bild, das man gewöhnlich vor Augen hatte, wenn man an einen Bankangestellten oder Vermögensberater dachte. Allein sein Hemd war eine Provokation für sich: grün-gelb in leuchtenden Farben gestreift. Nur wenn man genau hinsah, entdeckte man die silbernen Manschettenknöpfe, die signalisierten, dass es sich mehr um eine modische Spielerei als um einen wagemutigen Affront gegen die seriöse Etikette handelte. Außerdem passten die Farben ausgezeichnet zum dunklen Teint von Schomburgs, wie Conni sich eingestehen musste. Genauso wie die schwarzgrauen Haare, bei denen das Grau eindeutig überwog. Aber auch die Frisur war für das Umfeld ungewöhnlich leger. Von Schomburgs Haare waren so lang, dass er sie gerade eben noch nicht zu einem Zopf zusammenbinden konnte. Mit dieser wilden Mähne wirkte er mehr wie ein Musiker oder Schauspieler, keinesfalls jedoch wie ein Finanzjongleur. Die Krönung waren seine Schuhe, die Conni sofort ins Auge stachen, als er sich hinter seinem Schreibtisch erhob und ihr zur Begrüßung entgegenkam. Er trug weder englische Maßschuhe noch klobige Budapester, wie man hätte erwarten können, sondern legere, wildlederne Docksides.

Die Hand, die er Conni entgegenstreckte, war groß und kräftig. Nur die Stimme passte nicht zu seinem Äußeren. Conni hatte eine reibeiserne Soulstimme erwartet, die seine verwegene Erscheinung komplettiert hätte. Aber von Schomburgs Stimme klang fast piepsig und nasal, was zwar wie ein unnatürlicher Kontrast wirkte, seine positive Ausstrahlung aber keinesfalls minderte. Für einen Mann seines Alters sah er verdammt gut aus, wie Conni fand, und von Schomburg musste sich seiner Ausstrahlung durchaus bewusst sein. Hierin lag wohl auch einer der Gründe, warum er sich nicht mit den sonst in diesem Metier üblichen Statussymbolen zu schmücken brauchte. Er trug nicht einmal eine dieser bewusst unauffälligen, dafür aber umso teureren Uhren am Handgelenk, sondern eine billige, auf die Farbe des Hemdes abgestimmte Swatch. Sein Büro bestand lediglich aus einem Schreibtisch, auf dem ein Powerbook und ein Handy lagen, sowie zwei Stühlen. An den Wänden hingen überformatige, abstrakte Ölgemälde und ein kleiner Flachbildschirm, auf dem Börsenkurse stumm vor sich hin flimmerten.

Gerrit von Schomburg verneigte sich mit einem charmanten Lächeln auf den Lippen. «Ich habe bereits von Ihnen gehört, und ich muss sagen, man hat nicht übertrieben ... Solange man keine Fernsehserien zugrunde legt», fuhr er fort, nachdem Conni auf sein Kompliment nicht reagierte, «stellt man sich unter einer Kriminalkommissarin ja für gewöhnlich entweder eine graue Maus oder ein hässliches Entlein vor.»

Conni lächelte geschmeichelt. Sie wollte schon fragen, wie er sie denn klassifizieren würde, unterließ es aber. Sein Augenaufschlag war eindeutig genug, und sie fragte sich, ob sie schon einmal einem Mann mit so langen Wimpern begegnet war. Er dachte gar nicht daran, sie zu mustern. Es kam selten vor, dass ihr gut aussehende Männer nicht auf den Busen blickten oder sonst wie eindeutig interessierte Signale aussendeten. Aber Gerrit von Schomburgs Blick konzentrierte sich ausschließlich auf ihre Augen, als suche er dort eine Reaktion. Wortwahl und Mimik waren Andeutung genug. Der Mann hatte kein Interesse an Frauen – zumindest nicht in sexueller Hinsicht, so viel stand schon mal fest. Der Tonfall, den er anschlug, hatte schon fast etwas hintergründig Entlarvendes an sich, so als teile man gemeinsam ein Geheimnis. Conni wunderte sich, warum es Gero nicht sofort aufgefallen war, dass Gerrit von Schomburg schwul war, aber wahrscheinlich hatte er wie so viele andere die Gabe, sich in entsprechender Umgebung perfekt verstellen zu können. Er hatte am Telefon zwar betrübt geklungen, als Conni ihm den Grund ihres Kommens mitgeteilt hatte, aber der Tod von Kurt von Wahringen schien ihm nicht wirklich nahe zu gehen.

Nachdem Conni ihm die Verfügungen und beglaubigten Vollmachten ausgehändigt hatte, warf er nur flüchtig einen kontrollierenden Blick auf die Papiere und zog einen Schnellhefter aus einer der Schreibtischschubladen. «Haben Sie tatsächlich gedacht, dass ich Ihre Befugnis irgendwie anzweifeln könnte?», fragte er und reichte ihr im gleichen Atemzug den Schnellhefter. «Ich habe Ihnen bereits alles herausgesucht. Das sind die Ausdrucke sämtlicher Vorgänge, seit wir den Fonds eingerichtet haben. Der Fonds ist natürlich sofort eingefroren worden. Wenn Sie mir bitte hier den Erhalt quittieren möchten?» Gerrit von Schomburg zog mit einer eleganten Bewegung einen silbernen Füllfederhalter aus der Innentasche seines Jacketts.

«Kannten Sie Kurt von Wahringen auch privat?», fragte Conni, während sie ihre Unterschrift auf das vorgefertigte Dokument setzte.

«Wir sind uns hin und wieder über den Weg gelaufen», antwortete von Schomburg. «Seine Tochter kenne ich aus dem Krugstädter THGC. Sie ist mit einem Mannschaftskameraden von mir verheiratet.»

«Ich komme gerade von den Heumanns», erklärte Conni. «Die beiden stehen ziemlich unter Schock.»

«Verständlich. Haben Sie denn schon einen Verdacht?»

«Nein.» Conni musterte von Schomburg. Glaubte er tatsächlich, sie würde es ihm mitteilen, wenn dem so wäre? «Wer hat Ihnen denn von mir erzählt?», fragte sie neugierig, obwohl sie natürlich eine Vermutung hatte.

«Ach, wissen Sie ...» Gerrit von Schomburg machte eine spielerische Geste der Nebensächlichkeit. «So etwas macht doch schnell die Runde.» Von Schomburgs Stimmlage hatte plötzlich fast etwas Tuntiges bekommen, aber er hatte es sofort bemerkt. Verlegen versteckte er seinen Mund hinter der rechten Hand. «Ich spiele gemeinsam mit Alfons Blanck in einer Mannschaft Hockey», erklärte er. «Sie haben ihm doch einen Besuch abgestattet.»

Conni tat überrascht. Sie hatten vereinbart, Geros Anwesenheit im Club ab sofort als etwas rein Zufälliges darzustellen. «Dann kennen Sie doch bestimmt meinen Kollegen, Gero Herbst?»

«Gero? Bei der Kripo?» Gerrit von Schomburg war sichtlich überrascht. «Sieh an, sieh an. Ich habe mich tatsächlich schon eine Weile gefragt, was er wohl so beruflich macht. – Ein Polizist also. Das erklärt natürlich so einiges ...»

«Wieso?», fragte Conni mit Unschuldsmiene.

«Na ja, er ist ja noch nicht so lange im Club. Von daher weiß ich nicht, ob er sich bisher nur zurückgehalten hat.

Bislang hatte man jedenfalls den Eindruck, dass er – im Gegensatz zu den meisten von uns – eben kein Raufbold ist.»

Conni musterte Gerrit von Schomburg vom Scheitel bis zur Sohle. «Ich kann mir Sie ehrlich gesagt auch nicht so recht als Raufbold vorstellen», meinte sie amüsiert.

Von Schomburg blickte mit spitzen Lippen an sich herab. «Das liegt wohl an meiner Aufmachung», erklärte er belustigt. «In kurzen Hosen bin ich ein anderer Mensch.» Er zwinkerte ihr spitzbübisch zu. «So mancher Bürohengst wird dann zum wilden Tier! Nein, im Ernst. Gero Herbst ist mir sehr sympathisch, obwohl er in etwa das Gegenteil vom Rest der Mannschaft verkörpert. Vielleicht sogar deswegen. Aber nachdem ich jetzt weiß, dass er Polizist ist, ist das nur zu gut verständlich. Die meisten von uns haben ja so unspektakuläre Berufe wie ich, wo man immer lieb und brav sein muss und niemals seine wirkliche Meinung sagen darf. Ist doch verständlich, dass man dieses Defizit an anderer Stelle ausgleichen will. Bei Gero wird das nicht anders sein, nur eben mit gegensätzlichen Vorzeichen.»

«So genau kenne ich ihn nicht», meinte Conni, «aber er erzählt hin und wieder von seiner Mannschaft, den …»

«Leeren Krügen», vervollständigte von Schomburg.

«Genau.» Conni fand, jetzt war der Zeitpunkt für eine Überleitung gekommen. «Einmal hat er sogar gespottet, dass es die Mannschaft bei Feierlichkeiten gerne übertreibt.»

«Womit er nicht Unrecht hat. Die Partys sind teilweise recht exzessiv. Leider.» Von Schomburgs Blick wurde auf einmal sehr ernst. «Vor nicht allzu langer Zeit ist bei einer solchen Feierlichkeit sogar jemand ums Leben gekommen.»

«Das ist jetzt aber ein Witz?»

Von Schomburgs Mine blieb ernst. «Nein, leider nicht. Ein sehr netter Mitspieler ist nachts im vereinseigenen See ertrunken. Haben Sie nicht davon gehört?»

Conni schüttelte den Kopf. «Nein, wie ist es denn dazu gekommen?»

«Der Mann war restlos betrunken und ist dann nachts zum Schwimmen auf den See hinaus. Na ja, eine kleine Macke muss er wohl schon gehabt haben, bei den Temperaturen baden zu gehen. Waren wohl knapp über zehn Grad, oder so.»

«Sie kannten ihn nicht so gut?»

«Nein. Ein Spieler aus einer Berliner Gastmannschaft. Aber ich habe noch wenige Minuten vor dem Unglück mit ihm zusammengesessen und mich mit ihm unterhalten.»

Conni schwieg. Sie wollte Gerrit von Schomburg keinesfalls unterbrechen.

«Ich habe mir natürlich auch Vorwürfe gemacht, schließlich hätte ich mitkriegen müssen, was er vorhatte. Nur wenige Minuten später … Ich mag gar nicht daran denken. Dabei hatte er eh schon so ein wirres Zeugs geredet. Ein anderer Mitspieler hat mir hinterher davon erzählt, dass er sogar von ihm belästigt worden wäre.»

«Ja?»

«Ja, Holle ist er wohl ziemlich auf die Pelle gerückt. Etwas plump eben … So von wegen: Kennen wir uns nicht von früher … Nein? Na, dann muss es sich wohl um eine

Namensgleichheit handeln.» Von Schomburg verdrehte spielerisch die Augen. «Ich sag nur: Männer und Alkohol ...»

So, wie die Worte zum Schluss aus ihm herausgesprudelt waren, hätte sich Conni noch Stunden weiter mit Gerrit von Schomburg unterhalten können. Dabei hatte der Mann durchaus die Qualitäten eines Entertainers an den Tag gelegt. Wahrscheinlich hatte er einfach seinen Beruf verfehlt. Aber Conni hatte genug erfahren. Mehr, als sie gehofft hatte. Deswegen wollte sie auch so schnell wie möglich aufbrechen, um Horst Seipel noch einen kurzen Besuch abstatten zu können. Nicht nur, dass er vielleicht einer der Ärzte war, die Kurt von Wahringen aus der DDR geschleust hatte und der eventuell Hintergrundinformationen liefern konnte, sie hatte bei ihrem ersten Einsatz hier in Krugstadt auch gleich noch in Erfahrung bringen können, wonach Gero wochenlang gesucht hatte. So, wie es aussah, hatte Dr. Edgar Möller also aufgrund einer Namensgleichheit fälschlicherweise angenommen, Horst Seipel von früher zu kennen. Wenn Seipel die Informationen, die ihnen von Schomburg gegeben hatte, bestätigte, dann konnten sie den Fall Möller vielleicht sogar zu den Akten legen und sich auf Benecke und von Wahringen konzentrieren.

Die Adresse war nicht schwer zu finden. Das Haus von Dr. Horst Seipel stand in einer Parallelstraße von Blancks Villa.

«Cornelia Sonntag, Kriminalpolizei.» Conni hielt ihren Dienstausweis vor sich in die Höhe. «Hätten Sie vielleicht die Zeit, mir einige Fragen zu beantworten?»

Horst Seipel blickte sie skeptisch an, schließlich nickte er und bat sie herein.

Conni war natürlich aufgefallen, dass Seipel nicht nach dem Grund ihres Besuches gefragt hatte, wie es jedermann tat, wenn überraschend die Polizei vor der Haustür stand. Hatten ihn die Heumanns bereits benachrichtigt und ihren Besuch angekündigt, oder war Seipel mit seinen Gedanken nur woanders? Die beiden großen Reisetaschen im Windfang waren nicht zu übersehen.

«Ich hoffe, ich komme nicht ungelegen.» Conni deutete auf die Taschen. «Sie wollen verreisen?»

Horst Seipel lächelte sie gequält an. «Von *wollen* kann nicht die Rede sein. Ein Geschäftstermin.»

«Ich werde mich kurz fassen. Wie Ihnen vielleicht bereits bekannt ist, wurde vorgestern Nacht der Vater von Eva Heumann erschossen.»

Seipel nickte. «Kurt von Wahringen, ja. Sie ermitteln in der Sache?»

«Ja», bestätigte Conni. «Wie wir wissen, sind Sie vor vielen Jahren aus der ehemaligen DDR geflüchtet. Ich hätte dazu einige Fragen, weil Kurt von Wahringen zu jener Zeit als Fluchthelfer aufgetreten ist.» Conni überlegte, ob es vielleicht angemessen war, zu erwähnen, dass sie selbst auch aus der DDR stammte. Normalerweise trug dieses Wissen bei Gesprächspartnern, die ebenfalls aus der DDR kamen, immer zu einer Entspannung bei.

Aber Seipel hatte ihr den Rücken zugekehrt, und es machte den Anschein, als höre er ihr gar nicht zu. «Dr. Seipel?», fragte sie unvermittelt.

Als sich Seipel zu ihr umdrehte, wurde ihr schlagartig bewusst, dass es ein unverzeihlicher Fehler gewesen war, dieses Haus entgegen den üblichen Spielregeln alleine zu betreten.

Déjà-vu Als Gero sein Büro betrat, hatte er immer noch die letzten Takte von Black Sabbaths *Paranoid* im Ohr, die ihn die letzten Minuten auf dem Weg zur Dienststelle begleitet hatten. Es kam selten genug vor, dass solche alten Songs im Radio gespielt wurden, und Gero erinnerte sich an seine Jugendjahre, als er das Haar noch schulterlang getragen hatte und Luftgitarre spielend vor dem großen Spiegel in der Diele des elterlichen Hauses ausgeflippt war. Aber auch diese Erinnerung verdrängte seine momentane Müdigkeit nur für einen kurzen Augenblick. Er öffnete das Fenster, um ein wenig frische Luft ins Zimmer zu lassen. Sein Blick folgte einem Bussard, der über den Baumkronen des gegenüberliegenden Ufers kreiste, und er dachte daran, wie vorteilhaft es doch wäre, könne er wie dieser Vogel seine Umgebung aus dessen Perspektive betrachten. Gero hatte den Eindruck, als setze sich sein Umfeld nur noch aus Einzelbildern zusammen. Einzelnen Sequenzen, deren Zugehörigkeit er zwar erahnte, deren Verbindungen zueinander jedoch in einem hoffnungslos verwirrten Knäuel von Fäden verstrickt waren. Er gähnte angestrengt und betrachtete seine Hände. Das verstaubte Papier und die Druckerschwärze hatten speckig glänzende Schmutzschlieren auf seinen Fingerkuppen hinterlassen.

Die letzten acht Stunden hatte er zusammen mit Leif, Matthias Rörupp und ein paar von Schweims Leuten das

Aktenmaterial und alle persönlichen Unterlagen in von Wahringens Haus gewälzt. Geros Augen brannten vor Anstrengung. Hätte der Mann einen Computer besessen, die Arbeit wäre nicht nur schneller, sondern vor allem bequemer zu erledigen gewesen. So aber hatten sie alle Papiere einzeln durchforsten müssen. Jeder von ihnen hatte sich Notizen gemacht und Verzeichnisse angelegt, die sie halbstündlich untereinander ausgetauscht hatten. Bis auf eine merkwürdige Namenliste, die Leif in einem der Telefonverzeichnisse von Wahringens entdeckt hatte, hatten sie keinerlei verwertbare Indizien gefunden.

Gero überflog das Vernehmungsprotokoll des Taxifahrers, das zuoberst auf seinem Schreibtisch lag. Jörg Bude hatte gute Arbeit geleistet, auch wenn sie die Informationen jetzt eigentlich nicht mehr benötigten. Kurt von Wahringen hatte Peter Benecke erschossen, daran gab es nichts mehr zu rütteln. Der genaue Ablauf und Tathergang waren allein deshalb uninteressant geworden, da von Wahringen nicht mehr lebte. Gero rief trotzdem bei Bude an und gratulierte ihm zu dessen Arbeit. Dann nahm er sich erneut die ominöse Liste vor, die sie bei von Wahringen gefunden hatten. Ursprünglich hatten 27 Namen darauf gestanden, aber einige Zeilen der mit einer Schreibmaschine getippten Liste waren unleserlich, da jemand die Namen mehrfach mit Lineal und Kugelschreiber durchgestrichen hatte. Da weder Adressen noch Telefonnummern auf der Liste verzeichnet waren, konnten sie mit den Namen zwar vorerst nichts anfangen, aber es gab namentliche Übereinstimmungen auf einigen der Kontoauszüge von Wahringens. Es war also nur eine Frage der Zeit, bis man die Absender der überwiesenen Beträge über die jeweiligen Banken lokalisiert hatte.

Stutzig geworden war Gero eigentlich nur, weil jedem Namenseintrag auf der Liste das aus kaufmännischer Buchhaltung bekannte Kürzel für *Position* vorangestellt war. Er hatte sich sofort an die Notiz aus dem Nachlass von Benecke erinnert, wo auch von *Positionen* die Rede gewesen war. Auch wenn es bisher nur eine vage Vermutung war, konnte sich Gero durchaus vorstellen, dass es sich bei der Liste möglicherweise um die Namen der Personen handelte, die mit von Wahringens Hilfe in den Westen geflüchtet waren. Wenn sich das bestätigte, dann ergab sich daraus gegebenenfalls sogar ein Motiv, denn bei den Geldbeträgen, die von diesen Personen regelmäßig auf unterschiedliche Konten überwiesen wurden, handelte es sich durchaus um größere Summen. Es waren Konten, die von Wahringen unter seinem Namen für diverse Organisationen eingerichtet hatte. Dem Namen nach waren es mehrheitlich Landsmannschaften und andere Zusammenschlüsse von Heimatvertriebenen, ein Großteil davon eingetragene, rechtsfähige Vereine. Die Unterlagen gaben keinen Aufschluss darüber, ob es sich bei den Überweisungen um Spenden handelte, aber auch das würde man relativ schnell herausfinden. Viel näher lag aber der Gedanke, dass es Rückzahlungen waren. Im Schreiben dieses Günther Buchholz an Willy Benecke war davon die Rede gewesen, dass der Imperator seinen Verpflichtungen nachgekommen sei. Kurt von Wahringen war der Imperator. Wenn mit *Positionen* die ausreisewilligen Ärzte gemeint waren, und davon ging Gero erst einmal aus, dann hatte von Wahringen für diese Leute bezahlt. Hatten die Vertriebenenorganisationen, denen von Wahringen vorsaß, die für die Flucht der Ärzte notwendigen Gelder zur Verfügung gestellt, und die zahlte man nun, möglicherweise sogar gegen Spendenbescheinigungen, an die Vereine zurück?

Gero hatte das Gefühl, als setze er Steinchen für Steinchen eines komplizierten Mosaiks zusammen. Einen kleinen Ausschnitt davon sah er bereits vor sich. Peter Benecke hatte zu Alfons Blanck gesagt, er suche einen Arzt. Es lag auf der Hand, dass es sich dabei um einen der geflüchteten Ärzte handelte. Was wollte er von ihm? Ging er davon aus, dass einer der Ärzte etwas über seinen Vater wusste? Hatte einer der Ärzte vielleicht Beneckes Vater verraten, und Benecke wollte ihn zur Rede stellen? Ging es um Erpressung? Wollte Benecke den Imperator erpressen? Nein, Gero verwarf den Gedanken schnell und versuchte, seinen letzten gedanklichen Faden wieder aufzugreifen. Benecke hatte nicht den Imperator gesucht, sondern einen der Ärzte. Was wollte er von ihm? Warum hat von Wahringen ihn erschossen? Immer wenn Gero sich diese Frage ins Gedächtnis rief, fühlte er sich wie in einer Sackgasse, und seine gedankliche Konstruktion fiel unwillkürlich wie ein Kartenhaus zusammen. Es schien, als würde er jedes Mal, wenn er an dieser Stelle ankam, einen wesentlichen Puzzlestein übersehen.

Matthias Rörupp kam ins Zimmer, und Geros Gedankenspiel riss unvermittelt ab. «Das kam eben per Fax», meinte er und legte einen Stapel Papiere auf Geros Schreibtisch.

Gero warf einen Blick auf die Kopfzeile. Es waren die

Ärzteverzeichnisse aus der Charité, die er aus Berlin angefordert hatte. Er hielt Matthias das Blatt mit der Liste der vermeintlich mit von Wahringens Hilfe geschleusten Ärzte hin. «Kannst du damit zur Technik? Ich muss unbedingt wissen, welche Namen sich hinter den durchgestrichenen Zeilen verbergen.»

Matthias Rörupp betrachtete das Blatt, drehte es mehrmals um und hielt es gegen das Licht. «Schon mit Kohlepapier versucht?», fragte er.

«Kohlepapier?»

Rörupp lächelte ihn an. «Alter Geheimdiensttrick!»

«Nie gehört.»

«Stand mal in einem Mickymaus-Heft von meinem Sohn», gestand Rörupp mit einem Schmunzeln. «Funktioniert aber trotzdem.»

«Kohlepapier. Wer braucht denn so etwas noch», fluchte Gero, während er alle Schubladen seines Schreibtischs durchwühlte. «Seit wir keine Schreibmaschinen mehr haben, hat das kein Mensch mehr. Ich weiß aber, dass hier irgendwo … Ah!» Er reichte Rörupp mehrere Bogen Durchschlagpapier und grinste ihn an: «Das nennt man Ordnung.»

«Werde ich mir zu Herzen nehmen», antwortete Rörupp. Jeder in der Dienststelle machte sich darüber lustig, dass es in Matthias Rörupps Büro immer aussah, als hätte gerade ein Erdbeben gewütet. Er nahm einen Schal von Geros Garderobe und breitete ihn auf einem der Rollschränke aus. Dann legte er mehrere Lagen weißes Papier darauf, ein Blatt Kohlepapier und schließlich den Briefbogen, den er wiederum mit einem Blatt abdeckte. Dann nahm er einen Bleistift von Geros Schreibtisch und rubbelte vorsichtig über das Blatt. «Die Unterlage muss sehr weich sein, das ist der Trick», meinte er.

«Na ja.» Er zuckte bedeutsam mit den Schultern, als er Gero das Ergebnis präsentierte. «Toll ist es nicht», gestand er. «Aber zumindest kannst du die Anzahl der Anschläge erkennen.»

Gero betrachtete Rörupps Kunstwerk. Tatsächlich waren die einzelnen Anschläge der Schreibmaschinenlettern auf dem Papier zu erkennen. Aber als leserlich konnte man das Ergebnis dennoch nicht bezeichnen. Er legte die Stirn in Falten und blickte Rörupp fragend an.

«Also doch Kiel?» Matthias Rörupp schürzte die Lippen, als Gero nickte. Er war in Gedanken wohl schon im Feierabend gewesen.

Die Namen der Ärzte, die während der achtziger Jahre an der Berliner Charité gearbeitet hatten, waren alphabetisch sortiert. Hinter den Namen waren die jeweiligen Fachgebiete, die Stationen und die Dauer der Zugehörigkeit vermerkt. Das Verzeichnis endete im Jahr 1990. Gero staunte nicht schlecht, welch ungeheure Ausmaße das Krankenhaus gehabt haben musste. Es waren bestimmt mehr als tausend Einträge, die er, mit einem Bleistift bewaffnet, Zeile für Zeile durchging. Als Gero beim Buchstaben O angekommen war, flimmerten ihm bereits die Augen, und er war noch nicht auf einen einzigen bekannten Namen gestoßen. Doch wenige Minuten später hatte Gero gefunden, wonach er gesucht hatte. Im gleichen Augenblick stockte ihm der Atem, und der Bleistift in seiner Hand fing unwillkürlich an zu zittern.

Der Name Horst Seipel tanzte vor seinen Augen. Von

1982 bis 1987 hatte Horst Seipel zur Belegschaft der Charité gehört. Gero hörte sein Herz klopfen. Holle war es also, den Edgar Möller von früher her gekannt hatte und den er wieder sehen wollte. Gero kniff die Augen zusammen, stützte den Kopf auf die Hände und massierte sich nachdenklich die Schläfen. Holle hatte sich von Möller belästigt gefühlt. Das passte überhaupt nicht zusammen. Gero machte einen tiefen Atemzug. «Bis 1987», murmelte er vor sich hin. Er wusste zwar, dass Holle ein Ossi war, aber bislang war Gero davon ausgegangen, dass er sich erst nach Öffnung der Grenzen hier niedergelassen hatte. Er überlegte krampfhaft, ob Germany ihm gegenüber erwähnt hatte, in welchem Jahr er Seipel das Haus vermittelt hatte, konnte sich jedoch nicht erinnern. Dann nahm er sich das Blatt Papier vor, auf dem Matthias versucht hatte, die unleserlichen Namen von der Wahringen-Liste sichtbar zu machen. Der Nachname der untersten Zeile bestand mit ziemlicher Sicherheit aus sechs Lettern, aber mehr war beim besten Willen nicht zu erkennen. Matthias war mit dem Original auf dem Weg zur Kriminaltechnik.

Gero blickte zur Uhr. Selbst wenn man sich dort der Sache unverzüglich annahm, war es eher unwahrscheinlich, dass er noch heute ein Ergebnis der Untersuchung bekam. Und was bedeutete es, wenn Seipels Name tatsächlich auf der Wahringen-Liste stand? Noch wussten sie nicht mit Sicherheit, ob die Namen auf der Liste tatsächlich zu den Personen gehörten, die mit von Wahringens Hilfe aus der DDR geflohen waren. Aber wenn dem so war und Seipels Name auch auf dieser Liste stand, warum hatte man ihn durchgestrichen? Der Name Seipel war in von Wahringens Bankverkehr nirgends aufgetaucht. Sollte Seipel also tatsächlich mit von Wahringens Hilfe geflohen sein, dann bedeutete das vor allem eine erneute Verbindung zwischen den beiden Fällen. Aber die Klärung dieser Verbindungen lag seit gestern in Connis Händen. Was hatte sie überhaupt von den Heumanns erfahren? Gero griff nach Connis Bericht, den sie ihm auf den Schreibtisch gelegt haben musste.

In diesem Moment steckte Paul Dascher den Kopf zur Tür herein. «Wenn für heute nichts mehr anliegt, dann geh ich jetzt, Chef?»

«Von meiner Seite aus nicht. Schickst du mir Conni noch rein?», antwortete Gero und bedeutete Dascher mit zwei Fingern einen schönen Feierabend.

«Ich weiß nicht, wo die steckt», meinte Dascher. «Ist sie denn schon zurück?»

«Wieso?», fragte Gero. «Warst du nicht mit ihr zusammen los?»

«Doch, aber Lüneburg bestand darauf, dass von Wahringens Wagen zur Kriminaltechnik kommt. Ich habe mich mit dem Trüffelschwein bei der Heumann AG getroffen.»

«Was habt ihr denn bei den Heumanns … Also, Augenblick mal», meinte Gero und deutete auf den Ordner. «Und wo kommt dann Connis Bericht her?»

Dascher zuckte mit den Achseln. «Keine Ahnung. Conni hatte doch noch diesen Termin bei dem Banker in Krugstadt …»

«Gerrit von Schomburg?»

Dascher nickte, und Gero griff automatisch zu seinem Handy und wählte Connis Nummer, aber das Gerät war ausgeschaltet, oder Conni steckte in einem Funkloch. Oder der Akku war leer. Gero rief bei Lüneburg an, der bereits Feierabend gemacht hatte.

«Sie hat sich *was* von dir geben lassen?» Gero glaubte, seinen Ohren nicht zu trauen. «Die Adresse von Horst Seipel?» Jörn Lüneburg erzählte Gero, dass Conni ihm telefonisch die Ergebnisse der Befragung der Heumanns durchgegeben und er selbst daraus einen knappen Bericht geschrieben und auf Geros Schreibtisch gelegt hatte. Die Anfrage nach Seipels Adresse konnte nur bedeuten, dass Conni noch vorhatte, nach dem Termin bei Gerrit von Schomburg zu Horst Seipel zu fahren.

«Seipel war der Name, den Eva Heumann erwähnt hat», meinte Dascher, als Gero die Verbindung getrennt hatte. «Ihr Frauenarzt … Frau Heumann meinte, möglicherweise ist er damals mit Hilfe ihres Vaters aus der DDR geflohen. Peter Heumann meinte zwar, das könne er sich nicht vorstellen, woraufhin sie ihn anrufen wollte, aber Conni sagte, wir würden ihn so oder so die Tage aufsuchen …»

«Okay, okay, okay. Ganz ruhig.» Geros Finger trommelten nervös auf dem Schreibtisch. Dann suchte er im Adressverzeichnis seines Handys nach von Schomburgs Telefonnummer. Gerrit war noch in seinem Büro.

«Hör zu, Gerrit. Es ist außerordentlich wichtig … Ja, ich bin ein Bulle», wiederholte er, als Keule ihm sein Wissen darüber mit einem ironischen Kommentar eröffnete. «Erklär ich dir später … Vor einer Stunde ist sie aufgebrochen? Hat sie gesagt, ob sie noch zu Holle wollte? Okay! Erzähl mir bitte genau, was du ihr erzählt hast, ja? Es geht um den Abend, an dem dieser Hockeyspieler bei uns im

Club ums Leben gekommen ist. Du darfst kein Detail auslassen! Es ist wirklich wichtig!»

Als Gero das Telefonat beendet hatte, merkte er, dass Dascher ihn völlig konsterniert anblickte. Es war wohl nicht zu übersehen, dass seine Nerven blank lagen. Er versuchte erneut, Conni anzurufen, aber ihr Handy war immer noch ausgeschaltet. Gero musste sich zwingen, ruhig zu bleiben. Seine Gedanken fuhren Achterbahn.

«Nicht durchdrehen jetzt», murmelte er mehr zu sich selbst. «Alles der Reihe nach.» Mit Hilfe einiger Notizen auf der Schreibtischunterlage versuchte er, das Chaos seiner Gedanken in geordnete Bahnen zu lenken. Es begann mit Möllers Tod im Club. Möller kannte Seipel von früher. Seipel war bis 1987 Arzt an der Charité gewesen. Die Zahl 1987 umkreiste Gero mehrmals und fing an zu rechnen. Holle war Jahrgang 1953, dann war er zum Zeitpunkt der Flucht etwa 34 gewesen … Holle hatte bestritten, Möller zu kennen. Er hatte sich von ihm belästigt gefühlt. Oder hatte er sich nur von seiner Vergangenheit eingeholt gefühlt? Möller war schwul; Holle nicht. So etwas legte man nicht einfach ab. Unmittelbar darauf kommt Möller auf tragische Weise ums Leben … Peter Benecke hatte einen Arzt gesucht. Einen Arzt, der mit Hilfe von Willy Benecke und Kurt von Wahringen aus der DDR geflüchtet war. Hatte er Horst Seipel gesucht? Benecke wird von von Wahringen erschossen. Gero dachte an den zeitlichen Ablauf der Geschehnisse, der ihm bereits im Hause von Wahringens aufgefallen war. Direkt nachdem sie erfahren hatten, wer sich hinter dem Decknamen Imperator versteckte, war Kurt von Wahringen erschossen worden. Alfons hatte beim Training am Abend vor von Wahringens Tod im Club von Connis Besuch erzählt. Holle war kurz darauf vom Training verschwunden. Angeblich hatte er sich einen Muskel gezerrt. Angeblich …

Gero blickte Dascher an. «Leif muss her! Augenblicklich!»

Leif hatte die Situation sofort erfasst. Nachdem Gero ihm kurz geschildert hatte, was er vermutete, zog er seine Jacke über und deutete auffordernd zur Tür von Geros Büro.

«Wenn du Recht hast mit deiner Vermutung, Gero, dann befindet sich Conni womöglich in größter Gefahr. Wie lange brauchen wir bis Krugstadt?»

«Knappe halbe Stunde.»

«Dann los!», meinte Leif. «Das Kommando fordern wir von unterwegs an.»

Leif donnerte in einem Affentempo über die Landstraße, während Gero die Leitstelle über ihren Zielort und mögliche Gefahren informierte. Die Anforderung eines Sondereinsatzkommandos war bei derartigen Situationen obligatorisch, auch wenn es sich bislang nur um eine Vermutung handelte. Gero hatte ein mulmiges Gefühl in der Magengegend. Er versuchte, den Grund dafür Leifs Fahrstil zuzuschreiben, aber in Wirklichkeit wusste er nur zu genau, was ihn bedrückte. Es war noch nicht lange her, dass er selbst solche Operationen geleitet hatte. Gemeinsam mit Leif. Bis es zum Fiasko gekommen war. Connis Handy war immer noch ausgeschaltet. Gero konnte nur hoffen, dass er sich geirrt hatte. Eigentlich hatte er nie wieder mit einer solchen Situation konfrontiert werden wollen. Darin lag auch einer der Gründe, weshalb er sich um den Posten in Ratzeburg beworben hatte.

Connis Wagen stand direkt vor Seipels Haus. Leif fuhr langsam vorbei und hielt hinter der nächsten Biegung. «Ich zieh ihr die Ohren lang», fluchte er. «Wie ist sie nur auf die Idee gekommen, da alleine reinzugehen.» Leif schaute zur Uhr. «Wann kommen die Kollegen?»

«Frühestens in zwanzig Minuten.»

Leif blickte Gero ernst an. «Das dauert mir zu lange.»

«Hab ich mir schon gedacht, dass du das sagst.»

«Wie machen wir's?» Leif verzog keine Miene.

«So wie früher, Leif! Ich geh rein. Hast du Knete dabei?»

«Im Handschuhfach.»

Gero nahm die Schachtel aus dem Handschuhfach und wickelte vorsichtig einen Streifen der Knetmasse aus der schützenden Aluminiumfolie. Das Zeug war zwar vorsintflutlich, aber sie hatten früher beachtliche Erfolge damit erzielen können. Der Trick bestand darin, dass sich das Material nach etwa zwei Minuten Reaktionszeit der beiden Komponenten kräftig ausdehnte und jeden beweglichen Mechanismus – so auch Türschnapper – zurückschob. Es kam nur darauf an, das Material unauffällig an der richtigen Stelle zu platzieren. «Ich informiere dich per Handy», meinte Gero und rief Leifs Nummer auf. «Wenn du nach genau fünf Minuten noch kein Signal gehört hast, dann stecken wir fest.» Er schob das Handy in die Jackentasche.

«Sei vorsichtig.»

Gero nickte und stieg aus dem Wagen. «Ich verlass mich auf dich!»

Den Weg bis zur Haustür ging Gero wie in Trance. Alles war vorprogrammiert. Alles hatten sie bereits hundertmal durchexerziert. Es konnte gar nichts schief gehen. Er versuchte, nicht an Lena und die Kinder zu denken und sich auf Conni zu konzentrieren. Warum machte er diesen verdammten Job? Vielleicht war auch alles ganz harmlos, und Conni und Holle saßen zusammen und tranken eine Tasse Tee. Das Türschloss befand sich auf der rechten Seite. Gero versteckte die Knetmasse in der anderen Handfläche und betätigte den Klingelknopf. Nach einem kurzen Augenblick summte ein elektrischer Türöffner. Wenn es mehrere Türen gab, musste er die Menge teilen. Gero drückte die Hälfte des Materials so schnell, wie es ging, in die Öffnung des Türschlosses und trat ein. Er befand sich in einer Art großem Windfang. Es gab eine Treppe und zwei weitere Türen.

Holle stand etwa drei Meter entfernt vor ihm in einer der Türen und lächelte ihn an. «Gero! Was für eine Überraschung!» Er machte eine einladende Handbewegung. «Vor drei Minuten war noch die Rede von dir. Ich habe gerade Besuch von Frau Sonntag. Eine Kollegin von dir, wie ich erfahren habe. Komm rein.»

«Dann weißt du ja, worum es geht.» Gero nickte Holle freundlich zu.

Die Knetmasse positionierte er trotzdem im Türschloss, auch wenn ihm die Situation in diesem Moment irgendwie nicht mehr so gefährlich erschien. So, wie es den Anschein hatte, befanden sie sich in den Praxisräumen von Horst Seipel. Gero folgte Holle durch einen langen Flur, an dessen Wänden stereotype Kunstdrucke hingen, wie man sie von diversen Arztpraxen her kannte, und betrat nach ihm einen der abzweigenden Räume. Er wollte schon sein Handy aus der Tasche nehmen, um Leif zu verständigen und Entwarnung zu geben, als er Conni am anderen Ende des Zimmers sah. Sie saß auf einem Behandlungsstuhl und blickte ihn kopfschüttelnd und mit warnendem Blick an. Beide Hände waren mit Klettbändern an den Armlehnen fixiert.

Gero schnellte herum und blickte in die Mündung eines mit einem Schalldämpfer bestückten Pistolenlaufs. Seine Brustmuskulatur verspannte sich schlagartig, und er hatte das Gefühl, keine Luft mehr zu bekommen. Es waren höchstens zwei Minuten verstrichen, seit er das Haus betreten hatte. In spätestens drei Minuten wusste Leif Bescheid. Jetzt hieß es die Nerven behalten. Keine hektischen Bewegungen, keine unüberlegten Handlungen. Alles, was zählte, war, dass Conni und er hier unbeschadet herauskamen. Er hatte solche Situationen mit der SEK tausendmal durchgespielt. Seipel war allein. Der Mann hatte nicht den Hauch einer Chance.

«Was hast du jetzt vor, Holle?», fragte Gero ganz ruhig. «Oder soll ich dich Günther nennen?»

Seipel grinste ihn fast unverschämt an. «Leg deine Waffe langsam auf den Boden.»

«Ich trage keine Waffe», erklärte Gero.

Es war die Wahrheit. Wenn man sich verabredet in Teufels Küche begab, war es überflüssig, bewaffnet zu sein. Die Situation hier gab Geros bislang vertretener These von Deeskalation abermals Recht. Was hätte ihm seine Dienstwaffe, die er so oder so nur sehr ungern trug, hier für einen Vorteil bringen können. Spätestens jetzt hätte er sie auf den Boden gelegt.

«Ein Kripobeamter ohne Waffe?»

Gero runzelte die Stirn. «Soll vorkommen. Du kannst mich durchsuchen, wenn du willst.»

«Zieh deine Jacke aus! Dann dreh dich langsam um!»

Gero tat, was Seipel von ihm verlangte. Während Seipel ihn mit ausgestrecktem Arm abtastete, zählte er in Gedanken die Sekunden. Ungefähr jetzt musste Leif Bescheid wissen. Er konnte nur hoffen, dass sich Leif nicht zu einer unüberlegten Handlung hinreißen ließ wie damals in Bad Dürsum. Es war alles schon so weit weg gewesen, aber jetzt schien Gero die Sache präsenter als je zuvor. «Alles in Ordnung?», fragte Gero zu Conni gewandt.

Conni nickte stumm.

«Also, was hast du mit uns vor, Holle?»

«Ich werde euch nichts tun. Ihr bleibt hier, bis ich außer Landes bin. In etwa drei Stunden geht mein Flieger.» Seipel hatte die Handschellen aus Geros Jacke genommen und sie zu seinen Füßen gelegt. «Du fesselst dich bitte selber, ja?»

«Hast du den Flug als Horst Seipel oder als Günther Buchholz gebucht?» Es ging nur darum, Zeit zu gewinnen. Gero wollte auf jeden Fall vermeiden, an irgendeinen Gegenstand hier im Raum gefesselt zu sein.

«Du hast lange gebraucht, um es herauszufinden. Bist mir wegen dem dämlichen Möller auf die Spur gekommen, habe ich Recht?»

Gero nickte. «Warum nur?»

«Seipel war mir wie aus dem Gesicht geschnitten.

Dazu noch das Geburtsjahr. Selbst die Augenfarbe stimmte …»

«Und dann noch Arzt», fügte Gero wissend hinzu. Conni warf ihm einen verständnislosen Blick zu. «Unser lieber Horst Seipel ist nicht der, der er vorgibt zu sein», erklärte er ihr. «Vor uns steht Günther Buchholz. Ehemaliger Stabsarzt der NVA, Partner von Willy Benecke …»

«Es waren doch alles Ärzte. Aber bei diesem passte alles wie die Faust aufs Auge», meinte Buchholz. «Ich habe fast ein Jahr gebraucht, um mir das nötige Fachwissen eines Gynäkologen anzueignen, habe Lektüre gewälzt und Seminare besucht. Für den Anfang hat das gereicht, so groß war meine Patientenkartei da ja noch nicht. Der Rest kam mit der Praxis. Die Fälle, wo ich Kollegen um Rat fragen musste, kann ich noch an einer Hand abzählen.»

«Nur, dass Seipel schwul war, hast du nicht gewusst.»

Buchholz nickte. Sein Finger hatte sich um den Abzug der Waffe gespannt. «So etwas steht ja nirgends geschrieben. Möller hat es natürlich sofort gemerkt. Wahrscheinlich hatten die beiden mal was miteinander. Er hätte mich verraten. Was blieb mir anderes übrig, als ihn mundtot zu machen.»

Gero warf einen Blick auf die Fenster des Raumes. Die weißen Jalousien waren völlig geschlossen. Ob man von draußen wenigstens ihre Schattenrisse erkennen konnte? Er musste Buchholz ablenken. Es galt, Zeit zu gewinnen. «Warum bist du nicht einfach mit von Wahringens Hilfe rüber, so wie die anderen?»

«Anfangs habe ich gar nicht daran gedacht zu fliehen. Warum auch? Aber nach zwei Jahren war ein ziemliches

Sümmchen zusammengekommen. Da kommt man dann auf andere Ideen …»

«Wie viel hat von Wahringen bezahlt?», fragte Gero.

«So viel, wie wir verlangt haben. Am Anfang hundert-, später hundertfünfzigtausend pro Nase.»

Gero überschlug die Zahl im Kopf. Bei 27 Ärzten, für die von Wahringen bezahlt hatte, mussten das etwa vier Millionen Mark gewesen sein. «Ein schönes Startkapital im Westen», sagte er.

Buchholz lächelte gequält. «Das Schwein hat uns das Doppelte in Rechnung gestellt!»

«Uns?»

«Den Ärzten, nachdem sie im Westen waren.»

«Willst du damit sagen, von Wahringen kannte deine wahre Identität nicht?»

«Wir sind uns ja nie begegnet. Die Geldübergabe lief über Mittelsmänner von Willy Benecke. Ich habe das Geld nur verwaltet. An eine Flucht in den Westen haben wir gar nicht gedacht. Es ging doch nur um die Westmark. Als Benecke an mich herantrat, war mir sofort klar: Das ist die Chance deines Lebens. Zwischen uns war halbehalbe abgesprochen. Dass sich daraus dann ein richtiger Geschäftszweig entwickeln würde, konnten wir anfangs noch gar nicht absehen. Als Mediziner hatte ich die Kontakte zu den ausreisewilligen Ärzten, Benecke hat sich um die Logistik gekümmert. Dann kam Position 27, Horst Seipel … Tja, ich habe schon vorher mitbekommen, was Ärzte im Westen so verdient haben. Und Seipel hatte keine Familie. Keine Geschwister, beide Eltern verstorben. Da war überhaupt kein Risiko. Kurt von Wahringens Forderungen konnte ich aus der Portokasse bezahlen.»

«Und du hattest ein ruhiges Leben …» Wenn alles geklappt hatte, war Leif bereits im Haus. Gero blickte auf die Pistole. Er zweifelte keinen Augenblick daran, dass Buchholz von der Waffe Gebrauch machen würde. Er hatte bereits zwei Menschenleben auf dem Gewissen. Wenn Leif die Zimmertür aufriss, musste er sich auf den Boden werfen. Was war mit Conni? Gero musste ihr ein Zeichen geben.

«Doch dann kam die Wende, und der Sohn von Benecke hat sich auf die Suche gemacht. Auf die Suche nach dem Anteil seines Vaters. Habe ich Recht?»

«Gut recherchiert, Gero.» Buchholz lächelte ihn herablassend an. «Die Polizei wusste sogar mehr als ich. Ob du es mir glaubst oder nicht: Ich habe erst vorgestern von Alfons erfahren, was überhaupt vorgefallen war. Ich hatte keine Ahnung, dass Peter Benecke schon so dicht an mir dran war. Ehrlich gesagt wusste ich nicht einmal, dass es überhaupt eine Spur für ihn gab. Aber als Alfons den Namen erwähnte, brauchte ich nur eins und eins zusammenzuzählen.»

«Warum musste der Imperator sterben?», fragte Gero und überlegte, ob es eine Möglichkeit gab, Leif irgendein Zeichen zu geben. Inzwischen waren bestimmt zehn Minuten verstrichen. Vielleicht stand Leif bereits hinter der Tür und wartete auf ein Signal. Am besten wäre es, wenn er warten würde, bis Buchholz den Raum verließ, aber er konnte dessen Vorhaben nicht kennen. Gero versuchte, sich in Leif hineinzuversetzen. Es war eine klassische Geiselsituation. Genau wie in Bad Dürsum. Das damalige Geschehen lief wie ein Film vor Geros Augen ab. Moltke hatte genauso wenig zu verlieren gehabt wie Günther

Buchholz jetzt, und er hatte Gesa kaltblütig erschossen, als sie ihm gegenübergetreten war. Sie hatte nicht einmal mehr Zeit gehabt, ihre Waffe zu ziehen. Gesa war förmlich in Leifs Armen verblutet. Er hatte es zwar nicht gesehen, aber Leif musste dabei ihre Dienstwaffe an sich genommen haben. Gero hatte Leifs Blick immer noch vor Augen. Er hätte ahnen müssen, was Leif vorgehabt hatte. Er hätte es verhindern können. Wirklich? Die Frage hatte er sich bereits tausendmal gestellt. Natürlich hätte er Leif an seinem Vorhaben gehindert. Aber im Nachhinein? Wenn ein sechsfacher Mörder kaltblütig eine Kollegin erschoss, dann war es zwar immer noch nicht entschuldbar, aber menschlich, wenn jemand in Versuchung kam, zwischen Recht und Gerechtigkeit abzuwägen. Der leitende Amtsarzt, der die Obduktion von Moltke durchgeführt hatte, musste es genauso gesehen haben. Sein Bericht hatte die Angaben von Leif und allen Kollegen bestätigt, wonach Moltke sich bei seiner Festnahme mit einer zuvor entwendeten Dienstwaffe selbst in den Mund geschossen hatte. Was hatte Buchholz mit ihnen vor?

«Pupille meinte, dass Kurt von Wahringen vielleicht etwas mit Beneckes Tod zu tun hätte und dass es eine Frage der Zeit wäre, bis die Polizei bei ihm auftauchen würde. Ich musste doch davon ausgehen, dass Peter Benecke sich bei von Wahringen nach mir erkundigt hatte.» Buchholz machte einen schweren Seufzer, dann fuhr er fort: «Aber Benecke war gar nicht dazu gekommen, von Wahringen zu erzählen, was er eigentlich wollte. Als von Wahringen am Telefon den Namen Benecke gehört hat und der Anrufer auch noch angab, es gehe um eine Sache von früher, da sind bei ihm die Sicherungen durchgebrannt.

Willy Benecke war damals doch der Mittelsmann für von Wahringens dubiose Geschäfte im Osten. Es ging dabei um irgendwelche Zieleinrichtungen, die seine Firma produzierte ...»

«Er hat sie also tatsächlich in den Osten verkauft?»

«Natürlich! Von Wahringen hätte auch mit dem Teufel Geschäfte gemacht», erklärte Buchholz, als gebe es irgendeine Entschuldigung dafür, dass er ihn erschossen hatte. «Er muss gedacht haben, dass Benecke von diesen Geschäften wusste und ihn damit erpressen wollte. Also hat er ihn zu dem Hochsitz bestellt und abgeknallt. Ursprünglich hat er die Leiche von Benecke noch wegschaffen wollen, aber als er gesehen hatte, was seine Munition angerichtet hatte, erschien ihm das überflüssig.»

Buchholz lachte hämisch auf. «Ihr hättet sein Gesicht sehen sollen, als ich ihm sagte, dass er damit unwissentlich meinen Jäger eliminiert hat. Ich hätte ihm eigentlich dankbar sein müssen. Dummerweise hatte ich da schon die Pistole auf ihn gerichtet.» Er lachte erneut auf. «Es war so unnütz. Von Wahringen hatte überhaupt keinen Schimmer, worum es Peter Benecke ging. Als ich ihm erzählte, wer ich sei, hatte ich fast das Gefühl, dass er darüber amüsiert war.»

«Willst du sagen, wenn von Wahringen Beneckes wirkliches Anliegen gekannt hätte, nämlich den Namen des zuletzt von ihm geschleusten Arztes zu erfahren, hätte er ihn nicht erschossen?»

Gero hatte bemerkt, dass Buchholz während der letzten Minuten die Waffe mehrmals angehoben und wieder gesenkt hatte, als wäre er unschlüssig, was er tun solle. Er hatte zwar gesagt, dass er ihnen nichts tun wolle, aber

Gero wurde das Gefühl nicht los, dass Buchholz es sich inzwischen anders überlegt haben könnte. Er schien sich nach wie vor sehr sicher zu sein.

«Ein Mord aus Unkenntnis. Richtig. Peter Benecke hat von den damaligen Machenschaften von Wahringens überhaupt nichts gewusst. Der war nur auf der Suche nach mir. Auf der Suche nach dem Geld. Willy hatte seine Familie entgegen unserer Absprache wohl doch eingeweiht.»

«Was ist aus Willy Benecke geworden?», fragte Conni. Gero hatte versucht, ihr mit den Lippen zu verstehen zu geben, dass man weiter sprechen müsse. Sie schien den Wink verstanden zu haben, da sie den Kopf langsam auf und ab bewegte, während sie Buchholz anblickte.

Buchholz zuckte mit den Achseln. «Ich schätze, man hat ihn liquidiert, nachdem ich weg war. Offiziell existierte ich ja nicht mehr. Günther Buchholz hat sich mit seinem Haus in die Luft gesprengt.»

«Der wahre Horst Seipel stand dafür Pate?»

Buchholz grinste hämisch und hob langsam die Waffe. «Genug jetzt.»

Gero musste sich überwinden, nicht die Augen zusammenzukneifen. Er blickte genau in die Mündung der Waffe. Buchholz hatte tatsächlich vor, sie zu erschießen. Wo blieb Leif nur, verdammt! Das Sonderkommando, soweit es schon vor Ort war, konnte noch nicht in Stellung gegangen sein. Wenn überhaupt, dann musste Leif jetzt eingreifen. Jetzt sofort! Er musste ihm ein Zeichen geben.

«Dann werde ich mir mal die Fesseln anlegen», sagte Gero laut und griff nach den Handschellen, die vor ihm auf dem Boden lagen. Bevor Buchholz Gelegenheit hatte, etwas zu erwidern, warf Gero die Handschellen gegen die Zimmertür, sprang auf Conni zu und riss sie mitsamt dem Stuhl zu Boden. Buchholz hatte sich, wie Gero im Stillen gehofft hatte, für einen kurzen Augenblick zur Tür gedreht, die ihm im gleichen Moment entgegenflog. Während Gero die Klettbänder von Connis Armen riss, konnte er Leifs Silhouette im Türrahmen erkennen. Buchholz schien völlig überrascht zu sein. Er blickte unschlüssig zu Gero und Conni, als überlege er, von wem in diesem Moment die größere Gefahr ausging, dann richtete er seine Waffe auf Leif.

Geros Wahrnehmung hatte auf Zeitlupe umgeschaltet. Noch bevor er den Schuss hörte, sah er, wie Buchholz' Körper, wie von Geisterhand geführt, langsam nach hinten gerissen wurde. Seine Arme streckten sich zur Decke wie die ausgebreiteten Flügel eines Vogels. Im gleichen Augenblick blähte sich der Stoff seines Hemdes wie ein Ballon, der bis zum Platzen mit rot gefärbter Luft gefüllt wurde. Die Bewegung endete abrupt an der gegenüberliegenden Zimmerwand. Für einen Moment sah es so aus, als wolle sich Buchholz ein letztes Mal aufbäumen, für einen Augenblick verharrte er in aufrechter Position, bis sich sein Kopf langsam zur Seite neigte und sein Körper schließlich leblos zusammensackte.

Leif kniete immer noch regungslos im Türrahmen und hielt seine Waffe im Anschlag. Hinter ihm tauchten zwei vermummte Kollegen mit Maschinenpistolen auf. Gero bemerkte, dass Conni zitterte. Langsam löste sich ihr Griff, mit dem sie sich an Gero geklammert hatte. Ihre Hände waren klitschnass. «Ist gut», meinte er beruhigend, nachdem ihm ein Kollege durch Kopfschütteln signalisiert hatte, dass von Buchholz keine Gefahr mehr ausging. «Es ist alles vorbei.» Leif ließ langsam seine Waffe sinken, erhob sich und ging wortlos aus dem Haus.

«Ich könnte mich ohrfeigen», meinte Conni, nachdem Gero ihr auf die Beine geholfen hatte.

«So einen Fehler macht man nur einmal.» Er legte ihr den Arm um die Schulter. «Wir sind ja noch rechtzeitig da gewesen.»

«Und was ist mit Leif?», fragte sie und blickte zur Tür.

«Lass ihn erst mal in Ruhe. Das wird schon.» Gero hob seine Jacke vom Boden auf, zog eine Schachtel Zigaretten aus der Innentasche und hielt sie Conni hin.

«Du rauchst?», fragte Conni erstaunt, nachdem sie eine Zigarette genommen hatte.

«Eigentlich nicht mehr», entgegnete Gero und gab ihr Feuer. «Die ist mir heilig.» Er deutete auf die Schachtel. «Sozusagen meine stille Reserve.» Er nahm einen tiefen Lungenzug. «Man ist erst drüber hinweg, wenn man sie immer dabeihat und trotzdem keine anzündet.»

«Und jetzt?»

«Notfall!», sagte Gero mit einem Lächeln. «Wann sonst, wenn nicht jetzt? Komm!» Er schob sie aus dem Zimmer. «Ich habe das dringende Bedürfnis, meine Frau anzurufen. Sie wird sich schon fragen, wo ich so lange bleibe.» Er blickte zur Uhr. «Ist längst Essenszeit. Wenn du noch nichts anderes vorhast, dann bist du hiermit eingeladen. Den Bericht schreiben wir morgen.»